LE RETOUR DE JANVIER

À Baptiste, Alexandre et Jacques

Le soleil n'est jamais si beau qu'un jour
où l'on se met en route.

Jean Giono, *Les Grands Chemins*

1

La Rochelle

La barque glisse sur l'eau régulièrement, un train sur des rails. Depuis qu'il est là, son corps a eu le temps de s'accommoder à l'exercice, il a *fait du muscle*, dirait sa mère. Du muscle, mais pas seulement : le geste est fluide et assuré. Janvier maîtrise son embarcation, elle file à travers les rues silencieuses, on ne sent plus les coups de rame.

Après les avoir redoutées, ce sont désormais les périodes qu'il préfère, les grandes marées, il les attend, quand on ne peut plus circuler à pied et que l'eau pénètre partout. Alors on ne voit plus les murs décrépis, les objets qui jonchent le sol, les maisons qui menacent de s'effondrer, les trottoirs détruits. Inondée, la ville rutile, comme neuve.

Il fait chaud malgré l'heure tardive.

Il avait eu un Zodiac au début, mais le bateau avait été réquisitionné pour d'autres usages et il ne s'en est pas plus mal porté. À force de faire ces gestes, tous les mois peut-être, il a fini par les aimer et les attendre. C'est la récompense de ses journées de travail, la détente de tout son corps, plus que le repos de la nuit.

Pendant les grandes marées, quand il s'endort le soir, il ressent encore en fermant les yeux le poids de son corps sur la barque, le glissement léger, le sillon éphémère laissé derrière lui, sur lequel il se retourne de temps en temps, le bruit des objets flottants, le plastique surtout, qui cogne sur la barque, celui des rames qui s'enfoncent dans l'eau brune. Des bruits doux, assourdis par l'eau mais qui résonnent délicatement, épurés, dans le silence alentour, comme les cloches d'une église en pleine campagne.

La semaine est finie. Il faut passer à la mairie pour pointer. Il prendra des nouvelles. Elles lui parviendront, lointaines, amorties elles aussi par l'eau qui a tout englouti.

Au bout de la rue de la Fabrique, il aperçoit une mouette sur l'eau. Il immobilise sa rame droite, la barque tourne rapidement et se déporte en envoyant des gerbes sur le côté. L'oiseau s'envole. Janvier sourit de sa farce. Il aimerait parler à l'oiseau s'il n'y avait pas un tel silence à percer, qui donnerait à sa voix les résonances discordantes d'une sirène ou d'une alarme.

Janvier débouche sur le quai Valin. Ce qu'il en reste. C'est la mer à perte de vue, fondue dans un ciel gris sale. Elle est calme ce jour-là, inoffensive, c'est d'ailleurs pour cette raison qu'il a décidé de faire un détour par le port, où peu de personnes s'aventurent au moment des grandes marées. C'est beaucoup trop dangereux, la moindre vague peut vous projeter sur les immeubles. On lui a parlé d'un conscrit civil, comme lui, qui est mort parce qu'il a heurté le phare avec sa barque. C'est ce qu'on lui a dit, du moins. Après tout, il ne l'a pas vu.

Seules les tours émergent de la surface brillante. Elles signalent la présence du vieux port englouti. La gigantesque digue qu'on a construite à la hâte le long de la côte des années avant la montée, pour tenter d'empêcher le désastre, n'est pas visible. On la distingue parfois au loin, titanesque et vain rempart de la ville occupée. En haut des tours, Janvier aperçoit les silhouettes des sentinelles. L'une d'elles agite le bras dans sa direction, il devine sans le voir que c'est celle de Kevin. Il lui adresse un geste en retour et un sourire spontané, inutile à cette distance mais qui lui fait du bien. C'est une compagnie. Il a lâché sa rame droite. La barque ralentit, le silence s'impose plus fort, fendu par la voix de Kevin :

— Salut !

Janvier lui répond, les mains en porte-voix. Puis le silence retombe. Kevin baisse son bras sur le canon de sa mitraillette. À côté du jeune homme, Janvier voit quelqu'un d'autre qu'il suppose être une femme mais qu'il ne reconnaît pas. Il poursuit son chemin, longe les immeubles du quai. Il n'en a plus pour très longtemps. À une fenêtre, il repère un vieil homme assis sur un fauteuil, qui surveille la mer. Janvier fait un signe de la main mais l'homme ne bouge pas. Il est possible qu'il soit mort. Janvier vire un peu, appelle, *Monsieur ?* L'homme tourne lentement la tête.

Janvier prend la rue de la Ferté bien qu'elle ne soit pas très praticable avec son début étroit, en épingle. Le courant peut vous envoyer sur le mur d'en face. Mais Janvier connaît son affaire. Il suffit de plonger plus profondément sa rame droite avant de la redresser d'un coup. En s'approchant de l'hôtel de ville, il entend des éclats de voix réconfortants. Tout le monde ne fait-il pas comme lui ? Venir se réchauffer au feu de la présence humaine, de ce qu'il peut rester de foyer. À l'approche du soir, les familles se retrouvent, se serrent, se soutiennent. Mais les conscrits ? Quand ils ne sont pas à la caserne, avec les militaires, ils sortent de leur trou, rampent sur l'eau froide tels des insectes pour s'agglomérer, se tenir.

Il s'approche du beffroi, contre lequel des barques sont amarrées, lance un *hé ho* sonore. Une femme en treillis sort la tête d'une fenêtre, lui jette une corde sans sourire et s'engouffre de nouveau dans le bâtiment. Il tire sur la corde et, quand il est collé à une autre barque, il fait son nœud. Il passe sur le second bateau, agile, et s'engouffre par la fenêtre. La femme en treillis est toujours là, plongée dans une conversation téléphonique à laquelle elle ne participe que par des regards préoccupés et des hochements de tête inutiles. De temps en temps, elle répond. *Affirmatif. Bien reçu.* Ce doit être une nouvelle. Janvier pose les pieds sur le sol. Les murs suintent une odeur de pourriture chaude et écœurante. Il fait quelques pas lents pour se réhabituer à la terre ferme et se dirige vers la salle des mariages.

Comme dans toute la ville, on s'est établi au premier étage. Jusqu'à présent, l'eau n'est jamais montée aussi haut.

On y a installé deux rangées de bureaux, sur le parquet gondolé, sous les lustres morts. La pièce, malgré les dégâts, a gardé de son cachet. Elle en impose. C'est sans doute pour cela que l'armée y a maintenu une certaine activité.

C'est à peine compréhensible. On en parle, parfois. On avance des raisons. *La République doit se maintenir.* Voilà la raison la plus probable. Les ors de la République. Le lieu, qui n'a plus rien de central, est emblématique. Il a déjà été inondé quelques dizaines de fois, certes. Mais quel bâtiment de la région est épargné ?

Comme tous les vendredis après-midi, Janvier se dirige vers le dernier bureau, sur la gauche, qui porte le numéro 5. Un homme y lit le journal, la tête dans les mains. Derrière lui, d'épais rideaux rouges, la fenêtre, puis les toits de la ville. On ne voit pas l'eau, de là où Janvier se trouve. On pourrait croire que rien n'a changé sans ce silence sourd qui glace tout, qui vous jette à la tête le moindre bruit.

L'homme relève la tête, plie précipitamment son journal et le recouvre d'un dossier. Il a le teint jaune, des lunettes en écailles qui lui font des yeux énormes.

— Comment allez-vous, monsieur Schaeffer ?

— On fait aller.

Schaeffer farfouille dans ses dossiers, hésite, ouvre un autre tiroir et en sort un formulaire.

— Rappelez-moi, nom et prénoms, date de naissance et numéro de conscription civile.

— Est-ce vraiment nécessaire ?

— Excusez-moi, mais vous ne semblez pas vous rendre compte du nombre de conscrits qui passent par mon bureau.

Janvier hausse les sourcils et détourne le regard. La salle est presque vide. Au bureau d'à côté, une fonctionnaire à la peau brune, à laquelle il a également eu affaire un bon nombre de fois, lui adresse un salut aimable de la main et des yeux. Qui sait, il pourrait tomber sur elle la prochaine fois.

— Bonnefoi, Janvier, 8 avril…

— Attendez, vous avez votre carte ? Ce sera plus simple. De toute façon, j'en ai besoin.

Janvier fait coulisser l'ouverture de son sac, cherche son portefeuille le long de la toile cirée. En même temps, il désigne du menton le journal dissimulé :

— Quelles nouvelles ?

Schaeffer a un soupir fataliste en guise de réponse. Janvier lui tend sa carte que le fonctionnaire observe de près, comme s'il avait entre les mains un parchemin médiéval ou un faux billet, avant de recopier les éléments nécessaires. Janvier tente de nouveau sa chance :

— Je peux y jeter un coup d'œil ? Au journal, je veux dire.

Schaeffer le dévisage comme s'il le voyait pour la première fois, puis interloqué :

— J'ai des ordres.

— Vous n'êtes pas militaire.

— Ce n'est pas à vous que je vais apprendre ce qu'est un état d'urgence relevant d'une catastrophe naturelle. Enfin, j'imagine. Ce serait inquiétant.

— De toute façon, les gens parlent, vous savez.

— Eh bien, vous attendrez que l'on vous parle. Moi, j'ai des instructions.

— Est-ce que vous pouvez au moins me dire où vous l'avez trouvé ?

— On me l'a donné. Excusez-moi, j'ai du travail, fait-il en se replongeant dans la contemplation de la carte d'identité.

Janvier regarde l'homme remplir le formulaire. Il a une écriture d'enfant.

— Alors maintenant, le vif du sujet. Avez-vous relevé des cas sanitaires inquiétants chez vos élèves ?

— Pourquoi ? C'est nouveau, ça.

— C'est moi qui suis censé poser les questions.

— Non. Les enfants vont bien.

— Ont-ils tous été présents cette semaine ?

— Pas le mardi, évidemment. Il y avait trop de mer. Moi-même, je ne suis pas sorti de chez moi. Mais vous non plus, j'imagine.

Le fonctionnaire esquisse de la main un geste vague de réponse qui peut vouloir dire à peu près n'importe quoi, puis il reprend :

— Et les autres jours ?

Janvier hésite. Le petit Hélias n'est pas venu pendant deux jours à cause d'une gastro-entérite mais il a reparu le jeudi.

— Tous.

— Pas d'exception ?

— Aucune.

— Est-ce que vous pouvez me fournir un rapport d'activité ? Relevés de notes, appréciations, bilans ?

— Je n'ai pas fait d'évaluation cette semaine.

— Des faits à signaler ?

— Certaines familles manquent de tout, murmure Janvier.

— Je parle de ce qui relève de vos fonctions. Et des miennes.

— Alors non.

— Les gens peuvent partir. Personne n'est retenu ici, au contraire. Sauf vous et moi, bien entendu.

— Ils n'ont nulle part où aller.

— Je ne sais pas quoi vous dire. Est-ce que tout ne vaut pas mieux qu'ici ?

— Nous avons terminé ?

— Oui. Veuillez parapher là et signer ici.

Janvier reprend ses affaires, ferme son sac et se lève. En partant, il salue sa voisine. Dans la tour, la militaire est encore au téléphone. Il lui dit bonsoir, elle répond d'un hochement de tête discret. Elle aussi a un journal plié à côté d'elle. Janvier ne voit que le titre et les mots « Assemblée nationale ». Il a soudain la vision du Palais Bourbon, de Paris, de tout cet univers qui mène une vie presque normale. Et même à quelques dizaines de kilomètres d'ici.

Par la fenêtre de la rue de la Grille, il prend en pleine figure la délivrance de l'air pur. L'eau a baissé. Il doit presque sauter sur la première barque, qui bascule sous son poids. Il parvient à rétablir l'équilibre et regarde ses pieds. De l'eau est entrée, mouillant ses chaussures. Il passe sur sa barque et s'assoit. Il pèse mentalement ce que le reste de la journée peut lui offrir. Rentrer à la caserne ? Il aurait le temps avant que l'eau ne se retire complètement. La route serait longue, mais il serait au sec. Et avec un peu de chance, il y aurait du courant. Pour quoi faire ? Il imagine sa soirée au milieu des conscrits, devant un film, à jouer aux cartes, à boire. Il pourrait voir les informations à la télévision. Est-ce que ça vaudra le coup, est-ce qu'il pourra croire à ce qu'elles vont raconter, c'est toute la question.

Le jour décline lentement. Il vaut peut-être mieux dormir en ville. C'est risqué de rentrer de nuit, après tout. À moins d'emprunter une navette de l'armée, mais à l'idée de la promiscuité, des remugles de vase, des conversations, il ferme les yeux, consterné.

Dans la rue Dupaty, il lutte avec le courant qui fuit vers le port. Quand il aperçoit ses fenêtres rue du Palais, il arrête ses rames en plein geste, les laisse suspendues quelques instants en l'air avant de les faire tourner en sens inverse. Il prend la direction de la maison de Wladimir.

Wladimir est un des rares à être resté vivre dans le centre. *À quatre-vingt dix ans, je meurs chez moi ou je me fous par la fenêtre*, dit-il en riant. Janvier s'annonce depuis le bout de la rue pour ne pas effrayer le vieil homme. *Mais qui pourrait bien me faire peur, gamin ?* Il est crâne, mais Janvier sait qu'il dort avec un couteau de cuisine. Lorsqu'il y avait eu des pillages, sa maison avait été épargnée parce que les volets fermaient bien, mais certains hôtels particuliers de la rue de la Noue avaient été saccagés. On avait « déploré des morts », avaient dit les journaux.

Janvier s'approche du mur ; il attrape la corde qu'il a laissée accrochée à un lampadaire encastré, attache la barque.

— Wladimir ! Tu es là ?

Il se mord la lèvre. Une voix sort de la fenêtre :

— Où veux-tu que j'aille, couillon ?

Janvier rit :

— J'espérais que tu n'avais pas entendu ma question.

Il monte sur le rebord de la fenêtre et fait un saut athlétique pour retomber sur le parquet. L'homme, dans son fauteuil roulant, l'applaudit :

— Bravo, gamin.

Janvier lui tend la main. Le vieil homme la saisit, la garde un instant au creux de la sienne. Il a la peau rêche.

— Tu as froid.

Puis, baissant les yeux vers ses pieds :

— Mais tu es trempé ! Tu vas me flinguer mon parquet !

Ses petits yeux brillants, au fond des rides profondes, démentent ses reproches de toute leur tendresse. Il a la peau burinée des vieux marins. Mais cela fait maintenant plus d'un an qu'il n'est pas sorti. Janvier ne l'a connu que pâle et maigre.

— Allez viens, gamin, j'ai fait du feu.

— Tu as le droit ? demande Janvier, soupçonneux. Il a pris sans s'en rendre compte le ton qu'il emploie avec les enfants dont il a la charge.

— Tu es bien de ta génération, toi. Qui pourrait m'en empêcher ? T'as peur qu'on foute le feu au quartier ?

Un rire tonitruant s'échappe du corps maigre et ramassé sur le fauteuil et vient mourir en quinte de toux. Wladimir reprend son souffle, s'essuie les yeux que des larmes ont mouillés et dit dans un souffle :

— De toute façon, si je ne fais pas de feu, je vais finir par crever. Allez, viens. Je n'en peux plus de toute cette flotte.

Wladimir le précède dans un dédale de pièces qui était, auparavant, le premier étage de sa maison. C'est désormais le seul. Le rez-de-chaussée, régulièrement inondé, a été vidé. On ne l'utilise que pour entrer dans la maison, quand la mer ne monte pas plus que de raison. Les conscrits y ont placé des étais en métal, comme dans la plupart des bâtiments du centre encore habités. On espère pouvoir tenir un moment.

Le fauteuil roule, rapide et précis. Wladimir prend le virage à la corde pour sortir du salon et s'engage dans le couloir, vers le bureau. Il ne cesse de répéter que sa vie n'a pas beaucoup changé. Il est seul depuis si longtemps ; invalide depuis presque autant. La seule chose différente, c'est qu'à présent on le ravitaille gratuitement et qu'il n'a plus à avancer les frais pour les infirmiers à domicile. Ça le fait rire.

Les murs du bureau sont couverts d'un papier peint à fleurs qui menace de tomber par pans entiers. Mais la pièce, avec ses hauts plafonds, a toujours belle allure. Un feu la réchauffe de son éclat. Wladimir s'approche du buffet et allume les bougies d'un chandelier doré.

— Qu'est-ce que je te sers, mon garçon ?

— Si tu as de la bière…

— J'en ai dans le garde-manger, mais il a fait trop chaud aujourd'hui… Elle doit être tiède.

— Va pour la bière tiède. J'ai soif et tes liqueurs vont me faire du mal.

— Elles n'ont jamais fait de mal à personne, dit Wladimir en se servant un verre, qu'il fixe de ses yeux brillants. Alors va en chercher dans la salle de bains.

Janvier sort. Il ne pose jamais de question à Wladimir et s'est nourri des bribes que le vieil homme a bien voulu lâcher, sa femme morte d'un cancer assez jeune, son fils parti avec lequel il ne parle plus, les bateaux, la solitude, bribes qu'il recoupe avec les visages qu'il entrevoit sur les photos encadrées au mur, qu'il regarde avec avidité : une jeune mariée au visage anguleux, un petit garçon blond avec les oreilles en pointe, d'autres vestiges de sa vie engloutie par les années. Dans la salle de bains, des packs d'eau, des boîtes de conserve et les restes d'une vaisselle qui sèche sur le lave-linge maintenant inutilisable. Il ouvre la fenêtre et saisit une bouteille de bière dans la caisse en bois suspendue.

Il revient s'enfoncer dans un vieux fauteuil en cuir.

— Alors, qu'est-ce que tu vas faire, en ville, pendant deux jours ? Justement pendant les grandes marées ?

Wladimir se sert de nouveau un verre.

— Tu n'as pas envie d'aller à la caserne, sur la terre ferme ? Prendre des nouvelles de la famille, je ne sais pas.

— Tout le monde va bien, j'en suis sûr.

— Donner des nouvelles de toi ?

— Je dois y passer de toute façon. J'irai peut-être demain. Je ne suis pas pressé.

— Je ne te force à rien, gamin. Et tu sais que tu peux dormir ici. On ne sera pas trop de deux. Même si je reconnais que la République a bien fait les choses en ce qui concerne ton logement.

Quand Janvier s'était plaint d'avoir à faire tous les jours le trajet de la caserne jusqu'à l'école, on lui avait attribué une partie du premier étage de l'hôtel de la Bourse, le tribunal de commerce qui très vite n'avait plus servi à rien. Les matins de grandes eaux, lorsque Janvier ouvre les gigantesques rideaux et qu'il aperçoit des mouettes s'ébrouer dans l'eau du cloître, il lui semble vivre dans un palais vénitien. Il y a un médecin conscrit, Paul Quelquechose, dans une autre aile du bâtiment, un type taiseux et fuyant, au regard antipathique. Mais Janvier ne le croise pour ainsi dire jamais. Les médecins sont les conscrits les plus occupés. Une famille s'est installée en face, rue du Palais, au-dessus des arcades de la galerie marchande. Il entend les enfants jouer, le matin et le soir ; parfois, il les emmène à l'école. Les parents trouvent ça plus sûr. Quand la mer dévore tout, c'est même indispensable. Le père n'a pas de bateau.

— Au moins, j'y suis tranquille.

— Est-ce qu'on a envie d'être tranquille à ton âge ?

Janvier ne répond pas. Le vieil homme tisonne et contemple son feu.

— Tu as faim ?

— Un peu.

— Ils ne m'ont apporté que des boîtes de merde, cette semaine. Il va falloir s'en contenter.

— Je sais, j'ai eu les mêmes.

Wladimir continue de fixer le feu sans un œil pour Janvier :

— Quoique, si on cherche bien, je crois aussi que j'ai du jambon, des tomates, du pâté. Et des saucisses qu'on peut faire au feu. J'ai aussi des yaourts et même – je vais t'étonner – du riz au lait. Un peu trop crémeux, mais enfin ça devrait contenter un gaillard costaud comme toi.

Janvier lui sourit silencieusement, incrédule.

— J'ai mes fournisseurs, dit Wladimir en se frottant les mains.

Janvier s'incline devant certains mystères : les placards de son ami regorgent de victuailles de toutes sortes qu'on ne trouve plus en ville depuis longtemps. Ils confirmeraient presque la grande théorie de Wladimir : *les gens sont restés, les gens sont cachés.* Le vieil homme les voit passer, lui qui reste à sa fenêtre toute la journée, *à rien foutre comme un vieux.* Des familles, pas tellement, pas plus que celles qui sont recensées, mais des hommes seuls, des paumés, des migrants, de tout en somme. Et parmi eux, des types prêts à lui dégotter et à lui vendre n'importe quoi.

Wladimir regarde Janvier manger, engouffrer des énormes morceaux de saucisse dans sa large bouche. De la graisse luit sur sa barbe et il cherche des yeux une serviette. Wladimir lui tend un torchon :

— Ça va mieux, on dirait ?

— Je n'ai pas beaucoup mangé aujourd'hui. Les boîtes de la cantine... Quand je pense aux gosses qui n'ont que ça...

— Si les gens n'étaient pas contents, ils partiraient, s'énerve Wladimir. Ils sont bien contents d'avoir à manger, et des logements comme ça. Des subventions pour rester et tous les services à l'œil.

— Tu parles de services. Tu as vu comment ils vivent ?

Le vieil homme est tassé sur sa chaise, une couverture sur les jambes. Sa main droite tremble légèrement. Il n'a pas touché à son assiette.

— Attends, je vais t'aider à manger.

Janvier pose son assiette et prend d'autorité celle de Wladimir. Il lui remplit de petites cuillères qu'il lui met dans la bouche avec précaution. Il continue doucement :

— On leur a fait miroiter plein de trucs, tu le sais bien, Wladimir. On en a parlé mille fois. Ils n'ont nulle part où aller, ces gens. Ceux qui avaient quelque part où aller, ils sont partis. Ceux qui restent, ils sont bloqués ici.

— C'est plutôt qu'ils se disent qu'au moment où ça ira mieux, ils pourront rester dans les logements qu'on leur a attribués.

— Plus personne ne croit que ça ira mieux. Les zones inondables sont condamnées. Le nouveau gouvernement va vouloir évacuer. Même si j'imagine qu'ils préfèrent attendre un peu.

— Tu me diras, moi, ça m'arrange, hein. J'irais où si je devais partir ? Mais bon, moi, ce n'est pas pareil.

— Tout le monde a des raisons, Wladimir. Tout le monde a d'aussi bonnes raisons que toi de rester, j'en suis sûr.

— Ils t'en parlent, à la mairie ?

Janvier revoit le visage du fonctionnaire, les gros yeux, le visage jaune :

— Non seulement ils ne me parlent pas, mais ils prennent soin d'éviter que j'apprenne quoi que ce soit.

— C'est pas bon, ça. C'est à cause de tes conneries, avec le MCPP, quand tu étais à Lyon.

Revoilà la sempiternelle rengaine. Avoir un ami d'un certain âge, c'est prendre le risque de devoir endurer souvent la même conversation.

— Wladimir… C'était il y a trois ans.

— Tout de même.

— J'ai fait passer un message, une fois…

— Un message ? Un paquet, tu m'avais dit.

— À un type qui ne connaissait même pas mon nom. Je ne l'ai jamais revu. Je n'en ai plus jamais entendu parler.

— Ça vous suit, des histoires comme ça. Qu'est-ce que tu avais besoin de te fourvoyer avec ces gens-là… Des criminels.

— C'était le début. J'étais jeune… plus jeune que maintenant, se reprend Janvier devant le ricanement de Wladimir. Je croyais que peut-être ils allaient pouvoir changer les choses, plus rapidement que Delmariz.

— En tuant des gamins dans les fast-foods ?

— C'était avant, Wladimir. Je ne pensais pas qu'ils iraient jusque-là. Je faisais du militantisme, c'est tout. Si j'avais su... Personne ne savait.

— Eux, ils devaient bien savoir.

Les pieds de Janvier sont secs, la bière et le feu lui ont réchauffé le ventre et le cœur. La nuit est tombée. Derrière Wladimir, son ombre énorme mange les murs et tremble.

— Je sais qu'on en a déjà parlé, Wladimir. Mais tu ne peux pas continuer comme ça. J'ai vu des bâtiments qui s'effondraient. Près de la gare. Ici, ça va finir par s'écrouler comme le reste.

— Je serai mort avant, dit Wladimir avec une mine réjouie.

— N'importe quoi. Tu feras quoi, hein, quand tout va tomber ?

Le vieux laisse retomber ses bras sur ses accoudoirs. Janvier laisse passer un bref silence, puis il se lance :

— Tu devrais aller chez ton fils. C'est dommage de rester fâché, à ton âge.

— Certainement pas ! Et puis, je ne suis fâché avec personne. Ça n'est pas moi qui me fâche. Seulement, qu'est-ce qu'ils feraient d'un vieux comme moi ?

— Et avec moi ? Tu ne voudrais pas venir avec moi ?

Wladimir relève la tête. L'alcool lui mouille le regard :

— Tu vas partir ?

Janvier soupire :

— On va tous partir, un jour ou l'autre. Et je ne suis pas sans ressource.

— La Lozère, hein ?

— Tu pourrais venir.

— Je ne suis pas fait pour vivre loin de la mer. Reprends une bière, mon garçon.

Janvier se lève, ramasse un chandelier et la vaisselle :

— Je vais te laver tout ça.

— Mais non, laisse.

— Ça me prend cinq minutes.

En revenant dans la pièce, Janvier croit que le vieux dort. Il a les yeux clos, les mains jointes sur ses genoux, la tête penchée. Janvier s'assoit près du feu. C'est moins pour la chaleur que pour la lumière. La voix de Wladimir, claire et éraillée, le détrompe :

— Raconte-moi comment c'est, chez toi.

— Tu le sais très bien.

— Raconte-moi quand même.

— Eh bien ça fait un moment que je n'y suis pas allé, évidemment. Mais là-bas, lorsque je suis parti, il y avait encore plus de vaches que de gens. Si on monte dans les Causses, on peut croire que c'est le bout du monde et qu'il n'y a rien après. La bruyère est violette, tu vois, les jours où le ciel est noir, tout est dense, même les Aubrac, tout est saturé comme un ciel d'orage, alors qu'il n'y a rien que des pierres et des herbes. Et des tourbières qui font comme des lacs. Quand j'étais petit et qu'il y avait de la neige, je croyais que la lune était exactement comme ça, comme un désert froid. Même la neige a l'air sèche, tout est sec. La pluie mouille à peine la poussière.

— C'est à se demander ce que tu fous là.

— Je n'ai pas vraiment le choix, je te rappelle.

— Mais tu as choisi de ne pas faire ta conscription là-bas, n'est-ce pas ?

— Oui.

Le visage de Janvier se ferme. Le feu danse sur ses paupières. Wladimir ne lui pose plus de questions.

Janvier quitte la maison de Wladimir à l'aube pour profiter de la marée. Il a fini par trouver son téléphone sur la cheminée. Il a écrit un mot avant de partir, l'a déposé dans la salle de bains : *Je n'ai pas voulu te réveiller, je reviens dimanche avec ton téléphone chargé et des nouvelles si possible.*

L'eau est une alliée lorsqu'elle est paisible comme celle d'un lac et qu'on peut ramer sans lutter. Dans le silence suspendu de la ville endormie, chaque geste atteint son but et mène Janvier en quelques coups de rame jusqu'à son logement. Il doit prendre ses affaires avant de rejoindre la caserne. Il entre dans le cloître par la rue Admyrauld. La mer est suffisamment haute pour amarrer sa barque sur le balcon à l'aide d'une longue corde.

L'une des fenêtres est cassée. Il se demande si la maison a été visitée. En son for intérieur, il n'y croit pas : cela n'arrive plus jamais. Néanmoins il passe les pièces une à une, lentement, guettant des bruits, des changements dans la disposition des objets. Ses pieds font grincer le parquet. Rien n'a bougé. Un objet flottant a dû briser un carreau, voilà tout.

Il remarque des traces plus sombres aux abords des fenêtres qui donnent sur la rue du Palais. Il s'agenouille, tâte le bois du parquet. Il est sec, mais présente un aspect mou qui ne lui dit rien de bon. Il faudra partir bientôt, changer de logement. Le vent a tourné. Est-ce qu'on lui attribuera un nouvel appartement en ville sans difficulté ? Il faudra aller plus loin, c'est sûr. Mais même plus loin…

La faim le secoue. Il s'assoit à table et déjeune de biscuits et de lait en poudre qu'il prend directement à la cuillère et qui lui colle au palais. La saveur douceâtre apporte avec elle des réminiscences de son enfance, les matins dans la montagne, quand il allait camper avec Félicien. Et bien sûr, dès que la tête est au pays, le cœur suit et c'est un peu d'amertume qui surgit du lait en poudre.

Ton frère ne pense pas à mal, répétait invariablement sa mère, et c'était vrai. Félicien ne voyait pas le mal. Il était adoré par sa mère ; on s'habitue facilement à être adulé. On parle fort, sans réfléchir, on ne se surveille pas ; on nous donnera raison. Félicien s'arrogeait tous les droits et la meilleure part avec toute l'autorité que le hasard accorde aux aînés. Le cadet devait suivre. C'était ainsi que ça avait commencé.

Ils s'étaient réparti les rôles depuis l'enfance, cela coulait de source. Félicien, l'aîné, avait des rêves d'ailleurs. Il clamait que Lachamp était un trou perdu, Mende une ville laide et triste, la Lozère le coin le plus pelé de la surface du globe. Bien qu'il montrât peu de dispositions à l'école, sa mère décréta vite qu'il était fait pour étudier et faire rayonner leur nom au-delà des frontières du pays, de leur pays. Elle le couvait d'un regard fervent et passionné, depuis toujours déjà pleine de la nostalgie de son envol à venir. Il ferait de grandes choses. Janvier, lui, était le petit, doux et dévoué, l'enfant de la maison, turbulent mais ingénu et innocent, le gardien du foyer. Jamais loin des jupes de sa mère, de son courroux non plus, de la sévérité que l'on a envers ceux dont on sait qu'ils ne partiront pas.

Janvier avait manifesté dès son plus jeune âge un appétit dévorant pour la chose agricole, les bêtes, les machines, l'herbe et l'arbre qui poussent. Avec les brebis, avec le blé, il avait la même patience tendre et prévenante ; un coup de main sans faille pour les manœuvres en tracteur. Il faisait les foins seul, à dix ans. Il guettait le regain, les agneaux à naître. Il remplaçait sa mère quand elle devait s'absenter plusieurs jours. C'était lui qui devait reprendre la ferme ; le flambeau d'un père qu'il avait à peine connu. Ce flambeau, sa mère le gardait précieusement dans ses deux mains sèches en attendant que Janvier soit en âge de le tenir. On faisait bien les choses : il partit étudier l'agronomie après son bac, à Lyon, pour parfaire son éducation. Quelques années en demi-teinte, loin de sa terre, où il avait découvert la ville, la foule et les femmes, et souffert comme un exilé dans la chaleur minérale. Il ne s'était pas vraiment lié avec les autres élèves ; il détonnait, le fils d'agriculteurs, parmi tous les urbains qui envisageaient un retour à la terre. On l'estimait à cause de ses bons résultats, de sa solidité physique et morale, de son savoir pratique aussi, qui manquait à tous ; c'était lui-même qui se mettait à l'écart, sans mépris, comme un chat dans une basse-cour. Il ne rentrait pas beaucoup au pays, pourtant.

Félicien, qui étudiait les sciences politiques à Paris, revenait plus souvent à Lachamp. Ses études ne se passaient pas très bien, il s'adaptait mal à la capitale où il faisait carrément figure de bouseux parmi des étudiants qui depuis toujours avaient une idée bien définie de leur avenir, ou que l'on avait eue pour eux. Ils se projetaient dans la diplomatie, la politique, les affaires : le progrès. Félicien se confrontait pour la première fois au jugement sans pitié de ceux qui n'étaient pas acquis d'avance à sa cause. On le regardait de haut, quand on le regardait. La plupart du temps, il passait inaperçu. Il y eut un ou deux chagrins d'amour. Il rentrait meurtri, à toutes les vacances scolaires, le week-end, quand il le pouvait. Sa mère en était trop heureuse. Janvier s'étonnait, lorsqu'il téléphonait le dimanche, de tomber de plus en plus fréquemment sur la voix de Félicien. Parfois même au milieu de la semaine.

Janvier savait qu'une fois de retour à Lachamp, il n'en bougerait plus. Il connaissait le sacerdoce du berger. Alors il profitait de ce sursis de liberté. Il tombait amoureux, souvent. Il voyageait, en Europe surtout. On pouvait encore circuler librement dans presque tous les pays de l'ex-Union européenne. Il s'était précipité à Amsterdam avec une sorte d'urgence qu'il avait jugée prémonitoire. Il n'avait rien inventé : Venise avait déjà sombré. Le reste du temps, il travaillait dans sa minuscule chambre de Lyon, rêvant à son retour. Il bouillonnait d'idées. Le monde n'allait pas bien mais il se sentait, lui, Janvier, armé pour affronter l'avenir. Il se trouvait même bien de la chance. L'avenir avait un sens. Les écologistes arrivaient au pouvoir, promettaient de grandes mesures pour les agriculteurs. Après quelques années, il put rentrer chez lui, mûr et fortifié.

À son retour, il trouva Félicien, bardé de diplômes ronflants et inutiles en temps de crise, qui annonçait qu'il virait de bord et profitait des mesures du gouvernement Delmariz pour se lancer dans la permaculture sur la propriété familiale. L'avenir était au retour à la terre, tout le monde le disait. Il y aurait de la place pour deux, affirmait-il. Sa mère jubilait, ses deux fils avec elle jusqu'à la fin de ses jours. Bien sûr, il y aurait de la place pour tous. *Pour chacun. Votre père serait heureux de vous voir tous les deux continuer ce qu'il a laissé.* Elle les couvrait de formules toutes faites et lénifiantes. Félicien avait des idées sur tout. Très vite après avoir touché ses premières subventions, il se détourna de la permaculture pour revenir à ce qu'il connaissait : une exploitation à l'ancienne, plus intensive. Il ferait ce qu'on avait toujours fait puisque jusqu'à présent ça avait fonctionné. Il voulait faire de la vache, en plus des brebis. Engraisser des bovins pour les vendre en Italie. Il touchait à tout, passait d'une idée à une autre, s'endettait pour payer des machines dernier cri. Janvier, fort de ses études et de ses idées toutes neuves, lui disait que ça ne fonctionnait pas, que c'était justement comme ça qu'on en était arrivé là. Mais le cadet n'avait pas son mot à dire. Félicien le traitait de fou dogmatique et dangereux. Les disputes se multipliaient. Félicien prenait des décisions sans le consulter. Sa mère ne voulait rien savoir.

Un matin, Janvier s'était approché de sa fenêtre à son réveil. Il avait regardé, comme tous les jours, à l'horizon, vers les prés qui descendaient en pente douce jusqu'à l'Esclancide. C'était là qu'il voulait faire un verger depuis longtemps, car le versant captait la lumière du soleil et profitait du ruisseau sans effort. Janvier avait commencé à faire des terrassements depuis qu'il était rentré, il décaissait le sol, le modelait selon son projet, c'était long, mais il savait qu'au printemps suivant, il pourrait planter une cinquantaine d'arbres fruitiers. Devant ses yeux, ce matin-là, Félicien, sur un tracteur, déblayait à la pelle mécanique une partie des murs de pierre que son petit frère avait assemblés. Janvier n'eut pas besoin de lui demander ce qu'il faisait, il le savait. L'aîné aplanissait le terrain pour y mettre des bêtes. Soudain, Janvier n'eut plus les pentes douces devant les yeux, ni même le tracteur de Félicien, ni la poussière des murs qui s'effondraient. Il n'y avait plus que cette évidence : son grand frère s'était accaparé son projet, il s'y était installé, il avait pris sa place dans ses rêves sans lui demander son avis. Ce jour-là, Janvier avait compris qu'il n'avait plus rien à faire à Lachamp. Il l'avait dit à sa mère. Il profiterait de la conscription et il partirait. En une semaine, son départ fut organisé, sa vie pliée. Il mit un point d'honneur à la faire tenir dans un sac à dos. Félicien, quand il comprit, essaya de le retenir, sa mère fit des scènes épouvantables, il y avait du travail pour tout le monde, qu'est-ce qu'il racontait, qu'on lui prenait sa place, c'était ridicule, que dirait son père s'il le voyait. Sa mère se battait mais Janvier voyait qu'au fond, elle avait récupéré un fils contre un autre et que cela ne faisait pas beaucoup de différence. Ce qui comptait, le flambeau, était sauvé.

Au début, quand Janvier s'était installé à La Rochelle, il avait ressassé les scènes de dispute jusqu'à la rupture finale. Il avait envie de téléphoner à Lachamp à toute heure du jour et de la nuit pour cracher sa rancœur. Parfois il le faisait mais alors les conversations revenaient, les mêmes, et quand sa mère lui disait que tout pouvait s'arranger avec Félicien, il finissait par la même conclusion : *de toute façon, c'est trop tard, je me suis engagé.* Et il raccrochait plein d'amertume et de rancœur contre ce frère qui lui avait volé sa vie.

Sa colère emplissait sa poitrine, ses poumons, son esprit. Elle l'occupait, d'autant qu'il n'avait pas encore eu d'ordre de mission clair et qu'il errait seul dans la ville engloutie, remâchant les mêmes mots jusqu'à l'écœurement. Quand vinrent les premiers jours de classe, les enfants à gérer, le dénuement des familles, il fut habité par d'autres pensées. Peu à peu, à cause de la détresse de La Rochelle, de l'éloignement aussi peut-être, sa colère se vidait comme un abcès. Il se sentait utile dans la ville désolée. Il se mit à oublier qu'il était venu là par dépit.

Il apprit à aimer cette vie humide et solitaire, rythmée par les marées. Pour la première fois, il se sentit libre, soulagé de ce flambeau qui lui avait pesé sans qu'il n'ait jamais eu réellement le temps de le porter. Pour la première fois, il goûtait au hasard, il se noyait dans ce grand paysage : l'océan des possibles, la jeunesse. Toute sa vie, il s'était préparé à vivre reclus, en retrait du monde, au milieu des brebis et voilà qu'il se retrouvait à vivre en collectivité, la moitié du temps, dans un ancien EHPAD reconverti en caserne, l'autre moitié à manœuvrer sa barque dans une ville engloutie. Les possibilités d'exploration étaient certes limitées, dans ce cul-de-sac moribond qui sentait le salpêtre et la misère. Ce n'était pas la liberté, mais l'horizon restait éternellement le même, immense.

Avec le temps, il appelait moins souvent Lachamp pour déverser sa rage. Peut-être parfois était-ce même pour l'entretenir et continuer de lui donner des raisons. La vie à La Rochelle devint sa vie à lui et non une vie par défaut. Sa colère existait toujours, comme extérieure, comme un objet, un souvenir qu'on a rapporté de voyage, qu'on observe avec étonnement en se demandant ce qu'on a pu lui trouver, mais qui rappelle tout de même ce que l'on a été.

À la place que le ressentiment a laissée vacante dans son cœur, il y a maintenant la courbe des prés qui descendent doucement vers l'Esclancide, le bruit de l'eau quand on s'approche du fond de la vallée, quelques brebis qui paissent et des pommiers ; mélange de ce qu'a été son pays et de ce qu'il aurait voulu en faire. Il s'y réfugie lorsqu'il est seul, comme d'autres s'évadent dans des rêveries amoureuses, alors même qu'ils ont été éconduits, et s'abîment dans la contemplation de leur premier amour.

Avec son réchaud à gaz, luxe interdit, réconfort ultime, il se fait un café. Il résiste assez bien au désir d'attraper son téléphone au moindre moment de désœuvrement. Au début, la tentation était forte, lire les nouvelles, envoyer des messages. Mais il faut conserver sa batterie par sécurité. Peu à peu il s'éloigne du flux, le monde sec poursuit sans lui sa frénésie de connexions et de contacts. Janvier se détache du bord, largue les amarres, une à une. Désormais il n'y pense presque plus. Il n'y a plus à résister. Chaque événement lui parvient en retard, amorti par le temps, la distance et la lisière mouvante entre le mouillé et le sec, entre la terre et la mer.

Il s'allonge sur son lit de camp, les horaires des marées à la main. Les coefficients vont baisser. Dans quelques jours, on reviendra au sec. C'est son nouveau rythme, sa nouvelle discipline, sa bible. Ils sont plus importants que les repas, plus que les horaires de travail, chacun cale ses habitudes sur ce nouvel agenda. La marée.

Il revoit sa semaine défiler, les journées à l'école, les rues mouillées, les trottoirs défoncés, les mines égarées des passants, le couvre-feu, la solitude. Puis il repose sa tête, les yeux perdus sur le plafond peint, des anges qui batifolent dans le ciel. Des bébés aux airs mutins, dans un fond bleu sans nuage. Il pense au ciel de Lachamp. Il est habitué. Il n'y accorde pas d'importance. Tout le ramène là-bas, même les ciels peints, même le lait en poudre. Tout.

Il pourrait passer la journée chez lui, s'il n'y prend pas garde. Il se force à se souvenir des raisons qui l'obligent à aller à la caserne : recharger le téléphone de Wladimir, le sien. Prendre une douche et des nouvelles du monde. De celles qu'on voudra bien lui donner.

Il n'est pas seul à sortir à marée haute. Deux navettes, un groupe d'hommes, aussi, répartis sur deux zodiacs, se dirigent vers le port et s'apostrophent. Ils ont l'air de partir à la pêche. Après tout, pourquoi pas ? Il y a encore des poissons.

Toujours pas de vent, rien pour couvrir le silence. La mer capitonne tout. Une raison de plus pour lui d'aimer ces jours de grande mer.

Il faut passer quelques rues et on attrape le canal de Rompsay. Alors, à la marée montante, il suffit de se laisser glisser. En s'éloignant de la côte, Janvier aperçoit des zones moins couvertes, quelques maisons épargnées, du moins à cette heure du jour. À Beaulieu, le centre commercial désert, aux vitrines crevées. À peine des grosses flaques qui ont creusé le sol. Il n'est pas rare de croiser le cadavre d'une voiture, la région a été évacuée à temps mais on en voit toujours, échouées le long d'un bâtiment, portes ouvertes et vitres brisées. Cela fait quelques mois maintenant que le centre commercial a fermé, tous les magasins en même temps, quand la mer a tout ravagé pour la troisième fois, peut-être la quatrième. C'était un point de ravitaillement important pour les Rochelais ; les commerces du centre étaient déjà fermés depuis longtemps, pour la plupart.

Ensuite les champs, jusqu'à Dompierre, qui ne sont plus que d'immenses marécages sur lesquels le soleil commence à se refléter. Tout est bleu ce matin-là, ciel et terre, et Janvier ne peut s'empêcher de trouver que c'est beau, quand même. Ici, la nature a repris ses droits. Elle grignote jour après jour ce qu'on lui avait pris.

Janvier amarre sa barque à côté des autres, prend son sac et vérifie qu'il n'y reste plus rien de ses affaires, car il ne retrouvera certainement pas la même embarcation le lendemain. Il emprunte la départementale, dépasse les premières maisons. Certaines sont encore habitées, par ceux qui n'ont pas pu partir, comme à La Rochelle, et ceux qui sont venus, attirés par les logements qui se vidaient, par la place à prendre. Ils sont nombreux.

Une radio vocifère derrière une haie, dans une maison blanche. Un moteur démarre. Des restes de vie, de la vie passée, dans ce qui est devenu un bout du monde, une impasse hostile et inutile. Aux abords de la caserne, les bruits s'amplifient ; c'est presque une rumeur, sans doute par contraste avec le silence des rues de La Rochelle.

Il contourne l'entrée principale ; les coupures de courant ont eu raison de la porte automatique, qu'on a décidé de condamner. Il entre par une issue de secours dont les battants ont été laissés ouverts, bloqués par des parpaings qu'il faut enjamber.

Janvier rase les murs. Il fait jour, les lampes sont éteintes. Dans le couloir blanc, il s'approche d'un interrupteur, les yeux rivés au plafond. Il appuie : rien. Il pose de nouveau la main sur celui de sa chambre, machinalement. La pièce reste dans la pénombre. Il a un soupir d'agacement. Il n'y a pourtant pas eu d'ouragan. Mais ces derniers temps, les coupures n'en ont même plus besoin, elles sont spontanées. Janvier s'approche des stores, les ouvre : à défaut de courant, il aura de la lumière. Il s'allonge sur son lit, jure pour de bon cette fois : avant de partir, la semaine précédente, il a laissé le lit en position semi-assise, impossible de la changer. Il faudra dormir comme ça si le courant ne revient pas d'ici la nuit.

— Putain de lit de vieux de merde !

Il entend un rire pointu dans le couloir, qui lui fait du bien. Une tête passe par la porte, la peau brune, les cheveux courts et bouclés :

— On se rebelle ?

Janvier sourit à la nouvelle venue.

— Salut Bouchra.

La jeune femme entre. Elle est toute menue, mais Janvier l'a déjà vue en exercice, elle est d'une force redoutable. Dans la chambre si blanche, ses cheveux noirs, sa peau caramel vous sautent aux yeux. Les siens sont bruns, francs et gentils. Elle est venue si vite, il se demande si elle ne le guettait pas. Elle s'assoit sur le lit, croise ses jambes en tailleur à la manière d'une enfant. C'est réconfortant d'avoir cette petite femme vive et gaie au bord de son lit, même si la femme est en treillis, même si le lit ne fonctionne plus, même si la chambre est celle d'une vieille dame qu'on a évacuée il y a quelques mois, qui est certainement morte depuis et dont Janvier n'a pas osé décrocher les photos du mur. Bouchra ne se formalise jamais des humeurs de Janvier. Elle s'impose, simplement :

— Je me permets, dit-elle en repliant ses jambes. Qu'est-ce qui t'arrive ?

— C'est ce putain de lit. J'aurais dû le laisser allongé. J'oublie tout le temps.

— Tu viens d'arriver ?

— Oui.

— Tu as faim ? J'allais prendre mon petit déjeuner.

— Ça fait longtemps qu'il n'y a plus de courant ?

— Non, depuis hier matin. Ça ne va pas ? Tu as mauvaise mine.

— Si, si. J'en ai marre, c'est tout.

— Allez, viens.

Elle lui prend familièrement le bras et l'entraîne dans le couloir :

— Tu as dormi chez toi, en ville ?

Elle est venue, une fois, s'est extasiée sur la beauté des moulures, des restes de boiseries, la hauteur sous plafond, comme si elle visitait un appartement à vendre ou un château ouvert aux touristes.

— Oui.

C'est plus simple que de parler de Wladimir.

Bouchra a gardé son bras contre le sien. Janvier sait qu'elle a un petit ami, chez elle, à Paris. On le lui a dit ; elle n'en parle jamais. Elle est pourtant toujours prête à se confier, à vous écouter. Elle a une familiarité de camarade. L'intimité ne lui fait pas peur et c'est même sans doute la grande affaire de sa vie : le dialogue, les amis. Elle a des tendresses de bon chien. On a envie de lui parler :

— Je suis rentré pour avoir du courant, justement. Je n'ai plus de batterie depuis une semaine. Je ne sais rien de ce qui se passe en dehors d'ici. Je suis allé à la mairie, je n'ai même pas eu le droit de feuilleter un journal. Tu as vu les informations ?

La mine de Bouchra s'assombrit :

— Ça ne va pas te plaire.

Dans le réfectoire, des voix, des rires et l'odeur du café. Janvier et Bouchra prennent des plateaux, s'assoient à l'écart des groupes, sur une table isolée. Le réfectoire de l'EHPAD dispose encore de tables pour deux, dont certaines n'ont pas été regroupées. Entre les chambres individuelles et les espaces communs, ce n'est pas tout à fait une caserne et Janvier reconnaît sa chance. Un de ses amis, qui a été mobilisé dans la zone de Cherbourg, dort dans un dortoir de deux cents personnes.

Bouchra a un sourire de désarroi :

— Je ne sais pas par où commencer.

— Le gouvernement ?

— Pas encore formé. Mais les bruits courent. On pressent De Seguic pour la Défense. Et ils envisagent de faire de nouveau deux ministères, pour l'Agriculture et l'Écologie. Avec Carrère pour l'un et Delmas pour l'autre.

— Putain. Toute la clique de la France Éternelle.

— Ouais. Pas étonnant, en même temps. « Premier parti de France ».

L'un et l'autre jettent des coups d'œil alentour. Ce n'est pas la peine de se faire remarquer. Bouchra poursuit à voix basse :

— Bon, pour l'instant, pour être honnête, il ne se passe rien. Jarnac fait des déclarations d'intention. Restaurer la nation, sauver la patrie, ce genre de conneries, tu vois.

Mais ça n'est pas avec De Seguic qu'on va arrêter de tirer sur les migrants aux frontières…

À quelques mètres d'eux, des jeunes éclatent de rire, se forcent un peu. Ils se tapent les cuisses. Ils doivent avoir vingt ans à peine. Il n'y a que des hommes et tous ont le crâne rasé sur les côtés. Soudain, l'un d'entre eux regarde Janvier et Bouchra, dit quelque chose à son voisin. Ils ont un éclat mauvais dans les yeux, puis recommencent à rire. On ne peut pas savoir qui est leur cible, le conscrit civil ou la « beurette », comme ils disent. Les deux peut-être. Bouchra fait semblant de ne rien voir :

— Ça a été, ta semaine ?

— Oui. Je n'ai pas vu le temps passer, à vrai dire. Au moins les gosses sont… des gosses. Il n'y a pas trop à réfléchir.

Une clameur les interrompt. Tout le monde applaudit, célèbre la lumière qui est revenue dans le néon du plafond. Elle annonce une journée pleine, agitée, vivante de connexions, d'appels téléphoniques. On pourra appeler les copains, regarder une série. On ne sera pas obligé d'attendre, d'économiser le peu de batterie qu'on a, de tuer le temps à jouer aux cartes. Beaucoup quittent le réfectoire, sans doute pour aller brancher leurs machines. Le groupe à côté de Janvier et Bouchra se vide peu à peu et finit par disparaître. Bouchra pousse un soupir de soulagement :

— Tu as vu comme ils triomphent ?

— Oui.

— Surtout qu'ils vont augmenter la solde des militaires. Ça va aller jusqu'à 30 000 francs pour les non-gradés. Bon, moi je n'en verrai pas la couleur, évidemment.

Janvier n'a pas envie d'y penser. Bouchra doit repartir dans quelques semaines retrouver sa vie de civile. Il doit avoir l'air dépité, car Bouchra enchaîne :

— C'est pas mieux à Paris, tu sais. C'est pire, même, je pense. Ici encore, il reste, je ne sais pas, un esprit de solidarité. On a tous la même merde sous les yeux, alors ça fait réfléchir. Tu ne trouveras pas un type ici, même un abruti, même un militaire, dit-elle en baissant la voix, pour dire que la première urgence n'est pas écologique. Là-bas, c'est chacun pour soi. Tant que Paris ne sera pas enseveli sous les eaux, les flammes, les tempêtes ou des millions de réfugiés, ça va continuer. Maintenant qu'ils ont élu Jarnac, je ne sais pas ce qui va les arrêter.

Janvier ne trouve rien à répondre. Mais Bouchra n'a pas besoin qu'on la relance. Une semaine de solitude au milieu de la meute l'a trop contenue, elle se lâche :

— Tu les vois, tes gosses, là, si on coupe les subventions littorales ? Plus de bouffe, plus d'école, plus d'armée. Autant les foutre dehors tout de suite.

— Tout le monde ne pense pas comme eux. Ils ne vont pas faire n'importe quoi, comme ça. Les gens, ici, et sur tout le littoral, ce ne sont pas des réfugiés. Ce sont des centaines de milliers de personnes, des électeurs. Rien que ça. Tu ne fais pas n'importe quoi avec des électeurs. Jarnac a été élu sur un coup de chance, il va être prudent.

Ce n'est qu'à moitié vrai, bien sûr. Éclaboussé par un scandale financier, Delmariz avait été forcé de démissionner deux mois auparavant, et avec lui tout son gouvernement de coalition écologiste. Les élections anticipées ont mené Jarnac au pouvoir un peu plus tôt que prévu ; mais il aurait fini par passer, de toute façon.

Janvier ne sait plus s'il a envie d'écouter les nouvelles, la rumeur amplifiée du désastre. On ne peut plus tellement croire les journaux, chacun voit midi ou minuit à sa porte. Bouchra professe sa peur, d'autres leur triomphe. Mais au fond, chacun spécule et en dit plus sur ce qu'il craint ou sur ce qu'il souhaite que sur ce qu'il sait réellement. Personne ne sait rien. Janvier, soudain, se sent abattu et impuissant. Il a envie d'appeler sa mère, pour entendre le son familier de sa voix, et derrière elle celle de son pays, qui lui dira peut-être une vérité plus ancienne, ou plus solide. Les nouvelles de là-bas seront certainement plus acceptables, moins folles. Son pays, son village ont si peu changé durant les dernières décennies, ils portent encore l'espoir d'un monde immuable et sans danger, consistant et stable. Ici, l'eau qui monte et descend menace, elle rend fou. Les choses deviennent floues, capricieuses. On sent la vérité vulnérable.

— Tu es là toute la journée ?

Bouchra regarde sa montre :

— Non, il faut que j'y aille. Je suis de garde à midi, au port. J'y vais. Ça circule comment ?

— Tu peux prendre une barque jusqu'au bout. Les coefficients ne redescendront pas avant la semaine prochaine.

— Ça va encore être une belle journée, tiens. On va rien foutre et tout le monde va parler politique en me regardant de travers. Et toi aussi, le conscrit, tu vas en prendre pour ton grade. Les temps s'annoncent militaires, mon ami. Déjà que c'était pas bien vu d'avoir évité le service…

Bouchra pose une main sur la sienne. Janvier se retient de la retirer. Il est mal à l'aise avec cette proximité physique, cette tendresse sans séduction, et même sans fondement (après tout, ils ne sont pas si proches), mais il sait qu'elle ne comprendrait pas. Elle dit doucement :

— Mais enfin avec ta tête, et ton petit air, là, ta gueule d'ange, ils vont te laisser tranquille, toi, j'imagine.

Janvier lève un œil surpris, un peu flatté, par-dessus son café. Bouchra enlève sa main :

— Je ne suis pas la première à te le dire, si ? Que tu dégages un truc… différent.

— C'est gentil. Mais avec des colosses de deux mètres (coup d'œil sur le groupe de soldats qui maintenant comparent les chargeurs de leurs mitraillettes), je ne sais pas bien ce que je pourrais en faire, de ce truc.

— C'est pas ça. Enfin, ça n'est pas que ça. Tu as quelque chose qui inspire confiance. Tu es sympathique, voilà. Comme un saint-bernard. C'est dans tes yeux, je crois. On voit bien que tu es inoffensif.

Elle se lève, prend son plateau et disparaît. Il ne sait pas si ça lui plaît, d'avoir l'air inoffensif. Mais il sait qu'elle a raison.

Une journée de solitude s'étale devant lui.

Il finit par appeler sa mère au milieu de l'après-midi. Au début, c'est le réconfort promis. La voix douce, la sollicitude, la conversation chargée des petits riens qui ont façonné son enfance, les nouvelles du voisinage. Tant qu'il la fait parler, la voix de sa mère est un baume sur son cœur tourmenté. Elle lui chante que rien n'a changé. Qu'il y a quelque part en France un endroit où l'on se pose les mêmes questions qu'il y a trente ans. Il fait chaud en cette fin de printemps, mais moins chaud que dans beaucoup d'endroits ailleurs, alors on ne va pas se plaindre. Et puis les Coulon organisent le mariage de leur dernier, tu sais, Pierre, alors ça ne tombe pas plus mal, ce beau temps. La petite est tellement enceinte qu'il a fallu précipiter les choses. Enfin, ça tombe bien. On va même pouvoir finir les foins fin juin, à ce train, tout va bien et il a plu et aucun ouragan.

À ce terme d'« ouragan », Janvier s'assombrit. Le vent qui anéantit tout, qui peut dévaster sa terre natale, saccager les arbres, donner à chaque hameau un visage de désolation, mettre en danger ceux qu'il aime, oui, la réalité de l'ouragan lui dévore le ventre d'angoisse, un instant, mais avant cette réalité, c'est le seul fait d'entendre le terme dans la bouche de sa mère. Il y a quelques années, elle aurait parlé d'orages, de tempêtes à la limite. Les mots du nouveau monde ont atteint l'ancien en sa chair, ils gangrènent le noyau le plus préservé. Car ce ne sont pas à proprement parler des ouragans, mais les médias ont instauré, fixé le mot dans les bouches puis les esprits et le mot recouvre tous les autres, s'installe, prend ses quartiers. Le mot transforme son pays, ses collines, ses plateaux et la mère de Janvier, et la noce des Coulon, plus sûrement que n'importe quel coup de vent réel ne pourrait le faire.

Il évite de parler de Félicien. Il n'en parle jamais. De toute façon, il n'y a rien à dire maintenant. Mais c'est sa mère qui le remet sur le tapis, toujours.

— Le blé, ça va ? demande Janvier.

— Tu sais, Félicien a lu dans une revue spécialisée qu'il fallait se convertir à l'épeautre. On y réfléchit. C'est une bonne idée, non ? Ça résiste bien aux maladies, il paraît. Il dit qu'il faut se dépêcher, parce que les subventions risquent de s'arrêter, avec tout ce qui se passe. Qu'est-ce que tu en penses ?

Ne pas s'énerver.

— Écoute, je n'en sais rien. Si tu avais vraiment besoin de mon avis…

— Voilà, tu vas encore te mettre en colère.

— Mais non.

Un silence que Janvier brise, pour couper court :

— Comment avancent les travaux ?

Ils avancent bien. Félicien a fait mettre des panneaux photovoltaïques sur toute la longueur de la grange. Il faut les raccorder. Ça n'est pas très heureux mais ce sera un énorme gain d'énergie. De toute façon, on n'a pas eu le choix. *Je suis déjà bien contente.* Félicien travaille comme un chien. D'ailleurs, de chiens, il a fallu en abattre deux, qui avaient une drôle de maladie, non, non, pas la rage. On ne sait pas. Le vétérinaire est débordé, il n'est pas venu. Non, non, que Janvier ne s'inquiète pas, ce n'était pas la rage. C'était autre chose. De toute façon, il y a trop de chiens. *Ce n'est rien*, a dit Félicien.

La fermière a parlé ; la mère s'inquiète de son fils.

— Tu manges bien, au moins ?

— Très bien, maman.

— Les gens sont gentils ?

— Oui, maman.

— Ton frère m'a dit que c'était de plus en plus difficile pour les conscrits civils. Que les militaires se croient tout permis.

— Ça dépend des endroits. Il y a des cons partout. On ne les laisse pas forcément faire.

— Tu devrais surveiller ton langage.

— Enfin, ça va à peu près. Évidemment, avec les élections, la situation a été un peu électrique, ces derniers temps.

— Tu as eu des ennuis ?

— Mais non. C'est dans l'air. Je suppose que c'est pareil à la maison.

— Oh non, chevrote-t-elle. Avec Félicien, on est plutôt d'accord. À part pour cette histoire de panneaux photovoltaïques…

— Non, mais avec les gens, en général. À Lachamp, à Mende…

— Ah oui. Oui, oui, c'est sûr. On évite d'en parler. Tu sais, même les Coulon, au fond, je ne sais pas pour qui ils ont voté. Parce qu'avec les années Delmariz, c'est sûr que les agriculteurs ont souffert. Ça nous a coûté, à nous, les réformes vertes.

— Je sais, maman.

— Et puis, c'est bien joli de sauver la planète, mais si c'est pour faire exploser des gares, des trains et des centres commerciaux avec des gosses dedans, là… Tu te rends compte, ce qui s'est passé au Père Lachaise ? Un centre commercial de cette taille, en plein Paris, tu as vu les images ? C'est monstrueux.

— Maman, ce n'est pas Delmariz qui provoque les attentats. Ni ceux qui votent pour lui. C'est le MCPP. C'est autre chose.

— Tout de même, il a laissé faire, Delmariz, ça l'a rendu coupable, au fond. Je comprends que les gens aient peur. Qu'ils se soient détournés de lui pour aller vers des personnalités comme Jarnac, qui disent qu'ils vont les protéger. Même moi, si je ne vous avais pas, vous, mes fils, pour m'expliquer, je crois que…

Janvier n'a pas envie de la laisser finir :

— Mais non, maman, tu n'aurais pas voté pour Jarnac. Tu sais ce qu'il fait, Jarnac ? Il fait tirer sur les migrants qui s'approchent des frontières. Des femmes, des enfants.

— Il paraît que c'est faux. Ce sont les militants du MCPP qui répandent ce type de rumeur sur Internet. Il paraît que ce sont les Corses qui font ça, uniquement les Corses.

— Je te parle de frontières.

— Non, je n'y crois pas.

Ils ont raccroché, presque fâchés. Il a passé le reste de l'après-midi allongé sur son lit. Le courant a été coupé de nouveau à la tombée de la nuit. Il s'est endormi. Sa mère a rappelé dans la soirée. Pierre Coulon est venu voir Félicien. Il a parlé d'une maladie qui touche les zones inondées et dit qu'on allait évacuer les gens. Janvier lui répond de ne pas croire tout ce qu'on raconte. Pierre Coulon est un abruti. Ils raccrochent, fâchés pour de bon.

Des gars, dans la nuit, ont fait la fête. Ils ont tiré des coups de feu, ils sont ivres, ils chantent, vomissent, chantent de nouveau, sous les fenêtres de Janvier. Il a entendu un hurlement de femme. Il est sorti en caleçon de sa chambre, a cherché, posé des questions. Personne n'a rien entendu. On le regarde de travers :

— Tu cherches une femme qui gueule, toi ? Ça doit pouvoir se trouver.

Tout le monde rit. Ceux qui le peuvent encore. Il a tourné les talons, marché dans une flaque visqueuse. Il a fallu se laver les pieds dans le noir.

À l'aube, Janvier consulte les marées, fait son sac et prend la direction du port d'embarquement. Il faut faire vite. L'eau file. Il doit tirer une barque sur quelques mètres. Il a mis des bottes, mais l'eau brune lui monte aux genoux. Ses pieds s'enfoncent dans la vase. Il va renoncer. Puis il entend des voix derrière un bosquet. À la perspective d'une rencontre, le dégoût est le plus fort. Il tire une dernière fois. La barque flotte. Il monte, enlève ses bottes et ses chaussettes et étend ses pieds au soleil pâle du matin.

Il emprunte le canal, retrouve sous sa rame la force de l'eau, qu'il faut pousser. L'effort lui fait du bien, l'énergie lui passe de la main au cerveau, du cerveau au cœur. Ramer, pousser, anticiper la montée de l'eau, les courants, c'est encore agir. La mer se retire, ce matin, il faut la suivre. Mais elle est toujours haute, les coefficients augmentent ces jours-ci : il doit contourner le pont de Bellecroix.

Il s'approche du centre, retrouve les immeubles en pierre de taille, ce qu'il reste de beauté. À cette heure, il n'y a personne. Le vent qui s'est levé lui fait la conversation et l'oblige à maintenir son attention.

À peine arrivé, il vide son sac, les quelques conserves qu'il a emportées et pose ses bottes sur le rebord de la fenêtre. Le soleil frappe l'eau et la pierre. Ébloui, Janvier recule. Dans la pénombre, il peut redresser la tête. Son regard se fixe sur l'immeuble d'en face. La famille qui l'occupe habitait un rez-de-chaussée, près de l'aéroport. Un des premiers logements inondés et évacués. Les deux petits garçons, Matis et Rémy, suivent la classe de Janvier.

Les fenêtres sont closes mais derrière elles se dessinent en silhouettes transparentes et floues des signes d'agitation. Est-ce qu'on se bat ? C'est rapide, les corps s'éloignent déjà. Aucun cri, pas un mot, et pourtant Janvier a ressenti une alarme fugace. Peut-être après tout est-il si souvent seul qu'il prend n'importe quel geste pour une menace. Il sourit de sa prudence qu'il requalifie en sensiblerie. *J'aurais fait un piètre militaire*, se dit-il comme à regret.

Janvier s'allonge sur son lit, les mains derrière la tête. Il est là pour la semaine. Le lendemain, il faudra aller à l'école, se soucier des enfants, faire son devoir, enfin. Mais aujourd'hui, c'est un vrai dimanche, à l'ancienne. La journée lui fait don de quelques heures de tranquillité. Il se relève, traverse le long couloir boisé, ouvre la dernière porte. Des dizaines de livres, en piles, lui sautent aux yeux. Derrière eux, des étagères couvertes d'ouvrages. Il en a disposé aussi quelques-uns à même le sol, alignés comme sur le rayonnage d'une bibliothèque. Certains sont un peu abîmés. Ce sont des romans, pour la plupart.

C'était par hasard et par désœuvrement qu'il était entré la première fois dans la médiathèque de La Rochelle.

Pendant les premiers temps de son affectation, il n'avait pas encore de poste fixe, sa mission n'était pas définie, on attendait que services publics s'organisent. Il n'avait pas rencontré – trouvé – Wladimir ; il passait ses journées seul. Il y avait eu une grande montée, à cette époque, une seule et on lui avait attribué un Zodiac. Le reste du temps, il déambulait à pied dans les rues, déplorant l'ouvrage de la mer, aidant ceux qu'il pouvait, comme il le pouvait. La vie se maintenait. Les magasins n'avaient pas tous fermé. On voyait des travaux publics de rénovation ; on réparait les dégâts. On croyait que la digue allait faire son office. Les Rochelais partaient, bien sûr, ceux qui avaient une résidence secondaire ou de la famille, ou tout simplement les ressources de s'installer ailleurs. Mais d'autres arrivaient aussi, ceux qui voyaient les prix baisser, les logements se vider. Il y avait des opportunités à saisir, disait-on.

L'île de Ré avait été la première zone militarisée. Les pillages étaient fréquents et finissaient mal. Certains propriétaires avaient voulu défendre leur maison contre les vols, les squats ; peu en avaient payé de leur vie, mais cela avait fait du bruit.

On avait évacué l'île peu après. Les premiers temps, un barrage et des patrouilles maritimes empêchaient quiconque de s'approcher. On avait ensuite placé d'immenses blocs de béton à l'entrée du pont. Il y avait en permanence un type en faction, croyait savoir Janvier, qui n'y était jamais allé lui-même. On racontait des tas d'histoires, que certains habitants étaient restés malgré tout et survivaient, entièrement coupés du monde. Il circulait même des blagues, attisées par les clichés sur les vacanciers, sur des grands bourgeois du 16e arrondissement qui vivraient de leur pêche et de l'élevage de chèvres, comme des Robinson Crusoé qui paieraient l'impôt sur la fortune. Cela faisait sourire Janvier mais il savait bien que, comme à La Rochelle, ceux qui étaient restés au moment de la montée ou ceux qui étaient venus après étaient tout sauf des nantis. Des pauvres gens, voilà tout, des paumés. Il ne croyait pas beaucoup aux rumeurs. Il ne devait plus rester grand monde sur l'île de Ré. C'était trop dangereux.

La direction départementale des conscrits Atlantique ne lui avait pas encore attribué de fonction. Cela avait duré des semaines. La solitude montait au fur et à mesure des journées comme l'eau dans les rues, elle pénétrait partout, elle lui érodait le cœur et la tête ; il y était si peu habitué. Elle lui donnerait des hallucinations, se disait-il ; il parlait aux oiseaux. Il se rongeait d'être inactif dans une ville en détresse qui mourait silencieusement sous le fléau. La ville se remplissait d'eau, par à-coups ; elle se vidait de ses habitants en flux régulier ; Janvier errait dans les rues meurtries au milieu des vitrines cassées, des gravats qui jonchaient le sol. Parfois l'eau montait aux chevilles et les gens fuyaient plus vite, en laissant derrière eux une vie qu'ils ne viendraient jamais récupérer. D'autres, qu'on n'enviait pas, prendraient leur place.

À cette époque, quand Janvier croisait quelqu'un, c'était presque toujours quelqu'un qui partait dans la précipitation, qui lui jetait quelques mots en passant et qui se dépêchait de le quitter, car les rencontres étaient souvent malheureuses. Tout le monde était pressé ; Janvier quant à lui donnait de son temps, avait l'air d'en disposer à l'infini. Chacun pensait à sa peau et à ses biens ; et en voilà un qui vous proposait de vous aider à charger vos affaires sur un bateau. Janvier se doutait bien qu'il était louche, malgré son brassard de conscrit qu'il prenait soin d'exhiber ; au bout d'un moment, il n'osa plus tendre la main. Dans les rues désertes et humides, il saluait les passants comme ceux que l'on rencontre sur un sentier de montagne peu fréquenté, parce que le fait de se trouver là, ensemble, lui semblait être une raison suffisante pour se dire bonjour. Les familles accéléraient leur chargement, même quand le père (c'était toujours le père) lui répondait poliment, parce qu'il valait mieux être poli, on ne savait jamais. Mais Janvier ne proposait plus son aide.

Il se sentait devenir fou de solitude et de silence ; il devinait que cela commençait à se voir. Bientôt il ne salua plus personne, échangeait des regards, chargeait le sien de sollicitude, mais on détournait les yeux. D'ordinaire, il était de ce genre de personnes qui attirent sans effort la sympathie et la confiance. Les regards qui se détournaient de lui, cette méfiance nouvelle qu'il provoquait malgré lui, le blessaient comme des morsures.

Et puis un jour de grand sec, il avait poussé plus loin sa promenade habituelle au port, il était passé devant un haut bâtiment en verre dont les vitres du rez-de-chaussée avaient éclaté sous le poids de l'eau. C'était la médiathèque. Elle prenait toutes les inondations de plein fouet, même les plus faibles. Des milliers de morceaux de verre recouvraient le trottoir et le faisaient scintiller. Ils crissaient sous les pas de Janvier. Il pénétra par une fenêtre. Le spectacle était désolant.

Il n'y avait plus une étagère debout ; des monceaux de papiers qui avaient dû être des livres pourrissaient sur le sol rongé. Par endroits, certains stagnaient dans des flaques tels des poissons morts, car le plancher se crevait. Au contraire, des centaines de pochettes de DVD affichaient une santé insolente. Le plastique triomphait dans son inutile pérennité.

Le premier étage était presque intact bien que l'on vît les traces de l'eau qui avait vidé le bas des rayonnages. Des dizaines de livres recouvraient le sol mais la plupart d'entre eux avaient été épargnés et restaient sur leurs étagères comme des oiseaux sur des branches qui contempleraient le déluge.

Janvier marchait prudemment sur le plancher imbibé et ramolli. Il s'approcha de la première étagère, tomba sur *Don Quichotte*, qu'il saisit machinalement. Il s'estima heureux que l'étage épargné fût celui des adultes et des romans. Il tâta la couverture, feuilleta l'ouvrage qui lui parut en bon état. Il continua d'avancer, se servant presque au hasard avec une avidité qu'il n'avait pas ressentie depuis des semaines. Au bout de la rangée, tandis qu'il était concentré sur les titres, un corbeau sorti d'on ne sait où le frôla sans un cri, mais le bruissement de ses ailes lui hanta le cœur de longues minutes. Janvier posa sur une table la pile de livres pour reprendre ses esprits, respira longuement tout en contemplant ceux qui restaient et qui formaient une multitude de promesses : de journées pleines, de distractions et de compagnie.

Il emporta avec lui quelques volumes. En les posant près de son lit de camp, il les examina, découvrant ce que le hasard et la hâte lui avaient mis entre les mains. Il fut à peine surpris de voir que c'étaient sans exception des romans qu'il avait déjà lus : quand le monde s'écroule, on ne cherche plus le dépaysement, on se réfugie chez soi. Il se blâma cependant de sa pusillanimité et se promit d'aller de nouveau à la médiathèque pour explorer des territoires littéraires inconnus. Puis, à la lueur d'une lampe de poche, il avait relu *Le Père Goriot*.

Il alla tous les jours à la médiathèque chercher plus d'œuvres qu'il ne pouvait en lire, se faisait des programmes de lecture qui pendant des semaines lui tinrent lieu d'avenir. Les livres vibraient en lui comme la seule lueur d'une nuit profonde, résonnaient longtemps après avoir été refermés puisque aucune voix ne venait couvrir la leur. Il crut encore une fois qu'il allait devenir fou ; mais la folie était plus douce, elle était habitée.

C'était l'époque où la ville s'effondrait. On commençait à penser que l'eau ne partirait plus. Les gens qui prenaient leurs quartiers étaient majoritairement des migrants que le reste du pays avait rejetés et qui venaient échouer sur le littoral. La ville était désolée et meurtrie. Même les nouveaux arrivants quittaient le centre pour s'entasser dans des banlieues que les lendemains menaçaient pourtant aussi.

Les choses et les êtres se mirent à stagner dans la ville. Ceux qui avaient survécu et ceux qui étaient restés demeurèrent, comme pris dans du béton, à lutter avec le quotidien. L'espoir même d'un après s'éloignait. Il n'y eut plus de travaux de rénovation. Les assurances cessèrent de payer. À la place, on proposa des subventions. La grogne montait partout ailleurs. Les gens qui restaient devinrent des parias.

Janvier y réfléchissait quand il prenait des livres qu'il ne rapportait pas. Ça lui donnait des scrupules. Il lui semblait qu'il s'enrichissait de biens publics sur le dos d'une société anéantie. Il avait le cœur coupable et battant si, chargé de livres, il croisait une navette militaire qui n'en avait que faire.

Des dizaines de livres s'étalaient dans la pièce que Janvier occupait et qu'il appelait sa chambre, faute de mieux. La quantité bientôt lui fit honte, autant que le désordre. Pourquoi sauver des livres du naufrage si c'était pour les garder pour soi seul, et si mal ?

Il commença par les classer par ordre alphabétique. Puis il chercha dans l'hôtel de la Bourse ce qui pouvait servir de bibliothèque. Il trouva des étagères métalliques. Il en rapporta d'autres de la médiathèque. Plus tard, dans l'école où il fut affecté, il choisit deux petits meubles bas dans le bureau de la directrice. Il laissa un mot pour dire qu'il ne manquerait pas de les rendre à son retour. On ne se refaisait pas. Et puis, il sauvait les livres du désastre, après tout.

Il eut bientôt un poste à l'école, des enfants de cinq à dix ans auxquels il enseignait dans la même classe ; il se fit chaque jour un devoir de leur lire quelques pages des classiques de la littérature avant de les quitter. Les œuvres n'étaient pas toujours adaptées aux petits. Qu'importe, ils adoraient ce moment, le réclamaient à grands cris si Janvier faisait mine d'oublier. Il n'oubliait jamais, les taquinait seulement. Ainsi il rendait public ce qu'il s'était approprié. De même, lorsqu'il croisait un habitant, il ne manquait pas de l'avertir qu'il y avait une pièce à l'hôtel de la Bourse, remplie de livres qui n'attendaient que d'être ouverts. Les autres enseignants, les infirmiers, les cantiniers, les militaires, les conscrits, les fonctionnaires, les familles, les habitants, tous furent prévenus, lui répondaient quelques mots vagues, encourageants parfois. Pas un ne vint.

Quand Paul, le médecin, emménagea dans l'autre aile de la Bourse, Janvier lui fit visiter la bibliothèque. L'autre fut poli, déambula quelques instants parmi les rayonnages, choisit un exemplaire qu'il regarda à peine. C'était une édition ancienne de *Moby Dick*. Paul était presque toujours absent, ils se saluaient comme de lointains collègues, se parlaient peu. Paul ne revint plus dans la bibliothèque. Mais le devoir de Janvier était accompli.

À partir du moment où on lui attribua un poste à l'école, Janvier eut moins le temps d'aller à la médiathèque. Le week-end, il pouvait rester des jours entiers allongé sur son lit à dévorer son butin. Quand il n'y avait pas d'eau, il sortait faire quelques pas au soleil de midi, dans la brise du crépuscule, dans la nuit aussi, lorsqu'il y avait assez de lune. La vie réelle lui semblait de plus en plus lointaine, les mots et les atmosphères lui bourdonnaient dans la tête. Mais sa solitude était peuplée, il vivait de nouveau.

Ainsi passe-t-il sa matinée. Il se force à avancer sa lecture de *Belle du Seigneur*. Il l'a choisi sans conviction, pour sa culture, mais il préfère de loin les romans d'aventures, les mythologies. Les échos du monde sec, de l'ancien monde, dont il sait qu'il se maintient presque à l'identique à quelques kilomètres de lui, le laissent froid et lui font monter des idées ironiques et désespérées, sévères. Mais, bon élève, il s'accroche. Ariane a, sans surprise, le visage de Pauline, une fille de Lyon qu'il avait quittée sans peine en revenant à Lachamp et sur laquelle ses pensées viennent buter avec une régularité implacable depuis qu'il vit dans un monde déserté de femmes. De Pénélope à Albertine, elles ont toutes le visage de Pauline. Il n'y prend même plus garde parce qu'il sait que c'est une rêverie sans fondement, qui ne cherche qu'un moule pour s'incarner. De temps en temps, il ferme les yeux et somnole. Puis il les rouvre, reprend le fil des mots. Il a le sommeil de plus en plus fractionné, au rythme de l'ennui et des marées. Il n'y a que la nuit sans électricité pour rappeler son impérieuse nécessité. Il dort beaucoup, car il économise les piles de sa lampe.

Il est tiré de sa lecture par un cri, peut-être ; un éclat de voix, au moins. Il se redresse, inquiet, pour sonder l'immeuble d'en face. Puis il se rassure : il perd l'habitude de la vie. Les gens ne peuvent-ils pas continuer à mener leur barque tout simplement ? Se disputer, rire. Peut-être un enfant a-t-il fait une bêtise. Matis et Rémy sont deux petits garçons joyeux et bruyants. Matis est même assez agité. Il passe son temps à embêter son frère, à l'école. Ils ne devraient pas être dans la même classe, mais les effectifs sont réduits. Peut-être que ça l'embête, d'être tout le temps avec son petit frère. Et puis, quelles distractions pour des enfants de cet âge dans une ville qui pourrit ? Peut-être qu'ils chahutent. Peut-être qu'ils jouent. Ce n'est rien. Tout le monde n'est pas obligé de vivre comme lui dans la solitude et le silence, à ressasser les images d'un paradis perdu. L'eau est redescendue, on peut marcher dans la rue, si on ne craint pas de mouiller ses chaussures. Janvier se recouche.

De nouveau, une voix, qui chante cette fois, fluette, et des bruits d'eau qu'on remue. Il passe la tête par la fenêtre. C'est le petit Rémy, en bas dans la rue, qui bat des jambes et projette de grandes gerbes d'eau contre le mur de son immeuble.

— Hé ! Tu es tout seul ? Qu'est-ce que tu fais ?

— Rien.

— Tu ne devrais pas jouer dans l'eau. C'est dangereux. Où sont tes parents ?

— En haut, avec Matis. Il est malade.

— Qu'est-ce qu'il a ?

L'enfant ne répond pas et Janvier se recouche. Quelques instants plus tard, les bruits d'eau reprennent.

— Ne reste pas là.

— Je ne veux pas rentrer chez moi.

— Tu devrais, pourtant.

— Je peux venir chez toi ?

De toute façon, Janvier est quitte pour l'avoir dans les pattes toute l'après-midi. Il lui fait signe de monter et part à sa rencontre dans l'escalier. Il lui prend la main, l'entraîne chez lui. Le petit garçon regarde partout, examine les murs. On sent qu'il aimerait dire quelque chose mais il reste là, au milieu de la pièce, les bras le long du corps, les yeux sur Janvier. Il attend qu'on dispose de lui. Il ne sait plus très bien ce qu'il fait là.

— Qu'est-ce qu'il a, ton frère ?

— Il crache.

— Il crache ?
— Il vomit. Un truc bizarre.
— Attends, ne bouge pas.
Janvier cherche rapidement dans les étagères. *L'Île au trésor*. Les yeux de Rémy brillent, il s'assoit sur le lit. Tout au bord seulement et puis, au fur et à mesure du texte, il se relâche. Quand le sombre capitaine Billy Bones arrive à l'auberge de Jim, Rémy est adossé au mur. À la marque noire des pirates, Rémy a pris le duvet de Janvier et s'en est couvert les pieds et les jambes. Lorsque Jim part en mer sur *L'Hispaniola* à la recherche du trésor, Rémy dort, la tête contre l'oreiller de Janvier.
Quand Janvier le ramène chez lui le soir, c'est M. Dauge, le père des garçons, qui lui ouvre la porte. Janvier ne sait pas grand-chose de lui. Qu'il boit plus que de raison, c'est à peu près tout. Il a l'air soucieux, à peine surpris que l'instituteur conscrit lui ramène son fils.
— Comment va Matis ?
— Pas fort.
— Il a vu un médecin ?
— Non. Ils ne répondent pas.
— Il y a un médecin qui habite en face, à côté de moi. Vous avez déjà dû le croiser ? Paul Gutterez ? Il n'est pas là souvent, mais je peux l'appeler. Je lui parlerai de Matis si vous voulez.
— Non, c'est pas la peine. Ça va aller.

La pendule indique 10 h 30. Elle fait partie des rares vestiges de l'école qui continuent de vivre comme si rien n'avait changé. Tant que les piles fonctionnent, on saura l'heure comme avant. Mais sans sonnerie, les élèves se laissent faire et oublient la récréation. C'est du moins ce que suppose Janvier, qui se souvient des heures interminables qu'il passait à l'attendre quand il était enfant.

— Est-ce que l'un d'entre vous peut me dire comment on conjugue le futur ?

La petite Myriam, au fond de la classe, lève la tête, les yeux ronds. Elle regarde autour d'elle puis, comme personne ne prend la parole, replonge dans sa feuille. Janvier lui a donné des crayons de couleur. C'est tout ce qu'il a trouvé pour occuper les plus petits quand il veut faire des choses plus élaborées.

— Alors, personne ? Rémy, essaie. Dis-moi que demain tu vas jouer au foot. *Demain, je…*

— … vais jouer au foot ?

Les plus grands rient.

— Moi je sais, monsieur. C'est *jouerai.*

— Prenez vos livres. Ceux de français. Je vais vous montrer.

Le temps et la moisissure ont eu raison d'une bonne partie du matériel. Mais les livres tiennent bon. L'Éducation nationale envoie des stylos, des feuilles de papier, beaucoup de feuilles, et les programmes. Janvier les a à peine lus. Il fait à sa manière, faute de mieux. Il forme des petits groupes, quand il peut. Myriam est venue s'asseoir aux pieds de son frère, par terre. Janvier n'a pas le courage de lui dire de regagner sa place. De toute façon, il entend la voix de David, doucement. *Mimi, va t'asseoir. C'est l'école. À l'école, on doit s'asseoir sur une chaise.*

— Je vais reprendre à la base. Est-ce que vous savez à quoi sert le futur ?

Dans la classe défraîchie, sous le néon éteint, il entend l'absurdité presque cruelle de sa question. Mais ces enfants-là n'ont pas le sens de l'ironie :

— À dire ce qui va se passer.

— Très bien.

On entend un petit bruit contre la porte. Avant même de les voir entrer, Janvier sait que c'est Fatou et son petit frère. Ils arrivent toujours au milieu de la matinée.

— Asseyez-vous. Fatou, prends ton livre de français. Mehdi, tu vas prendre une feuille et tu vas t'asseoir là-bas. Il faut que tu dessines une forêt.

Ces deux-là viennent toujours seuls. Janvier aimerait savoir si les parents sont au courant de leur retard quotidien. Fatou dit que oui, que c'est parce qu'elle a du travail à la maison. De quel travail peut-elle parler ? La famille est arrivée en cours d'année. Janvier a convoqué les parents plusieurs fois avant qu'ils ne finissent par venir tous les deux. Ils avaient un regard doux et plein d'une sollicitude pénétrante. Mais ils ne parlaient pas dix mots de français. Ils ont dit merci à Janvier, *merci pour les enfants.* Quand Janvier leur a dit qu'il fallait que Fatou et Mehdi arrivent à l'heure le matin, que c'était important, et peut-être dangereux de traîner dans les rues, la mère a pris la main de Janvier dans la sienne : *merci pour les enfants.* C'est tout ce qu'il a pu en tirer.

Fatou est tellement concentrée qu'elle retient tout ce que dit Janvier. Ou bien peut-être sait-elle déjà tout. C'est difficile à dire. Elle ne participe jamais spontanément, elle se tient à l'écart. Mais dès que Janvier l'interroge, elle a une réponse juste.

Au bout de quelques semaines, il a décidé de garder les programmes scolaires pour le matin seulement. L'après-midi, ce serait sport et arts plastiques. Ils ont joué à l'épervier, ont fait des dessins. Puis petit à petit, il a eu envie de leur enseigner l'essentiel sans plus se demander de quelle matière cela relevait. Cela a commencé par des choses simples : faire un nœud, reconnaître un arbre, savoir comment fonctionne un moteur à combustion, un circuit électrique, une clé de 12, de ces savoirs pratiques qu'il a toujours eus en lui, comme une disposition innée. *De quoi ont-ils besoin, ces gosses ? Qu'est-ce que je dois absolument leur apprendre aujourd'hui si tout devait finir demain ?* Dans la cour de l'école, leur potager donne bien, même s'il y a des pertes à cause de la sécheresse. L'eau courante est souvent coupée.

L'école s'est vidée depuis la montée. Janvier a choisi la classe la plus grande. Les autres sont restées figées dans le temps, comme pour un départ en grandes vacances que l'instituteur aurait bâclé : dessins accrochés au mur, quelques phrases inscrites au tableau, des photos aux portemanteaux. Janvier connaît leur visage par cœur, il passe devant tous les jours de la semaine. C'est comme s'il passait devant un monument aux morts, devant un mémorial.

Il a du mal à se dire que ces enfants-là sont encore vivants, autre part.

On lui a attribué le bureau de la directrice ; il n'y va presque jamais. Les étagères, les tiroirs sont remplis de livres et d'affaires qui ne sont pas les siennes et qu'il n'ose pas jeter. Il sait pourtant que personne ne reviendra. Mais l'Éducation nationale se montre parfois procédurière. Il ne veut pas d'ennuis.

Il a eu une inspection, une fois. L'inspecteur s'est exclusivement occupé du taux de présence et des évaluations. Il a passé son temps à éplucher les papiers de Janvier, enfermé dans le bureau. Mais il n'a pas mis les pieds dans la classe. Ils doivent avoir des consignes spéciales pour le littoral, pour les conscrits.

Le petit Tom est le seul élève à être originaire de La Rochelle, à être resté dans son école. Il passe son temps à raconter l'école d'avant, qui ressemblait – Janvier a toujours envie de le lui dire – à toutes les écoles de France. Mais les autres élèves se passionnent pour ce qui a été, lui font répéter les pratiques anciennes et fondatrices : *ici, c'était là que les maîtresses se tenaient quand elles surveillaient la récréation. On faisait les fêtes de l'école dans la cantine, mais seulement s'il pleuvait.*

Depuis deux jours, Mila manque à l'appel. Janvier prendra le risque de ne pas la signaler à la mairie. Il connaît bien les parents, il sait le tort qu'il pourrait leur causer en les dénonçant. Il s'inquiète, cependant. Il ne sait pas bien de quoi, c'est une crainte vague et sans objet. Sans doute parce qu'il sait qu'il n'y a plus désormais que de très bonnes raisons de manquer l'école. Les yeux braqués sur lui sont cernés et beaucoup trop calmes, battus par les pénuries et l'incertitude. Janvier rencontre peu de problèmes de discipline, pas de bavardage. Mais, évidemment, il n'a pas d'éléments de comparaison.

— Est-ce que l'un d'entre vous sait pourquoi Mila n'est pas là ?

Un long silence, puis :

— Elle est malade, moi je sais.

C'est Fatou qui a parlé. Elles vivent dans le même quartier.

— Très malade ?

— Ça, je sais pas. Mais sa mère oui.

Janvier échange un regard involontaire avec Rémy, qu'il regrette aussitôt. L'enfant s'est suspendu à ce regard, l'a fouillé intensément comme s'il pouvait y lire l'avenir.

Rémy revient tous les jours chez Janvier, après la classe. Comme beaucoup d'enfants, il se nourrit d'habitudes. Il suffit de refaire la même chose, deux fois de suite, et c'est un rite immuable. Janvier a des souvenirs comme ça, des choses de l'enfance, qui lui avaient paru éternelles et qui avaient duré une semaine.

Rémy entre sans s'annoncer, s'installe sur le lit, le duvet sur les jambes, et il attend que la lecture reprenne. Un jour que Janvier est parti chercher sa ration au centre d'approvisionnement, il trouve le petit garçon déjà étendu sur le lit à son retour.

— Mais ils ne disent rien, tes parents ? Ils savent que tu es là ?

— Ils s'en foutent.

— Comment va ton frère ?

Rémy ne répond pas. Matis ne reparaît pas à l'école de toute la semaine.

Un soir, des bruits dans le couloir annoncent l'arrivée de Paul.

— Janvier, tu es là ?

Paul entre dans la pièce. C'est un homme encore jeune, d'une trentaine d'années, pas plus, très grand, *long*, dirait la mère de Janvier, un peu voûté. La fatigue et le rythme de sa vie depuis qu'il est arrivé à La Rochelle lui donnent l'air d'un jeune vieillard. Il pose son regard lourd et soucieux sur son colocataire, sur l'enfant, revient de l'un à l'autre avec les marques d'un étonnement qui résonne désagréablement.

Janvier se redresse sur sa chaise et se justifie spontanément :

— C'est un des gosses qui habitent en face. Je lui fais la lecture.

Paul n'a pas l'air de trouver l'explication suffisante. Il hausse les sourcils, dubitatif :

— C'est nouveau ?

— Son frère est malade. Il s'emmerde.

Paul se raidit :

— Il a quoi, son frère ?

— Je ne sais pas. Gastro, je crois.

— Depuis quand ?

Janvier demande confirmation à Rémy pour répondre :

— Dimanche ? Dimanche.

C'est à Rémy maintenant, que Paul pose les questions :

— Il a vu un médecin ?

— Non. Je crois pas. Je sais pas.

— Tes parents sont chez toi ?

— Oui, je crois.

— Vas-y. Dis-leur que je peux voir ton frère, s'ils veulent.

Pendant qu'ils parlent, Janvier vérifie l'état de la rue. Des flaques jonchent le trottoir par endroits, mais c'est tout.

Il propose quelque chose à boire à Paul. Il a du coca. L'autre refuse d'un geste de la main. Il s'affale sur une chaise, plonge sa tête dans ses mains et baille. *Dure journée ? Oui.* Paul n'a pas peur du silence. Ou bien il est si fatigué, ou si préoccupé, qu'il ne se rend pas compte qu'il impose à Janvier une présence difficile. Ils guettent le retour du petit garçon qui finit par revenir seul, avec une question :

— Mes parents demandent si c'est gratuit.

Paul pousse un long soupir et ramasse son sac :

— Emmène-moi.

Janvier suppose que Paul viendra le voir, à son retour. Mais des bruits, une heure plus tard, de l'autre côté du couloir, indiquent qu'il est rentré sans lui rendre visite. Janvier frappe quelques coups à la porte :

— Alors ?

Des vêtements traînent par terre, des restes de conserves sur un bureau en métal qui doit lui servir de table pour manger. Paul n'a pas de lit, il dort sur un canapé douteux où s'étalent des magazines. Janvier entrevoit sur les couvertures des filles nues, dans des positions suggestives. Paul ne prend pas la peine de les cacher quand Janvier entre dans la pièce. Il est allongé sur le canapé et consulte son téléphone. Il lève à peine les yeux pour répondre à son colocataire :

— Ça n'allait pas fort, le gosse. Avec les moyens qu'on a, je ne peux pas faire grand-chose, il faut attendre.

— Gastro ?

Paul se gratte la tête, les bras :

— Sans doute. Il y en a plein en ce moment. Encore que celle-ci a une drôle de forme. Fais attention à la contagion, avec son frère. Je ne sais pas si c'est raisonnable de passer du temps avec lui. Tu as du gel hydroalcoolique ?

— Non.

Paul se lève et fouille dans un grand sac plastique. Il tend une petite bouteille à Janvier avec un haussement de sourcils dérisoire :

— C'est le minimum si le gosse revient chez toi. Garde-la précieusement, il n'y en a presque plus au dispensaire. Je les ai piquées.

Il n'y a pas d'école le lendemain, c'est samedi. Rémy revient dès le matin. Janvier demande des nouvelles de Matis. Mais Rémy dit qu'il ne sait pas. Il voudrait reprendre la lecture. Jim est sur une pirogue, à la dérive, au chapitre 17. Rémy aimerait savoir s'il va s'en sortir. Janvier saisit le livre et commence à lire à voix haute. Il se dit qu'il faudrait qu'il le lise à sa classe, un de ces jours. Au bout de quelques instants, Janvier est interrompu par un cri.

— C'est maman, dit l'enfant.

Ils se regardent, ils hésitent. Janvier se lève.

Il dévale l'escalier, prend garde de ne pas glisser sur la pierre avec ses pieds nus. Les dernières marches sont inondées. Il aurait dû enfiler des bottes. Tant pis. Il fait de gros revers à son pantalon et descend. Il doit y avoir trente centimètres d'eau, tout au plus, froide et vive comme celle d'un torrent, mais moins claire. Il faut faire attention de ne pas marcher sur des objets. Il prévient Rémy, qui le suit.

L'eau empêche de voir où s'arrête le trottoir mais Janvier le connaît bien. Il lève la tête, tout est calme. Il s'engouffre dans l'immeuble d'en face. Il se cogne à un homme qui descend l'escalier, pieds nus lui aussi.

— Monsieur Bonnefoi !

C'était M. Dauge. Il respire vite :

— Le docteur… Il est chez lui ?

— Je ne sais pas. Je ne pense pas, je ne l'ai pas vu. Que se passe-t-il ?

— C'est Matis. Il n'est pas bien.

Janvier fait demi-tour, traverse la rue en sens inverse, pénètre de nouveau à la Bourse :

— Paul ? Paul !

Il traverse le rez-de-chaussée en criant. En écho, la voix de Dauge appelle : *Docteur, docteur !* Janvier monte au sec, gravit l'escalier. Moins il croit à sa présence, plus il met d'énergie dans ses appels. L'autre le talonne sans dire un mot. Janvier entre dans la chambre de Paul. Il en émane une odeur de crasse, forte et aigre. Pas de trace du médecin. Janvier se souvient que son téléphone est chargé. Il court chez lui, cherche son numéro dans son répertoire. Lui a-t-il déjà téléphoné ? Il tombe sur le répondeur, qui l'exhorte, lent et artificiel, à laisser un message :

— Paul, c'est Janvier. J'ai en face de moi le père de Matis, tu sais, le petit voisin d'en face. Je crois qu'il…

Janvier interroge des yeux l'homme livide, qui répond à voix basse, avec une intensité de mourant :

— Il est mal… Il vomit beaucoup. Il ne mange plus rien. Il est brûlant.

Janvier respire. C'est une gastro. Il est décidément trop émotif. Trop impressionnable. Les livres lui montent à la tête.

— … qui vomit, avec de la fièvre.

On entend un cri de femme, de l'autre côté de la rue. *Roméo,* appelle la femme. Dauge sort en courant de la pièce. Janvier termine son message du mieux qu'il peut :

— Pardon, mon message va te paraître un peu décousu. Le père avait l'air très inquiet. Mais peut-être qu'il panique pour rien. Si tu as ce message, si tu peux, viens. J'y vais tout de suite.

En face, au premier étage, la porte de l'appartement est ouverte. Janvier entend une femme sangloter. Il se tourne vers Rémy :

— Où est ton frère ?

— Dans sa chambre.

— Montre-moi.

Le petit garçon l'entraîne dans l'appartement. Les pleurs s'intensifient. Dans la chambre, Janvier voit d'abord la femme assise au bord du lit, qui relève la tête quand elle l'entend arriver. Elle gémit :

— Il vomit du sang, maintenant...

Janvier s'approche. Une odeur aigre le prend, au nez et aux tripes, il retient sa respiration. Au fond de son lit, Matis est très pâle, la peau cireuse et tendue. Il y a des taches rouges et brunes sur les draps, sur l'oreiller, d'autres blanches et grumeleuses, poisseuses, tout autour de lui. L'enfant a les yeux mi-clos, le regard éteint. Janvier se force à lui parler naturellement :

— Comment ça va, bonhomme ?

L'enfant ne l'entend pas. Soudain il se convulse, ses yeux se révulsent et il vomit de nouveau un liquide épais, brun, avec des coulures rouge vif. La mère gémit plus fort. Janvier détourne la tête, demande au père, qui reste debout dans un coin de la pièce, debout et recroquevillé à la fois, comme si on allait le frapper.

— Depuis combien de temps il est comme ça ?

— Depuis dimanche. Enfin, dimanche, ça allait encore.

Matis a un spasme. Il inspire bruyamment, tout son corps s'arc-boute, se tord. Janvier voudrait le toucher, pour voir s'il a de la fièvre, pour le rassurer aussi, mais l'odeur et l'aspect crayeux, exsangue, de l'enfant le pétrifient.

— Je vais essayer de trouver un médecin, on ne peut pas le laisser comme ça. Ne le touchez peut-être pas trop, dit-il à la mère en sortant.

En descendant, il hésite. Il y a un dispensaire mais les médecins de garde, peu nombreux, refusent de se déplacer, débordés par les malades sur place et l'immensité de leur tâche. Il n'a pas le temps de tergiverser : un hurlement lui parvient du premier étage, long, abominable. C'est la mère. Il monte de nouveau, traverse les pièces en courant. L'enfant ne bouge plus dans les bras de sa mère, il a les yeux ouverts. Le père la tient par les épaules, la tête cachée contre son dos. Le cœur de Janvier cogne dans sa poitrine, l'étouffe. *Part-on si vite ?* Il n'ose pas s'approcher mais la mère relève la tête, désespérée.

— Il faut attendre le médecin, s'entend-il lui ordonner.

Il vient de partir pour en chercher un et maintenant il reste là.

L'enfant ne bouge pas. La mère répète des mots inaudibles et rauques, embrasse les joues pleines de vomi, serre le corps inerte. Janvier s'approche enfin. La peau de l'enfant est verdâtre, ses traits sont creusés. Il lui prend le bras, qu'il trouve raide et froid, lui tâte le pouls. Il ne sent rien. Mais c'est la première fois qu'il fait ce geste, il le fait peut-être mal. Il se penche pour l'écouter respirer. Mais les sanglots de la mère et du père couvrent tout. Il ne peut pas savoir. Toute la scène cependant lui crie que c'est fini, jusqu'au petit frère qui s'approche à son tour et glisse sa main dans la sienne.

Janvier ne sait plus quoi faire. Combien de temps restent-ils ainsi ? On entend une voix du fond de l'appartement.

— Il y a quelqu'un ? Vous êtes là ?

Personne ne répond. Puis Janvier crie :

— Ici, Paul, au fond !

Il a honte de la portée de sa voix, honte de sa vigueur. Les autres ne bougent plus, seule la mère tremble en tenant le corps de son petit garçon.

Paul entre dans la pièce, qu'il inspecte du regard. Quand il tombe sur le lit, il a un rictus, comme si la scène confirmait ce qu'il savait déjà. Janvier comprend que c'est terminé. Paul pose son sac à dos à côté de l'enfant, se penche sur lui peu de temps et se tourne vers la mère, réfléchissant à la manière de lui dire les choses. Janvier sort de la pièce, Rémy pendu à son bras, il l'emmène à l'autre bout de l'appartement. Dans le salon, il y a des jouets partout, du linge qui sèche devant la fenêtre. Rémy s'assoit sur le canapé. Il a pris une petite voiture et fait machinalement tourner les roues de son index. Janvier voudrait lui dire quelque chose.

Janvier et Paul se parlent plus longtemps qu'ils ne l'ont fait en un an de cohabitation. Paul a eu des cas similaires qui se sont aggravés dans la semaine, trois qui sont morts rien que ce matin, un couple et son bébé. Au dispensaire, on lui en a rapporté d'autres. Il faut penser aussi à tous ceux que l'on n'a pas détectés et qui meurent cachés dans leur coin. Paul n'est même pas de garde ce jour-là : c'est par hasard qu'il est tombé sur les trois malades. Dieu sait combien il aura de cas le lendemain, lorsque ce sera vers lui qu'on se tournera officiellement. Ça va très vite. Les deux hommes se lavent les mains à l'aide de bouteilles au-dessus de l'évier puis ils les frictionnent avec du gel hydroalcoolique. Ce sera mieux que rien. Paul a demandé à toute la famille de se laver les mains. Rémy a obéi, s'est laissé faire plutôt, mais les deux parents n'ont pas bougé. La mère l'a fixé, hébétée, des traces de sang sur son tee-shirt, puis elle a détourné la tête.

Janvier et Paul discutent maintenant dans la cuisine, debout, adossés aux meubles. Rémy les a suivis, sa petite voiture toujours dans la main. Il est assis, la tête penchée.

Paul vide son sac. *Il faut partir. C'est de la folie d'avoir laissé ces gens rester. C'est déjà incroyable que cela n'arrive que maintenant.* Il a entendu dire que d'autres zones du littoral étaient concernées. Les hôpitaux vont être saturés en quelques jours. On va certainement évacuer la zone. Le plus tôt sera le mieux. Il faut lui pardonner de le dire aussi franchement, mais tous ces gens n'ont que ce qu'ils méritent. Qu'est-ce qu'on avait cru, honnêtement ? Qui pourra encore dire que c'était une bonne idée de s'obstiner à rester dans ce coin putride ? On tombera comme des mouches. Du gel hydroalcoolique et du paracétamol pour la fièvre, voilà tout ce qu'il peut offrir pour prévenir et guérir. On est déjà mort, techniquement. Tout le monde. Il dit ça crânement mais il a des gestes nerveux, qui démentent le fatalisme bravache qu'il vous jette au visage.

Rémy parfois relève les yeux, semble sur le point de dire quelque chose et puis ses yeux retombent. Janvier évite son regard et lui caresse les cheveux, la nuque.

Des sanglots de la mère leur parviennent. Paul éructe, la voix plus basse, il vide sa colère :

— Tu vas voir qu'ils vont vouloir l'enterrer. Ils vont vouloir un enterrement. Et attends, dans un cimetière ! C'est sûr. On vit dans un monde de fous.

Janvier ne comprend pas. Paul poursuit :

— C'est un délire collectif ! Ils voudraient faire comme on a toujours fait, le déni total. Ils voudraient un corbillard, des allées au milieu des tombes, une croix sur la pierre tombale. Alors qu'on va le brûler, leur gosse !

Rémy se raidit sous la main de Janvier. Il faudrait lui couvrir les oreilles. Janvier hésite à lui dire d'aller jouer ailleurs, mais où l'envoyer ? Il met un doigt sur sa bouche à l'intention de Paul qui ne le regarde pas et qui poursuit, les bras croisés, secouant la tête de droite à gauche :

— On va tous repartir cette semaine. Zou, chacun chez soi. On n'a que ce qu'on mérite, *ils* n'ont que ce qu'ils méritent. Tu es d'où, toi ?

— Lozère.

— Joli coin, fait Paul avec une moue de fin connaisseur. Tu seras bien, là-bas. C'est pas demain qu'il y aura de la flotte partout.

Et il part d'un rire aigu, que Janvier veut arrêter :

— Et toi ?

— D'Avignon. Moins d'eau qu'ici, mais plus d'emmerdes... Je ne rêve pas d'y retourner, mais enfin... Au moins, c'est encore l'État de droit.

— Qu'est-ce que tu racontes ?

— Écoute, ce n'est pas compliqué : en restant ici, tout le monde s'est foutu à poil, tu vois bien. Les services publics sont gratuits, ça c'est sûr, on a des subventions mais à la première merde, et je suis étonné qu'elle n'arrive que maintenant, on se rend compte qu'on n'a plus de droit, plus rien. Je vais te dire ce qu'il va se passer, pour le gamin. On va déclarer sa mort, ils vont venir chercher le corps, ils vont le cramer et puis ils vont foutre la famille en quarantaine. De vraies quarantaines, pas avec les gens chez soi, hein. On va parquer tout le monde et on va en profiter pour faire évacuer.

— Elles sont en place ? Les quarantaines ?

— Il ne faudra pas deux jours. C'est facile à faire. La région ne compte que ça, des salles communales, des hôpitaux vides, des casernes. Ah, ça, ne t'inquiète pas, on va t'en monter, des quarantaines.

Il se frotte les yeux :

— Et après, les camps.

— Et nous ?

— Je ne sais pas. J'espère que le fait d'avoir abandonné notre liberté en signant la conscription, ça va nous la rendre à la fin. Mais eux, ils sont foutus. Ils se sont donnés pour rester. Dans une chimère. Qu'est-ce qu'ils croyaient ?

Paul prend une bouteille d'eau sur la table, l'inspecte et la repose. Il cherche des yeux et finit par en trouver une encore fermée, dans le fond de la pièce, à côté des conserves. Il en boit une bonne moitié :

— Je ne t'en propose pas, elle est pour moi maintenant.

Il a l'air content de ce qu'il dit, malgré tout. Chacun de ses mots résonne comme un *je vous l'avais bien dit* tonitruant. Il y a des gens qui préfèrent avoir raison, par-dessus tout. Janvier demande :

— C'est quoi, au fait ?

— Quoi donc ?

— Comme maladie. C'est pas une gastro, ça.

— Ah… On pense que c'est une mutation d'Ebola. Dans une version plus galopante. Ça va tellement vite, j'aurais penché pour un problème d'intoxication, personnellement.

— C'est très contagieux ?

— Oui et non. Les fluides… Mais c'est tout. Pour ce qu'on en sait pour le moment, évidemment.

Paul s'est mis à parler plus lentement. Est-ce pour se rendre intéressant ? Il pèse ses mots. Janvier continue :

— Quand tu dis « on » …

— C'est ce qu'on dit au dispensaire.

— Mais vous n'avez pas d'informations plus officielles ?

Paul s'assoit, prend sa tête dans ses mains, répond plus bas :

— Non. On ne sait rien.

— Ma mère m'a parlé d'une alerte sanitaire sur tout le littoral.

— Ta mère en Lozère ? répond Paul avec un rictus.

— Ma mère en Lozère.

— Je serais bien emmerdé qu'elle soit plus au courant que moi. Dis-lui de ne pas trop se fier à ce qu'on dit à la télévision, quand même.

Janvier, qui jusqu'à présent fixait son regard sur les objets de la cuisine et sur la fenêtre de son appartement, en face, commence à dévisager le médecin. Il se demande pourquoi il se met à parler si mal depuis quelques instants, pourquoi il est agressif et pourquoi la grossièreté prend le dessus. Paul transpire, ses tempes luisent ; c'est la peur qui est en train de prendre le contrôle. Il passe ses mains sur sa veste, à l'intérieur, en sort une petite fiole, dans laquelle il boit. Janvier sent l'alcool lui monter au nez. Il a envie de voir Wladimir, de le prévenir.

Le crépuscule est monté pendant qu'ils parlaient. Janvier s'en va. Il laisse tout le monde derrière lui. Il aurait aimé prendre Rémy.

Wladimir était déjà au courant. Janvier est resté longtemps chez lui, il a pris soin d'éviter que la conversation ne tourne autour de la maladie, car Wladimir est toujours prêt à élaborer de grandes théories fumeuses qui les laissent fâchés. Alors Janvier a poussé son ami vers les rivages du passé, vers ses vieilles histoires de marins, d'armateurs et de voyages. Ils ont bu plus que de raison, comme si c'était la dernière fois. Puis Wladimir, la voix éraillée, les yeux humides, lui a demandé de revenir, si les sirènes sonnaient. Et il lui a expliqué pourquoi.

En ramant à travers les rues silencieuses, Janvier s'étonne lui-même de chercher la solitude dans le désert. *Ça rend fou*, se dit-il, *je deviens fou.*

L'odeur le prend dès qu'il passe la fenêtre. Devant la porte de sa chambre, il trouve le corps de Paul, étendu et raide, au milieu de taches de sang.

Au même moment, la sirène retentit. Janvier compte le nombre d'appels, la gorge serrée, le regard sur le corps de Paul. Un premier son prolongé : les militaires sont appelés à la caserne. Il sait déjà que l'on va dépasser deux sonneries, le signal de la montée des eaux. L'eau est en train de redescendre. Ce n'est pas ça. Il prie pour que l'on s'arrête à la troisième : confinement dans les habitations. La quatrième sonnerie le prend aux tripes : urgence absolue, tous les habitants doivent évacuer immédiatement la zone et se retrouver au point de rencontre qui leur a été communiqué. C'est la fin.

À la lumière de sa torche, il attrape tout ce que peut contenir son sac à dos. Deux bouteilles d'eau, des biscuits. L'alcool de Wladimir lui tape sur le front quand il se baisse. Quelques vêtements, son téléphone. Machinalement, il saisit *Belle du Seigneur*, puis le repose. Il faut emporter le strict nécessaire. Dans la bibliothèque, il cherche quelques minutes. Dehors, les sirènes s'obstinent, implacables. Elles ne s'arrêteront plus. Il pense aux longs mois pendant lesquels il a amassé méticuleusement ce qu'il pouvait sauver de chefs-d'œuvre. Il faut encore sauver, mais plus vite, et moins. Pris d'un immense découragement, il se dirige vers la porte, fait demi-tour. Il ferme les yeux, pose ses mains sur une étagère au hasard. Le sort décidera. C'est *Guerre et Paix.* Il ne s'y résigne pas, le repose. Quel livre saurait contenir à lui seul tous ses désirs, tous ses besoins ? Ses yeux s'arrêtent sur un recueil de poèmes. *Fureur et Mystère*, de René Char. Pourquoi pas. Il y a au moins une promesse.

En chemin vers chez Wladimir, il voit des familles monter dans les navettes militaires avec leurs bagages. Partout, des faisceaux lumineux, des lampes. La Rochelle s'ébroue une dernière fois.

L'eau lui arrive aux chevilles. Il a pris ses bottes, laissé ses cuissardes à l'appartement. Elles ne lui serviront plus. Il dit adieu à la ville. Le chemin est court jusqu'à la maison de son ami mais les rues sont saturées, pour une fois. Les familles quittent leur trou dans l'obscurité et le bruit.

Il entend des voix derrière lui juste avant de croiser la rue Eugène-Fromentin. Ce sont des voix d'hommes, impérieuses : une patrouille. Ne pas se faire prendre, au moins pas avant d'avoir vu Wladimir. Il se cache sous les arcades. Les voix s'approchent. Il recule, lentement, au rythme des colonnes. Il passe devant un magasin éventré, qui a été entièrement pillé, comme tant d'autres. Il n'y a plus rien. On ne peut même plus dire ce qu'on y vendait. Il y entre par la vitrine crevée, cherche un endroit où se réfugier. Au fond de la pièce, le meuble qui soutenait les caisses, ce qu'il en reste, pourra l'abriter. L'air humide est moisi, putréfié. La patrouille doit être juste devant la boutique, les voix sont à deux pas, elles stagnent. Une femme répond, docile et apeurée. Janvier ne lève pas la tête pour voir les silhouettes. Il sait que c'est impossible, mais il a peur que le bruit de son cœur ne le trahisse. Au bout d'un moment, derrière les voix et par-dessus les battements de son cœur, il discerne une troisième voix, comme un chant aigu et saccadé. Cela vient du dessus. C'est un pleur régulier. C'est une voix d'homme.

La patrouille s'éloigne. On distingue mieux la voix. Peut-être qu'elle dit quelque chose.

Dans la cage d'escalier, les pleurs se font plus directs. Il monte jusqu'au deuxième étage. Quand il est sûr qu'il ne peut pas être vu depuis la rue, il allume sa lampe. Il ne comprend pas tout de suite ce qu'il voit, dans la pièce où le guident les pleurs.

En même temps qu'il reconnaît l'uniforme militaire, il découvre la posture de l'homme, accroupi, prostré, secoué de spasmes.

Ébloui par le faisceau lumineux, l'homme cache sa tête dans ses mains. Janvier dévie la trajectoire de sa lampe. C'est seulement à ce moment-là qu'il le voit : à quelques mètres, un corps est allongé sur le dos. C'est une femme, militaire elle aussi. Janvier s'avance. Il la connaît. Il l'a déjà vue à la caserne. Une très belle femme, qui avait l'air plutôt ouverte, joyeuse, pas comme toutes les recrues de la France Éternelle. Les orbites sont enfoncées, mais les yeux lui sortent de la tête. Elle a le visage gris, émacié. Il n'y a pas besoin de mots pour elle. Mais lui, que fait-il ?

— Déserteur ?

L'homme fourre sa main dans sa poche, en sort une arme. Il continue de sangloter. Janvier ne sait pas à qui la menace est destinée. Il dit *hé là*, du même ton qu'il prenait, avant, quand les brebis étaient excitées et qu'il fallait les manier pour les faire entrer dans un enclos. Autorité, douceur. Janvier voit le moment où l'homme va pointer son arme sur lui. Il voit le moment où l'homme va mettre le canon dans sa propre bouche.

— Posez ça.

Il le dit sans y croire, pourtant l'homme obéit et se remet à sangloter. Janvier s'approche, s'accroupit à côté de lui, pas trop près tout de même. Il essaie de ne pas regarder la femme, de ne pas sentir l'odeur.

Ils n'ont pas beaucoup parlé. Janvier lui a donné un pantalon, un tee-shirt, un pull, pour qu'il puisse se débarrasser de son apparence de militaire. Janvier n'a plus de vêtements de rechange. L'homme lui a proposé de l'eau. Janvier a bu d'abord à la bouteille, il le prévient qu'il a vu plusieurs morts, déjà, que l'eau pourrait être contaminée mais l'homme s'en moque. Il a embrassé, tenu, caressé la morte depuis la veille, ce n'est pas une gorgée d'eau qui fera la différence.

Ils ne se sont pas serré la main. Mais l'homme, très jeune, avait l'œil plein de gratitude au moment de se dire au revoir. Il n'y a plus personne dans la rue, chacun part de son côté. Le jeune homme vers la sortie de la ville et Janvier vers chez Wladimir, pour la dernière fois.

2

Le départ

Janvier se laisse cueillir par la patrouille en sortant de chez Wladimir au petit jour. Il n'a pas le cœur de répliquer, pas le cœur d'essayer de négocier, pas le cœur d'essayer de s'enfuir. Il n'a plus de cœur, il l'a laissé chez Wladimir. Il suit sans discuter les deux militaires qui l'interpellent. Une femme est déjà avec eux. On ne dit rien à Janvier, on ne vérifie pas son identité, on ne lui explique pas pourquoi on l'embarque. Est-ce à cause de ce qu'il vient de faire ? Quelqu'un l'aurait vu, l'aurait dénoncé. Mais plus les secondes passent et moins cela paraît possible. On ne lui pose aucune question. Il n'a pas de menottes, rien. La femme non plus. Ils marchent tous les quatre, les soldats un peu en retrait. Parfois la femme pose des questions, où les emmène-t-on, elle n'a rien fait de mal, il faut qu'elle rentre chez elle, son père n'est pas bien. Les deux soldats échangent un regard sans répondre. Les bottes luttent contre le courant, mais chacun est habitué. Janvier fait ses adieux à la ville, à la sensation de résister à l'eau à chaque pas, à chaque regard. Il n'en revient pas de quitter La Rochelle. Il n'y avait jamais mis les pieds avant la montée, et maintenant c'est comme si elle l'avait mis au monde.

La marche l'apaise. Elle ne l'apaisera pas longtemps, il le sait. Mais il a besoin d'évacuer la tension. De se débarrasser du regard de Wladimir, du baiser de Wladimir.

Le gosse, il y pense aussi. Mais ce n'était pas son gosse. C'était le gosse de quelqu'un. Il y a ses parents et son frère pour le pleurer de larmes authentiques et légitimes – s'ils ne sont pas déjà morts, eux aussi. Ce n'était pas son gosse ; Wladimir, c'était son ami, qui n'avait plus que lui. Son fils ne prenait pas de nouvelles. Est-ce qu'ils étaient fâchés ? Ça n'était même pas sûr. Wladimir n'avait pas parlé de le prévenir, quand il avait demandé à Janvier d'en finir. C'était entre eux deux, comme s'ils avaient été seuls au monde. Le vieil homme l'avait prié de lui pardonner, aussi, d'exiger ce geste de lui, pour le laisser, l'instant d'après, dans le silence.

Inoffensif, avait dit Bouchra.

La mort de Wladimir a été triste, mais douce et intime. Chez le gosse, il y avait eu les cris, le corps tordu, les yeux révulsés, le sang rouge, presque noir, la mère qui gémissait de douleur, ça lui avait creusé le cœur et la tête, la douleur des autres, ça l'avait lacéré, vidé. Puis le médecin, mort lui aussi, et les autres corps. Ça fait peur d'y penser, à la limite ; mais ça ne fait pas mal.

D'autres groupes similaires sortent des rues au fur et à mesure. L'avenue Jean-Moulin n'est pas inondée. On se met à marcher plus vite, jusqu'à l'esplanade de la gare. Les lignes régulières ne fonctionnent plus depuis longtemps.

L'endroit sert simplement de point de ralliement aux soldats qui arrivent par grappes, poussant devant eux les derniers habitants de la ville mourante. Il y a beaucoup de gens déjà massés devant le grand bâtiment, les soldats crient des ordres en faisant de grands gestes, des fourgons se remplissent. On conduit Janvier devant une sorte de camionnette blanche qui a dû être réquisitionnée pour l'occasion et qui est presque pleine. Avec lui, la femme de tout à l'heure, une famille avec quatre enfants et un bébé, deux types qui ont trop bu. Personne ne parle, pas même les enfants.

Les dernières heures lui paraissent irréelles. Il n'a pas envie d'y penser. Il sort son téléphone et l'allume. Presque aussitôt, les messages affluent sur l'écran. Il y a des messages vocaux. Il les garde pour plus tard. Des SMS. De sa mère, principalement. Il les lit en diagonale pour ne pas se laisser gagner par la panique qui transpire. Commencer par les premiers messages, qui s'affichent en dernier. Y aller progressivement, qu'au moins la chronologie tienne lieu de logique. Sa mère voudrait savoir où il est. Félicien a vu les informations sur Internet. On parle d'épidémie. Elle est inquiète mais elle n'est pas sûre que ce soit vrai. Le message date de la veille au soir.

Il faut la rappeler, bien sûr.

Les autres messages de sa mère, plus tard dans la nuit, sont teintés d'une autre inquiétude. La police est venue et a posé des questions. Les policiers ont l'air de penser qu'il a déserté mais pas seulement. Ils se sont renseignés sur ses activités, ses positions politiques. Est-ce que Janvier peut rappeler ? Ils ont dit qu'ils repasseraient. Ils ont fouillé sa chambre mais n'ont rien pris.

Il lui semble en lisant les messages entendre la voix de sa mère, son trouble : celui qui lui dit que son fils est en faute. Celui qui lui disait la même chose quand le directeur de l'école téléphonait. Sa mère se place toujours du côté de l'autorité et jamais du côté de son fils.

Elle est trop affolée pour être en colère. Le dernier message, plus laconique, le supplie de donner un signe de vie. Mais il suffirait qu'il rappelle, qu'il lui donne des nouvelles, pour qu'elle bascule de nouveau vers les reproches.

Est-ce qu'on cherche les déserteurs à ce point, dans un tel chaos ? Et si vite ? Il doit y avoir autre chose. Au fond, il le sait. Il le sait depuis les regards mauvais des militaires à la caserne, l'attitude du fonctionnaire. Il est probable qu'on commence à le lier au MCPP. Peut-être pas directement : quelle influence aurait-il pu avoir sur les attentats du Père Lachaise, lui, coupé du monde, conscrit dans une ville inondée, qu'aurait-il pu faire ? Il pointait toutes les semaines à la mairie. On connaissait son activité. Au jour près, visiblement. Il est parti la veille, un soir où personne ne l'attendait. Il était donc surveillé ? Ça paraît invraisemblable, mais il ne voit pas d'autre possibilité.

Ça doit être le cas de tous les conscrits. On se méfie des types qui refusent de s'engager dans l'armée. On se méfie des pacifistes. On se méfie de ceux qui veulent encore changer le monde, sauver la planète. Ce sont les mêmes qui posent des bombes et qui tuent des gens au hasard sous prétexte d'alerter l'opinion publique. Voilà ce qu'on dit. Sa propre mère veut savoir s'il n'agit pas pour le compte du MCPP.

Il se résout à écouter ses messages. La direction départementale des conscrits Atlantique et la police évoquent une convocation pour la veille, à la caserne, en vue d'une quarantaine. Il ne les écoute pas jusqu'au bout. Le troisième est de sa mère. Elle répète ses questions. Les arrestations continuent et les disparitions aussi. M. Lescure, par exemple, est-ce que Janvier se souvient, oui bien sûr, elle est idiote, il se souvient. Eh bien, il est porté disparu. Elle va finir par mourir d'inquiétude s'il ne la rappelle pas. Et puis on a besoin de lui, vraiment besoin. La voix chevrote, hoquette. Elle pleure pour de bon.

Janvier sait que sa mère joue sa dernière carte pour le faire sortir du silence. Il admire la force du coup qui le frappe exactement où il faut. Son cœur se resserre comme s'il prenait son élan. *Maman.* Est-ce qu'il l'a dit tout fort ? Un des poivrots, à l'autre bout du fourgon, relève la tête et le regarde avec pitié, un peu de mépris peut-être. *Maman.* Il le murmure en lui-même, cette fois, comme si elle pouvait l'entendre. *Ne t'inquiète pas. J'arrive.*

À côté de lui, la femme ne se résigne pas au silence :

— Mais on va où, là ? Quelqu'un peut m'expliquer ?

Janvier finit par lui répondre. C'est sans doute une quarantaine. La femme ne sait pas ce que c'est. Il explique. Elle s'étonne :

— Mais moi, c'est mon père qui est malade, pas moi. Mon père. Je l'ai laissé pour aller chercher un médecin.

Il est tout seul. Je n'ai même pas eu le temps de le voir. Quand je suis revenue, ils m'ont emmenée tout de suite.

— Vous l'avez dit aux types qui vous ont embarquée ?

— Ils le savent bien, ils sortaient de chez moi quand je suis arrivée. Ils m'ont dit qu'ils m'expliqueraient. Qu'on s'occupait de lui.

Elle garde le silence quelques instants, elle digère les informations. Elle se ronge les ongles, les yeux fixés sur ses mains.

Le fourgon file sur les routes désertes. Ça fait des mois que Janvier n'est pas monté dans une voiture. Il a l'impression qu'on l'a forcé à se réveiller. Il cherche d'où vient la sirène qu'il entend, avant de comprendre qu'elle émane du fourgon lui-même.

Janvier a des gestes lents. Il fait semblant de se gratter le dos, sort son portefeuille de sa poche, le garde contre lui. Il fait mentalement le compte de ses papiers. Carte d'identité, carte de conscrit, carte de crédit, carte, carte, carte. Il demande s'il peut ouvrir la fenêtre. Il dit qu'il ne se sent pas bien. Échange de regards inquiets. La fenêtre s'ouvre un peu. Il l'agrippe comme pour prendre de l'air et laisse tomber son portefeuille sur la route. On ne pourra peut-être pas croire qu'il est mort à La Rochelle si on trouve ses papiers sur la chaussée. Mais pour l'heure, il n'est plus Janvier Bonnefoi. Il éteint son téléphone.

On traverse des routes, des carrefours, des villages désolés comme des villes de western. Il essaie de retenir les noms, pour s'orienter. La voiture s'arrête devant un grand bâtiment. *Union sportive de Ferrières.* Ça grouille d'uniformes. Comme à la caserne, mais il y a des policiers en plus. C'est étrange de voir les militaires afficher un air affairé et préoccupé. Depuis plus d'un an, Janvier les voit jouer aux cartes, boire, flirter, écouter de la musique sur leur téléphone et regarder des vidéos en attendant que le temps passe. Aujourd'hui, ils ont pris dix ans.

On le met dans une file d'hommes qui baissent la tête. Certains parlent à voix basse. Derrière un rideau de fortune, en plein air, on le fouille. On le déshabille, pour le rhabiller. Tout le monde doit étaler ses affaires devant soi, en prenant soin de sortir les appareils électroniques. Que cherchent-ils ? On ne lui répond pas. Il doit attendre à l'intérieur. Tous les soldats ont des armes en bandoulière.

Dans le gymnase, des lits de camp ont été déployés. On aimerait dire « à perte de vue », mais la vue ne se perd pas, elle vient buter sur les quatre murs. Les voix résonnent comme des cris. Il y a des enfants qui courent. L'humidité et la chaleur prennent les narines et la gorge, tout le monde a l'air fatigué, même les policiers. À quelques mètres de Janvier, adossée à une cloison, une femme assise sanglote, la tête dans une main, l'autre étalée sur le sol, ouverte et morte. Deux hommes et une femme sont menottés, face au mur.

Un policier s'approche de Janvier.

— Suivez-moi, vous.

Il est très jeune, petit, les tempes rasées, les traits fins. Il veut se grandir et pointe son nez effilé vers le plafond. Il s'assoit derrière une table. D'autres policiers, le long des murs, prennent des notes à la main. Pas d'ordinateur.

— Nom, prénom.
— Huminski, Wladimir.
L'homme relève la tête :
— Français ?
— Oui.
— Comment vous l'écrivez ?
Janvier épelle le nom de Wladimir. L'homme le dévisage sans égards :
— C'est français, ça ? Quelle origine ?
— Française.
Détourner l'attention.
— Vous avez vos papiers ?
— Non.
— Pourquoi ?
— Mon portefeuille est tombé à l'eau.
L'homme ricane sans joie :
— C'est fou comme les gens sont maladroits. Vous êtes le vingtième depuis hier.
Un cri, à l'autre bout de la salle, du mouvement. Les gens s'écartent par grappes d'un homme assis : quelques gouttes de vinaigre sur une fourmilière. Un silence de terreur, troué d'une plainte vagissante. On crie qu'il faut un médecin, qu'il faut évacuer. Une petite fille apeurée s'est reculée jusqu'au policier. Il la repousse du pied, plus fort qu'il n'aurait voulu peut-être ; elle tombe à terre et le dévisage, incrédule, les yeux brûlants de trouille. Janvier voudrait la relever. Il ne bouge pas.
— Quelles sont vos raisons pour être à La Rochelle ?
— Je suis rochelais.

— Ça n'existe plus, ça.

Le policier a dit ça cent fois depuis hier. Toutes ses répliques sortent sans délai, implacables et prédécoupées.

— Ça n'était pas interdit jusqu'à présent, répond Janvier.

— Si vous saviez ce que j'en pense…

Janvier sait très bien. Il ne répond pas.

— Combien de temps vous nous gardez ?

— Ça dépend. Il faut d'abord que je vérifie votre identité. Ce qui serait plus simple si vous aviez des papiers.

Et vous, une connexion internet, se réjouit Janvier intérieurement. C'est une question de jours, peut-être d'heures. On ne lui rend pas son téléphone. À tout moment, il s'attend à ce qu'on lui réclame son code.

Sur un lit de camp, Janvier ferme les yeux. Il ne voit plus le groupe d'hommes qui le fixent, à côté de lui. Il s'est allongé sur son sac. C'est tout ce qui lui reste et ce n'est pas grand-chose. Le visage de sa mère, celui de Félicien, passent derrière ses paupières closes.

La journée et la nuit s'écoulent au rythme des gens qui entrent et de ceux qu'on évacue. On s'écarte rapidement quand quelqu'un se plaint. Parfois ça ne crie pas et on s'écarte plus lentement. Il ne sortira jamais vivant de cet endroit.

Au début de l'après-midi, les policiers ont reçu des masques. Ils n'en mènent pas large. Ils n'ont pas tellement plus de chances de s'en sortir et ils le savent ; on peut lire la peur sur les visages sans traits, à demi cachés, qui ne sont plus que des yeux suppliants.

Vers le milieu de l'après-midi, Janvier quitte son lit pour faire le tour du gymnase.

Il compte un agent de police pour vingt personnes. C'est beaucoup. Les mines sont ternes et creusées : chacun a sur soi les signes de la maladie, qui se confondent avec la peur et l'épuisement. Au milieu des familles, des groupes, des hommes seuls, des lits, des bagages, au milieu des cris, des larmes, soudain, il croise des yeux d'enfant qui l'aimantent et s'allument à son contact. Le gosse pousse un cri de joie. C'est Rémy. Assis à côté de lui, son père a le regard lointain. Pas de trace de la mère. Janvier pose vite un doigt sur ses lèvres, de loin, en espérant que l'enfant comprenne l'ordre à défaut d'en saisir les raisons. Une vague de tristesse submerge aussitôt les yeux du gamin, qui se détourne doucement. Il a compris sans comprendre. Le cœur de Janvier se serre et se détend tout à la fois. Il est plus prudent de regagner son lit de camp et de ne plus en bouger.

On va tous y passer, dit la voix dans sa tête. Elle lui dit qu'il ne faut pas mourir comme ça. Personne ne lui a reparlé depuis la veille. On se surveille, on ne s'approche pas. Aucun policier n'est venu le voir. Personne ne l'a identifié, personne ne le fera, sans doute. Il sera mort avant, tout comme les policiers.

Dans le gymnase, il y a un coin avec des stocks de nourriture, de l'eau, on peut aller se servir, on donne son nom à un agent, simplement, et il note ce qu'on prend. Janvier y est allé trois fois déjà et personne ne lui fait de remarque sur les quantités. Il y a des bonbons pour les enfants, que les policiers sont contents de distribuer.

Un peu plus loin, on a installé une sorte d'espace médical, séparé du reste par des rideaux en plastique blanc. Les gens font la queue pour y entrer. Janvier tourne la tête en passant, il ne veut pas croiser ces regards-là. Quand il les a dépassés, il se rend compte qu'il avait arrêté de respirer.

Il retourne à son lit de camp, pose son sac et mange un petit pain industriel, boit un jus de pommes. Comment sortir d'ici ? Les policiers sont tous armés. Il s'allonge, la tête sur son sac.

L'image de sa mère passe, les prés, derrière Lachamp. On aurait pu y planter des pommiers. Il sombre dans un sommeil léger, sans repos, lardé de cris dont il se demande si ce sont les siens. Il sent une main sur son bras, il se redresse, surpris. Il met quelques secondes à reconnaître le jeune homme qui lui sourit, la tête penchée sur lui. C'est le déserteur.

— Ils t'ont eu…

— Oui, fait l'homme en s'asseyant sur le lit de camp. Mais grâce à toi, je suis vivant. Je n'oublierai pas.

Comme on se dit les choses sans détour, quand on sait qu'on meurt sans doute. L'homme explique :

— Sans toi, j'étais bon pour le retour à la caserne, et là…

Il pose deux doigts sur ses tempes dans un geste éloquent. Janvier lui demande à voix basse :

— Ils fusillent ceux qui s'en vont ?

L'homme ne sait pas. Il se présente. Il s'appelle Grégory, il vient de Montargis. Il est plus calme que l'avant-veille, lorsque le malheur lui tordait les traits. Janvier se rend compte qu'il est jeune, peut-être comme lui, mais peut-être davantage. Il a presque l'air d'un adolescent, maintenant.

— Toi aussi, ils t'ont eu.

— Oui. Mais c'était inévitable. Il y avait des barrages partout. Je n'avais aucune chance de m'en sortir.

— Ici, non plus, remarque Grégory avec un pauvre sourire.

Ils jettent un coup d'œil circulaire à la grande salle. Grégory ajoute :

— Il y en a qui sont mieux lotis. Avec des chambres et tout, et des vrais lits. On risque moins la contagion.

— Comment tu le sais ?

— Je l'ai entendu, à la caserne. Les premiers évacués, ils avaient droit à l'hôtel. Pas le 5 étoiles, hein, mais quand même. Tu aurais mieux fait d'y aller tout de suite.

— Je ne sais pas. Et après, ils t'évacuent où, si tu présentes des symptômes ?

— D'abord tu fais des tests, là-bas. (Grégory désigne l'espace médical sur les côtés.) Après, à l'hôpital, j'imagine. Tu allais où, toi ?

— Chez moi. En Lozère.

Grégory le dévisage :

— J'ai des cousins là-bas. Près de Mende.

— Je suis pas loin.

— Tu as bien le type, tiens. Avec les yeux bleus et les cheveux bruns. Tu ressembles à mes cousins.

— Tu vas où, toi ?

— Moi, je sais pas. Je suivais Céline. La fille que tu as vue, qui est…

La voix s'étrangle. Janvier ne veut pas le laisser continuer :

— Et maintenant ? Tu ne rentres pas chez toi ?

— Je n'ai plus de chez moi.

Il a dit ça comme un enfant puni et Janvier n'ose pas l'interroger.

— Mes parents ne voudront certainement pas me revoir.

— Tu vivais chez tes parents ?

— Oui.

— Tu as quel âge ?

— Dix-huit ans.

Ça fait du bien de parler. Ils ont soif. Janvier va chercher de l'eau. Grégory ne veut pas s'approcher des stocks, par peur d'être reconnu. Janvier aussi, mais depuis qu'il connaît l'âge de Grégory, il se sent responsable de lui.

Quand il revient, Grégory a un sourire en coin :

— Je peux te montrer un truc ?

Il soulève sa veste. Une crosse métallique dépasse de la poche intérieure.

— Ils me l'ont laissée.

Il rit presque, comme d'une farce, devant la tête incrédule de Janvier.

— Comment c'est possible ? Moi, ils m'ont carrément foutu à poil, ils m'ont tout pris. Je n'ai même plus de téléphone.

— Je sais. J'ai vu les autres. Je me suis fait embarquer avec plein de gens dans le fourgon. C'était un bordel incroyable. Je l'ai mis dans le fond de mon sac, dans ton pull roulé en boule et personne n'a vérifié. Moi non plus, je n'ai plus de téléphone. Seulement, j'ai un flingue.

Il rit encore. Il a une tête d'ange, blond comme un enfant, le regard simple. C'est le prix à payer de recruter des gosses dans l'armée : sans uniforme, on leur donnerait le bon Dieu sans confession.

Janvier pèse ses nouvelles chances en silence. Grégory l'interrompt, il a suivi la même idée :

— On se tire, qu'est-ce que t'en penses ?

Il n'a décidément plus rien à voir avec l'homme qui, l'avant-veille, pleurait à côté d'un cadavre de femme.

Ce sera pour cette nuit. Grégory voudrait partir tout de suite, mais Janvier l'en empêche. Il ne suffit pas de sortir, il faut disparaître. La nuit, ce sera plus facile. Grégory soupire devant l'inflexibilité de son nouveau chef.

C'est Grégory qui aura l'arme, parce que Janvier n'en a jamais tenu une dans les mains. Ils s'approcheront d'une sortie. À deux, ils maintiendront un agent, celui qui sera le plus près de la porte. Ils se mettront bien derrière lui pour ne pas risquer de se faire tirer dessus. Janvier lui fait répéter l'enchaînement des gestes plusieurs fois. Grégory est assez excité :

— Tu ne veux pas récupérer ton téléphone ? On peut, je pense.

Janvier se demande si c'est vraiment le meilleur allié pour une évasion réussie mais il n'a pas d'autre choix.

En attendant la nuit, ils se séparent. Janvier a besoin de calme. L'excitation de l'adolescent l'inquiète. Les mois de solitude ont rendu Janvier sensible au bruit, aux mots inutiles. Il a vieilli, simplement. Il conseille à Grégory d'essayer de dormir. Au bout d'une demi-heure, le jeune homme revient. Il n'y arrive pas. Il n'a pas envie de rester seul. Sa bouche se tord. Janvier retrouve le visage du déserteur, misérable et pathétique. La voix de Grégory est altérée, il a l'air perdu. Il jette ses yeux de tous les côtés. Janvier cède :

— Installe-toi à côté de moi.

Grégory respire de nouveau. Quelques minutes plus tard, il s'endort. Il tient dans ses poings ses deux pouces recroquevillés.

On étouffe, on retient sa respiration dans la chaleur malsaine, dans l'atmosphère viciée et les relents de transpiration âcre. Compte tenu des centaines de personnes entassées dans le gymnase, il n'y a pas tant d'évacuations que cela. Mais chacune est spectaculaire, unique et bruyante, pleine du présage des suivantes. Chaque départ enfonce la foule un peu plus loin dans le désespoir.

En fin d'après-midi, une jeune femme arrive avec son mari. Elle est enceinte et il la soutient pour marcher, une main sous le coude, l'autre au creux des hanches. Il porte un gros sac. Sa femme lui sourit, lui prend la main pour l'embrasser dans la paume. Elle lui parle à l'oreille, peut-être parce qu'elle manque de souffle. La chaleur lui gonfle les jambes, elle a les joues rouges et brillantes. Ils s'installent à côté. La femme expire ostensiblement, comme si elle se préparait à accoucher. Elle a sa première crise peu de temps après. Elle se contorsionne subitement, comme rouée de coups à l'intérieur. Au début, Janvier se demande si elle commence à accoucher mais très vite il la voit vomir, les yeux exorbités, dans des spasmes qui la clouent sur le lit. Autour d'eux, on détourne la tête.

Après la première crise, elle se redresse pour s'asseoir, le teint désormais gris malgré la chaleur, et met ses mains autour de son gros ventre. Son mari se tient debout, à distance. Janvier est hypnotisé par le corps énorme de la femme, par la raideur de l'homme. Puis elle relève la tête, elle a pour son mari un regard d'une intensité folle et illisible, plein de connivence, qui peut tout à la fois le supplier de partir ou bien de ne pas la laisser seule. L'homme s'éloigne à reculons, sans détourner les yeux de sa femme, le visage immobile et sans expression. Il se retourne au dernier moment et disparaît dans la foule.

Les heures passent. La femme cependant reste allongée, prostrée la plupart du temps. Puis elle se débat de nouveau sur son lit. Janvier voit le gros ventre taché, les contorsions monstrueuses du corps deux fois déformé. Il s'approche pour lui parler, en gardant tout de même un peu de distance ; elle ne semble ni le voir ni l'entendre.

Janvier est parti chercher un médecin mais la queue devant l'espace médicalisé s'est allongée. Il essaie de se frayer un chemin, il se fait insulter.

— Il y a une femme malade, là-bas. Elle est enceinte.

— Il y a des malades partout, lui répond-on.

Les gens s'écartent, reculent s'il fait mine d'avancer. Il finit par la déclarer. On le suit avec un brancard, on l'interroge : qui connaît le nom de la jeune femme ? Est-ce qu'elle est accompagnée ? Janvier hésite, dit qu'elle est arrivée seule. Ils embarquent la femme, son manteau à ses pieds. Le mari est parti avec le sac.

Janvier regagne son lit. Il s'allonge en chien de fusil, les mains sur les oreilles. Grégory dort, il n'aura rien vu de la scène.

Le gymnase continue de se remplir, malgré la nuit. Les autorités ratissent tous les coins, on vide les maisons, on fouille les écoles. Les mines sont abattues en franchissant les portes. La chaleur ne faiblit pas avec la nuit, les murs, le toit en tôle gardent tout, les corps fument. Une odeur de brûlé vient piquer les narines.

Janvier ne bouge plus de son lit, il ne veut pas risquer de croiser le regard de quelqu'un qu'il connaît. Le regard de Rémy. Il n'aimerait pas non plus le chercher et ne pas le trouver. Quand les enfants meurent, ils ont un supplément d'étonnement dans les yeux que Janvier n'a pas envie de revoir.

Pas de trace de Bouchra ; Janvier se refuse à en tirer des conclusions. Tout peut lui être arrivé. Il évalue avec tristesse la fragilité de leur lien, pas assez fort pour le détourner de son chemin.

Grégory s'est réveillé. Les paupières rouges et gonflées, il bâille, il a dormi comme un enfant. Il s'accroche aux yeux de Janvier, l'interroge *On y va ?* avec un enthousiasme de jeune chien qui sait qu'il va partir en promenade. Janvier se laisse presque gagner par sa joie. Ils se redisent comment ça va se passer. Beaucoup de gens dorment, blafards sous les néons. C'est l'heure. *On fait bien comme on a dit.* Grégory parle de plus en plus fort, tandis que les mains de Janvier se mettent à trembler.

Quatre policiers se tiennent devant la porte principale ; un seulement devant la petite porte.

Quand Janvier s'approche de l'homme, il ne sait pas s'il va réussir à faire les gestes prévus. Le toucher, lui saisir les bras, mettre toute sa force. Ne plus pouvoir reculer, ensuite. Il dit à Grégory d'attendre. Mais Grégory se précipite sur le policier et lui place le revolver sur le front. *Laisse-nous sortir.* C'est beaucoup plus simple que Janvier ne le pensait. L'homme ne bouge pas. Janvier se résout à l'empoigner, il regarde si personne ne les voit. Grégory avance, l'arme tendue, pour faire reculer le policier jusqu'à la porte. Il pose la main sur la poignée.

— C'est fermé à clé.

Janvier sent la sueur lui couler dans le dos.

— Où est la clé ? demande Grégory.

— Je l'ai pas, répond le policier.

— On va à une autre porte. Toi, tu y vas en premier, là-bas. Je pointe le flingue dans ton dos. Si tu fais n'importe quoi, je te bute.

Grégory est agité, il menace l'homme à voix basse, pour un pas plus court que l'autre, pour une hésitation, un mouvement de tête. *Avance. Ralentis pas.* Ils passent devant des gens endormis. Janvier n'est plus sûr de rien quand ils atteignent la porte suivante. Trois agents les interrogent des yeux. Ils comprennent rapidement, portent leurs mains à leurs ceintures. Grégory attrape son otage par-derrière, lui met le pistolet sur la tempe. Il crie, la voix éraillée :

— Ouvrez la porte !

Autour d'eux, on se réveille, on se raidit. Les policiers ne bougent plus. Grégory demande plus fort, il est rouge, les veines gonflées. Janvier a les bras ballants, il assiste à une scène irréelle. L'otage finit par gémir :

— Mais ouvrez la porte, les gars... Ici ou ailleurs...

— Ta gueule ! hurle Grégory.

La porte s'ouvre, ils sont libres.

— Toi, tu viens avec nous.

Grégory embarque le policier, qui ne se fait pas prier :

— J'ai des clés, si vous voulez.

Ils ne comprennent pas.

— Une bagnole.

Ils suivent le policier dans la nuit, sur le parking. L'homme court devant, on ne sait pas s'il les fuit ou s'il les guide.

Un coup est parti. L'otage tombe, il glisse lentement sur le sol. Trois agents les poursuivent, arme au poing. Janvier est derrière une voiture. Mais Grégory se tient debout. Il tire. Il abat les trois agents, un à un. Un homme et une femme sortent après eux. Il leur tire dessus aussi. Il n'arrête plus de tirer. Plus tard il pleurera, recroquevillé, vidé, la tête dans les genoux de Janvier, mais pour l'heure, il tire. Rapidement, plus rien ne bouge. Grégory tire quand même, les bras tendus. Janvier n'ose pas lui dire d'arrêter. La porte du gymnase s'est refermée, Grégory tire dessus. Janvier s'élance enfin et Grégory le suit.

Dès qu'il peut tourner, Janvier tourne. Il sait qu'ils sont poursuivis, qu'ils seront abattus comme des chiens, sans sommation, sans interrogatoire, sans jugement. Il se retourne. Grégory a les yeux pleins d'une fièvre qu'on dirait joyeuse. Janvier se demande s'il peut lui tirer dessus. Combien de balles pour une arme ordinaire de l'armée ? Janvier devrait le savoir, ça avait fait toute une histoire lorsqu'on avait réarmé la police et déployé des gendarmes partout. C'était avant l'arrivée au pouvoir de Jarnac. Avec des faits divers comme celui qu'ils sont en train de vivre, d'accomplir, on va de moins en moins s'offusquer. Mais les médias relaient-ils encore les informations qui viennent du littoral ?

Janvier se réfugie dans une petite impasse. On entend des voitures tout autour d'eux, dans les rues alentour. Grégory se précipite pour faire demi-tour mais Janvier le prend par le bras et l'entraîne vers une maison dont la porte est ouverte.

Ils grimpent un escalier dans le noir. Janvier reconnaît l'odeur aigre de la maladie. Grégory halète, il essaie de dire quelque chose, Janvier lui dit tout bas de se taire. *Plus tard.* Dans une pièce au hasard, ils s'allongent sur le sol. Les voitures passent très près, peut-être devant l'impasse. Elles tournent encore longtemps. Le souffle de Grégory ne ralentit pas, il s'amplifie, plus rauque. Janvier se tourne vers lui, son visage est ravagé par des sanglots enroués et retenus.

Personne ne viendra les chercher. Janvier le sait mais il préfère rester immobile, à côté de cet inconnu qui vient d'assassiner cinq personnes et qui bave et pleure comme un enfant contre ses genoux. C'est une drôle de liberté qu'ils viennent de conquérir. Derrière la tête de Grégory, Janvier aperçoit un lit, et sur ce lit, quelque chose qui dépasse.

C'est un pied, nu, un petit pied. C'est un pied de femme. Cette fois, Janvier ne vérifie pas. C'est une femme morte, il n'y a plus besoin de s'en assurer.

Pourtant, quelques minutes plus tard, un gémissement long et lugubre émane du lit. La femme est vivante. Janvier ne bouge pas. À quoi bon ? Ce serait trop risqué. Elle est perdue de toute façon.

Combien de temps passe ainsi ? Une plainte gutturale, de nouveau, glace le cœur de Janvier. Le corps de la femme trouve encore dans la souffrance un peu de force pour se contorsionner. *Il faudrait l'aider à mourir.* Il n'en a pas le courage. Il pourrait se lever silencieusement, prendre un oreiller, l'étouffer. Il n'en serait pas à son premier fait d'armes. Il ne bouge pas. Il pourrait se lever, lui chuchoter des paroles consolatoires. Il reste allongé, les yeux fermés.

Il pense au mot de Bouchra. *Inoffensif.*

Quand il était enfant, on disait de lui – on disait la même chose de beaucoup d'enfants – qu'il ne ferait *pas de mal à une mouche*. Il se reconnaissait dans cette phrase.

Il ne faisait pas de mal volontiers, même à une mouche. Il croyait que c'était de la gentillesse, de la bienveillance, de la générosité. Voilà comment avaient résonné les mots de Bouchra. Derrière ses yeux fermés qui ne veulent plus voir le corps de la femme se tordre dans son vomi, il comprend. Ce n'est pas de la bonté d'âme. C'est du dégoût. Il n'aurait pas volontiers fait de mal à cette femme. Mais l'idée de son corps qui se débattrait une dernière fois, l'idée de son contact, à travers l'oreiller, c'est au-dessus de ses forces, quand bien même ce serait pour lui épargner une agonie interminable. La souffrance de cette femme lui est plus supportable que son contact. Cela fait de lui quelqu'un d'inoffensif mais pas quelqu'un de bon. Cette qualité, qu'on pourrait prendre pour de la générosité, de la solidarité, est une distance supplémentaire entre son corps et le corps de l'autre. C'est de la lâcheté.

La femme finit par mourir. Par ne plus bouger, au moins. C'est la même chose.

Grégory recommence à sangloter de la même façon bizarre que lorsque Janvier l'a entendu dans l'immeuble de La Rochelle ; il sanglote avec des modulations, comme s'il chantait. Il pleure longtemps.

Au petit jour, Janvier s'est endormi. C'est un coup de feu qui le réveille et, juste après, une matière humide et organique, rouge et blanchâtre par endroits, sur son visage. Janvier sort de la pièce sans regarder. Il cherche un lavabo, se lave les mains, le visage, les bras, les cheveux, les yeux fermés. Quand il sent qu'il n'y a plus rien à voir, il rouvre les yeux.

Dans la cuisine, Janvier met la main sur du pain, il boit de l'eau au robinet, il touche le moins possible, mais déjà il fait moins attention que la veille. La mort finira bien par le prendre, de toute façon.

Le calme monte en lui avec le jour et le silence au-dehors. Janvier s'autorise à sortir. Ferrières a été évacuée. Il n'y a personne dans les rues, ni piéton ni véhicule, et très peu de voitures garées. Il avance dans la direction inverse de la quarantaine, en rasant les murs et les clôtures. Il prend ses précautions : s'il ne voit pas de voiture devant une maison, il essaie d'en ouvrir la porte. La plupart sont verrouillées. Quand il le peut, il entre. S'il y a une odeur suspecte, il s'en va. Il ne désespère pas. Il sait qu'il va y arriver. C'est une question de temps et c'est tout ce dont il dispose, après tout. Chaque seconde qui passe, aussi brève soit-elle, le rapproche de l'oubli.

Il pénètre dans le cœur de Ferrières. Les maisons deviennent mitoyennes ; devant elles, les voitures garées lui donnent moins de renseignements sur la présence éventuelle d'habitants. Mais par une porte ouverte, il traverse une maison et parvient à une terrasse. De là, il passe d'une maison à l'autre, par les jardins. Ça ne va pas plus vite, mais il a moins de chances d'être vu. Il reste sur ses gardes. Le moindre faux pas, c'est la fin. On ne plaisante pas avec la peine de mort, surtout en plein état d'urgence.

Enfin, il la trouve. Elle est semblable à toutes les autres, en tuf blanc, basse, avec un carrelage blanc au sol et des voilages aux fenêtres. Elle est ouverte et vide de tout cadavre. Si personne ne vient, ce sera sa maison pour les jours à venir.

Il visite. Il devine que c'était une maison de retraités. Il y a des photos de famille un peu partout, beaucoup d'enfants. La photo de mariage sur le piano du salon doit avoir une quarantaine d'années.

Il y a deux chambres. L'une est pleine de vêtements et de bibelots. Un peignoir est posé sur un valet de nuit. Il y a des médicaments sur une table de chevet, des magazines. L'autre chambre a la neutralité accueillante des chambres d'amis, des marines au mur, un lit fait, rien de plus. Les placards en sont vides.

Est-ce par contraste avec son appartement de La Rochelle, celui de Wladimir, la caserne ? Toute la maison est d'une propreté éblouissante.

Les premières heures, il n'ose rien faire. Il guette les bruits, le retour improbable des habitants, l'arrivée possible de la police.

Dans le salon, il y a une télévision. Mais il craint de l'allumer. À cause du bruit et de la lumière et parce qu'il redoute le choc, la violence des nouvelles. Il imagine son visage tourner en boucle sur les chaînes d'information, sa mère interrogée. Il attend. Il l'allumera le lendemain.

Dans les placards de la cuisine, il y a quelques kilos de sucre, de farine, des dizaines de conserves. Les vieux avaient prévu un coup dur. Le frigo est plein de produits très frais. Il y a des légumes dans un panier posé sur le lave-vaisselle. Les poireaux n'ont pas trois jours. Les habitants ont dû partir il y a peu de temps. Qu'importe, au fur et à mesure des heures, Janvier se sent de plus en plus en sécurité. Au début, il mange debout, un yaourt, un fruit. Puis, quand vient le soir, il fait cuire du poulet et des pâtes. Il s'assoit dans le salon. Il ne sait pas bien quoi faire. Un chat vient au carreau, puis un deuxième. Il les laisse entrer, partage le poulet. L'un s'installe au salon, sur un fauteuil (est-il chez lui ?), l'autre sur les genoux de Janvier.

Il n'en revient pas du confort. Cela fait des mois qu'il n'en a pas eu de pareil. Il fait la vaisselle dans l'évier, soigneusement. Il prend un bain, se sèche avec une serviette rangée dans un placard qui sent la lavande. Il se rase. Ça peut être utile de changer de tête. Il scrute son visage sans poil dans le miroir, il paraît à la fois plus jeune et plus maigre. Il se demande s'il n'est pas malade. Mais il ne sent toujours rien.

La lumière baisse. Il faut dormir. Il ne demande rien de mieux. Il trouve une couverture dans un placard, s'étend sur le lit de la chambre d'amis. Pas dedans, tout de même.

Une sirène le réveille, en pleine nuit. Il met du temps à se rendormir.

Le matin est silencieux, le réveil est doux. Il a dormi avec le chat, celui qui avait occupé ses genoux. Janvier déplace le poste de télévision pour le mettre dans la salle à manger, qui ne donne pas sur la rue. Il se fait un café pour se donner du courage. Il s'assoit en face, se prépare au pire. Première chaîne, une émission de télé-réalité, la deuxième aussi ; des dessins animés sur la troisième. Il change, change encore, jusqu'à une chaîne d'informations : un reportage sur une ferme convertie, dans les Alpes du Sud. Des nouvelles du scandale financier qui a éclaboussé l'entourage de Delmariz. Janvier continue. Il n'y a rien sur le littoral, rien sur l'épidémie. Il regrette pour la première fois son téléphone. Mais ces derniers temps, il fait de moins en moins confiance aux médias pour s'informer. À personne, d'ailleurs, Internet est devenu une jungle hystérique où chacun y va de son intuition, de sa rage, de ses certitudes. Chaque journal d'informations s'érige en rempart ultime contre les *fake news,* mais ils se contredisent tous, la main sur le cœur. On se retrouve noyé sous une masse d'informations toujours plus abondante, et toujours plus sujette à caution. On se replie sur le canal qu'on estime être le bon, sur la seule source qu'on pense fiable. On s'y enfonce, on ne regarde plus ailleurs. Si d'aventure on ouvre un œil sur le côté, on est effaré de voir ce que les gens en arrivent à avaler, dans leur ignorance. Ça laisse songeur.

Il farfouille dans le buffet de l'entrée. Il y croit. Il fait confiance au retraité charentais. Cri étouffé de victoire quand il met la main sur son butin : une carte routière du Poitou-Charentes, 1/200 000, une autre du Massif central. Elles datent un peu, mais moins que les routes qu'il devra emprunter. Il étale la première sur la table de la salle à manger, la considère avec appétit. Il se sent prêt à marcher des centaines de kilomètres. Il retourne au buffet ; on ne sait jamais. Cette fois, il n'y croit pas trop, et pourtant si, au milieu de guides sur le Portugal, Venise, les Hauts-de-France : une carte topographique de la Charente-Maritime. Il est tombé sur des vieux randonneurs. Coup d'œil reconnaissant vers la photo sur le buffet, qui les montre dans un paysage de montagne, sans doute les Alpes.

Il utilise la journée à se faire oublier définitivement et à préparer son sac. L'homme qui habite là, Raymond Perrin, s'il faut en croire son courrier, est légèrement plus corpulent que lui. Mais ses pulls conviennent bien assez. Du savon, du dentifrice, de l'aspirine. Un stylo, un carnet neuf, des timbres. Janvier se sent le cœur léger de faire ses bagages avec des affaires qui ne sont pas les siennes. Il prend surtout de la nourriture, des biscuits, quelques conserves, qu'il range méticuleusement, ressort, réarrange encore. Toutes les cartes possibles. Il connaît le chemin direct pour rejoindre la Lozère mais il doute de pouvoir éviter les détours.

Il trouve des papiers qui pourraient attester de sa nouvelle identité, une ancienne carte de famille nombreuse, une carte SNCF, mais qui tromperait-il ? L'homme est vieux et ne lui ressemble pas. La femme est un peu plus jeune, elle a un bon sourire, elle est grasse comme une caille.

Il leur écrit un mot pour le cas où ils reviendraient, leur explique rapidement la situation, se confond en remerciements. Il se sent comme Arsène Lupin, le gentleman cambrioleur, le voleur au grand cœur, intrépide, prévoyant, toujours un coup d'avance. Le chat ne le lâche pas d'une semelle.

Toute la journée, Janvier pense à eux avec tendresse, imagine leur retour impromptu. *Pardonnez-moi, votre maison m'a sauvé la vie.* Les vieux sont ravis, touchants de gentillesse et l'aident pour son grand départ. On se donnera des nouvelles.

Les jours suivants sont plus calmes. Le sac est prêt, Janvier n'ose pas partir. C'est trop tôt. Il avise une bibliothèque peu fournie, pour faire passer les heures.

Au bout de trois jours, il décide. Quand il n'entendra plus de sirènes pendant vingt-quatre heures consécutives, il se risquera à sortir. Il part un soir. Il ne sait plus quel jour on est. Il pourrait allumer la télévision pour le savoir. Mais à quoi bon ?

3

La route

Dans les rues sombres et désertes de Ferrières, il rase les murs par acquit de conscience. Il entendrait les voitures arriver, il aurait le temps de se cacher.

La lune est pleine, basse, presque orange. Il est seul, elle lui appartient, comme la nuit.

Tout est limpide. Il sait maintenant qu'il est au nord d'une nationale, la N11, qu'il ne doit pas essayer de traverser avant Mauzé-sur-le-Mignon. Il a calculé, il a supposé qu'il ne devait pas être vu avant l'axe Niort/Saint-Jean-d'Angély. Jusque-là, il marchera la nuit. Peut-être une nuit suffira-t-elle.

Il se sent prévoyant, riche et plein de ces nouveaux noms qui sonnent comme des projets, des étapes sur le chemin de son retour.

Ses pas font comme une musique qui s'accorde avec le rythme de son souffle et celui de son cœur. Depuis longtemps, il n'avait pas entendu le bruit de son pas, seul, sur une route. Plus d'un an. Son pas chez lui, oui, mais c'était alors le parquet qui grinçait. C'était un pas d'intérieur, un pas domestique. Son pas dans La Rochelle, oui, mais le sol humide et poisseux engourdissait tous les sons. C'était un pas inaudible. Et là, régulier, résonnant, talonnant : c'est une marche.

En sortant de Ferrières, il trouve un bois dans lequel il s'enfonce. Le sous-bois craque sous ses pas. Il avance difficilement entre les arbres, dans cette forêt qu'on pourrait croire dense et profonde, mais il la sait lardée de routes après avoir étudié la carte. Parfois, il entend une voiture passer, qui lui permet de se rendre compte que la nationale est proche, sur sa droite.

La marche le nettoie des derniers jours, des derniers mois. Elle chasse loin l'image des morts, de Matis, de Paul, de Wladimir, de la femme enceinte, des policiers, de Grégory. À l'horizon se remet à briller l'image de sa maison, des rayons du soleil couchant sur les pierres de Lachamp. Il marche plus vite. La sueur perle à son front. Il se sent neuf et robuste, il se réjouit de sa bonne santé. Comment son corps pourrait-il souffrir du même mal que les autres, avec toute cette vigueur ? Il s'ausculte ; il a faim. C'est bon signe. La faim ne trompe jamais. Il ne veut pas s'arrêter pour manger. Il veut garder les biscuits en cas de coup dur. Comme si ce n'était pas déjà un coup dur, de se retrouver là, à marcher en pleine nuit dans les ronces et les feuilles mouillées, avec un sac à dos et sa clandestinité pour seuls bagages, sans autre but que d'éviter les gendarmes.

Le taillis s'éclaircit à gauche. Un champ s'ouvre devant lui, une mer verte et brillante sous la lune. Janvier est tendu vers son but mais il se laisse gagner par la beauté.

Au milieu de la nuit, il atteint Mauzé. Il a longé la nationale pour être sûr de ne pas se tromper. Il a vu, de loin, ce qu'il a supposé être un barrage : un fourgon, des policiers. Aucune voiture n'a été arrêtée quand il l'a dépassé.

Aucune lumière n'est allumée aux abords de la ville. Mais il est deux heures du matin, il ne sait donc pas si cela signifie qu'elle a été évacuée ou simplement que les gens dorment. Il essaie de lire des signes dans la disposition des voitures, dans les façades inertes. Quand il atteindra une zone habitée, il pourra circuler plus tranquillement.

Ses pas résonnent dans la nuit. Il a le souffle vibrant, comme une bête. Son ombre s'étend longue et mobile sur toute la surface de la Terre, se relaie elle-même, de réverbère en réverbère. Il voudrait être déjà sorti. Tout de même, il n'y a aucune lumière aux fenêtres. Allons, pas d'insomniaque à Mauzé-sur-le-Mignon ? Il est le dernier homme sur Terre. Ce n'est qu'un ultime sursaut de prudence qui lui fait maintenir son attention, et accélérer le pas.

Il a appris par cœur la disposition de l'échangeur où il a prévu de traverser la nationale, mais il ne reconnaît pas les rues censées l'y conduire. Tout était plus simple sur la carte. Il la sort régulièrement quand un réverbère un peu reculé lui offre lumière et précaution.

Enfin, adieu Mauzé, quelques centaines de mètres et il tombe sur l'échangeur, désert comme le reste. Il attend un quart d'heure pour vérifier que la circulation est morte. Enfin, il passe. Une voie, puis l'autre, un terre-plein central, un pont. C'est le Styx. Il se sent sauvé. Il peut s'enfoncer de nouveau dans l'obscurité.

Au bout d'une demi-heure, il aperçoit des silhouettes de maisons. Nombreuses, mais parsemées, blanches. Ce n'est pas une ferme. C'est une zone pavillonnaire, poussée au milieu des champs comme un champignon insolite. Il ne l'avait pas anticipée, décide de la contourner largement. On ne sait jamais. Le détour va lui prendre peut-être une heure de plus. Il va devoir faire le voyage en deux nuits. Comme les distances sont longues lorsqu'on est sa propre monture. Le trajet sur la carte lui paraît dérisoire, tandis qu'il sue sang et eau.

Si seulement j'avais un cheval. Ou un vélo.

L'idée le transperce, mélange d'espoir et de dépit. Comment n'y a-t-il pas pensé plus tôt ? Le cheval est une chimère, mais un vélo ! Pourquoi ne pas avoir cherché à Ferrières ? Dans les jardins qui jouxtaient le sien, dans les remises, il aurait pu en trouver un.

Il se ravise. C'est trop tentant. Il fonce droit sur les maisons blanches.

La zone pavillonnaire, comme Mauzé, offre un silence et une obscurité de bon augure. Un cri transperce la nuit et le cœur de Janvier, mais ça n'est que le hurlement d'un chien, long et étouffé. Il doit être enfermé. Combien de bêtes vont mourir de faim et de désespoir entre quatre murs ? Janvier essaie de ne pas y penser, ni aux enfants qui, dans les quarantaines, se souviennent de leur chien et mourront, eux, d'autre chose encore. Janvier se concentre sur la prochaine étape.

Méthodiquement, il pousse des poignées, escalade des clôtures, enjambe des haies, jusqu'à ce qu'enfin il découvre un vélo d'homme non cadenassé et qui lui semble en bon état. Le casque, accroché au guidon, ne lui semble pas indispensable. Il le pose dans l'herbe. Comme à Ferrières, il aimerait laisser un mot pour justifier son larcin mais l'heure n'est plus à la civilité. Le propriétaire du vélo reviendra-t-il ? À Ferrières, dans la chaleur de la maison, sous les photos du couple de retraités, à côté du piano encore ouvert, la vie avait l'air prête à repartir. Rien ne paraît moins probable dans le désert des jardins morts et des rues évanouies.

Il hisse le vélo par-dessus la clôture et l'enfourche. Sa propre vitesse l'enivre d'un seul coup. Il avance à pas de géant, quitte la zone en quelques secondes ; il a envie de chanter sous la lune. Les prés, les collines défilent à sa droite et à sa gauche. Il a des ailes.

Coup de folie, il décide de passer par les routes et non plus à travers champs. Pourtant, le léger grincement du vélo devrait l'inciter à la prudence. Le paysage qui défile et siffle à ses oreilles l'empêche d'être aussi alerte que dans l'épaisseur du silence qui accompagnait son pas de fantassin. Mais la vitesse lui donne de l'audace.

Comme dans les rues inondées de La Rochelle, quand il manquait de tout mais ressentait en son cœur le calme de celui qui ne désire plus rien, quand il pouvait voir les mouettes raser l'étendue infinie de l'eau bleue, quand il glissait sans bruit à la surface et sentait chaque muscle répondre, résister à la puissance de l'eau et y puiser une force nouvelle, il perçoit en glissant sur la route une chaleur qui lui monte des jambes à la tête : il y a des beaux moments sur cette terre, malgré tout.

Il file. Il peut presque se figurer sa progression sur la carte. Il se voit déjà arrivé. Au bout d'une demi-heure, un bourdonnement annonce l'autoroute, longtemps avant qu'il ne tombe sur le pont qui lui permettra de la traverser. Il pose son vélo et s'arrête quelques instants. Immobile, invisible, imprenable oiseau sur sa branche, il observe les voitures passer. Il y en a peu à cette heure mais suffisamment pour témoigner d'une vie au rythme ordinaire. Pas de police, pas de sirène, pas de soldat. Il a basculé dans les jours tranquilles. La scène est d'une banalité réconfortante ; il est maintenant sûr d'être entré dans une zone libre. Il respire paisiblement. Depuis son perchoir, la fuite lui semble presque trop facile.

Il serait prudent de trouver un endroit où s'arrêter pour dormir avant que le jour ne se lève. Il ne connaît plus l'état du monde : est-ce que son signalement a pu être donné ? Est-ce que tous les policiers de France sont à ses trousses ? Est-ce qu'au contraire, dans le chaos et la mystification, sa fuite est passée inaperçue ?

À sa droite, un champ de tournesols offre un refuge relatif. Il a des envies de forêt, que rien n'égale pour se cacher. S'il était dans ses montagnes, il tiendrait des années. Ici le paysage est désespérément plat. La plaine le laisse à découvert, il est une tache lumineuse sur l'étendue noire. La carte lui indique une forêt à quelques kilomètres, uniformément verte. Elle entoure un petit village qui porte le nom prometteur de Villiers-en-Bois. Janvier n'a pas le choix, l'aube commence à poindre.

Le vent qui s'est levé l'oblige à forcer le coup de pédale. Mais c'est l'heure la plus douce du jour, l'heure fraîche, si rare. Des effluves de colza lui chatouillent les narines.

Comme prévu, la route le mène à une forêt qui s'épaissit rapidement. Les plus hautes branches bruissent sous la brise ; au sol, le vent s'est tu. Il croise une route forestière praticable à vélo, il la prend. Puis un sentier plus difficile, puis un taillis, plus dense. Il marche à côté de son vélo. Il craint de crever, il ne veut pas prendre le risque de faire supporter son poids à son nouveau trésor. C'est un arbre couché qui abritera son repos. En s'allongeant à côté de lui dans les feuilles humides et la mousse, la tête sur son sac, il se prépare à ne pas trouver le sommeil. Pourtant, au bout de quelques minutes, celui-ci s'abat sur lui et l'engloutit.

Un rayon sur l'œil le réveille. Un frémissement sur la joue : un insecte qu'il chasse d'un geste rapide. L'air lui mouille les poumons. Il regarde sa montre. Il est huit heures, il ne sait même plus exactement ce que cela veut dire. Il y a des gens qui partent au bureau, des employés dans des trains de banlieue, des gosses qui vont à l'école, des bus, des embouteillages. Il ferme les yeux, pose sa joue contre le tronc qui lui a servi de refuge. La réalité lui échappe. Comme la ville inondée, la forêt lui offre sa splendeur et sa retraite. La nécessité de rejoindre la Lozère est plus floue. Que va-t-il y trouver ? Peut-il espérer disparaître ici et reparaître comme par magie 500 kilomètres plus loin sans que cela ne pose de problème ? Il ferme les yeux pour sentir le soleil sur ses paupières. Il bâille, s'étire. C'est un ours.

Il se lève. Les biscuits se sont un peu écrasés dans son sac. Ce sont les meilleurs du monde ; la gorgée d'eau la plus désaltérante de sa vie. Il se sent neuf, riche de son estomac à demi plein. C'est l'humidité qui le fait pester. Il aimerait la voir comme une seconde peau, un état naturel, fortuit qu'il remarquerait à peine. Sa chemise lui colle à la peau. Seul son ventre est sec, protégé par ses bras dans son sommeil comme le trésor de tout son corps.

Les idées lui sont plus claires que celles de la nuit. Il s'étonne surtout de ne ressentir aucune appréhension. Il est persuadé qu'il ne se fera pas prendre en chemin. Il va voyager de forêt en forêt, jusqu'à la montagne, en évitant les routes.

Il faut tuer le temps jusqu'à la nuit, pourtant. Une dizaine d'heures vides s'étalent devant lui. Il envisage le livre dans son sac. Mais son corps a trop d'énergie, l'air palpite autour de lui ; s'asseoir, lire, tout cela lui paraît saugrenu.

Il aimerait avoir un feu à entretenir, une cabane à construire. Il se sent industrieux et pourtant sans autre objectif que d'attendre la nuit. Il piétine.

Un tracteur vrombit, non loin. Le bruit lui est familier. La forêt est presque vide d'oiseaux. Leur silence est stupéfiant comme un deuil. À La Rochelle, il y avait encore des mouettes. Tandis que la forêt du mois de mai ne tient pas la promesse qu'il y avait vue, en creux. Il avait oublié dans le chaos que le monde ordinaire avait changé.

Un frelon asiatique approche. Eux aussi, il les avait oubliés, depuis le temps. Ne pas bouger. Il se souvient de ce qu'on disait à Lachamp. *Trois piqûres peuvent tuer un cheval.* C'était l'avantage de La Rochelle, du marais poitevin. Il y avait des moustiques mais c'était une simple nuisance. Pas un danger de mort. Chez lui, en Lozère, il y avait eu trois morts, dont un type costaud, de 80 kilos. Le frelon s'en va. Janvier regarde sa montre : neuf heures moins le quart ; à peine une heure a passé depuis son réveil.

L'idée germe en lui au fur et à mesure de l'ennui. Il doit *aller voir*. Il faut savoir où en est le monde. À La Rochelle, les nouvelles déjà ne lui parvenaient plus. Ferrières était une ville morte. Il pourrait y avoir une nouvelle vague d'attentats du MCPP, sa tête pourrait être mise à prix, le gouvernement de Jarnac pourrait être tombé, il ne peut pas rester dans l'ignorance. Et surtout : que savent les autres, ceux qui à Villiers-en-Bois regardent la télévision ? Il est plus prudent d'aller voir. L'idée s'épanouit en lui comme un organisme qui dévorerait tout. Elle devient obsession. Il veut savoir. Observer les vies ordinaires, savoir s'il y a encore sa place.

Neuf heures, sa décision est prise. Il va s'approcher. Juste s'approcher. Si c'est trop dangereux, il reculera.

Son nouvel objectif l'enivre, il marche vite. Il se voit déjà, caché dans les arbres, observer les maisons à quelques mètres seulement, reculer si quelqu'un s'approche, imperceptible. Il déchante vite : la forêt débouche sur des champs, nus et immenses, qui laissent apercevoir le village plus loin. Le tracteur est en train de faner. Janvier pense à sa mère qui doit faire la même chose à des centaines de kilomètres de là, si l'inquiétude ne lui a pas dévoré les entrailles. Mais au fond de son cœur, il sait bien que c'est impossible. Sa mère est une vraie paysanne : si on doit faner, on fane. Le malheur n'a jamais empêché personne de conduire un tracteur.

Il hésite. Il fait quelques pas, son vélo à côté de lui. Quand le tracteur fait demi-tour, il monte en selle.

C'est un hameau, peut-être, plus qu'un village. Le moteur du tracteur, lancinant et familier, masque la possibilité d'autres bruits. Janvier sait qu'il pourrait en surgir soudain des motards, une voiture, des soldats, des sirènes mugissantes. Il n'y croit pas pourtant. Il pédale régulièrement.

Il le voit de loin, parce que l'enfant a un tee-shirt orange, qui fait une tache de couleur sur les maisons blanches. Il est dans un jardin, le sien, sans doute. Il pousse un ballon avec une épée en plastique. Il doit avoir une dizaine d'années, pas plus. Il ne doit pas y avoir grand monde qui passe à Villiers-en-Bois : l'enfant le dévisage avidement, comme s'il était porteur d'une nouvelle extraordinaire. Sa bouche ouverte et ses yeux ronds l'interrogent. Alors Janvier s'arrête.

— Tu es tout seul ?

C'est une erreur, l'enfant se méfie :

— Pourquoi ?

— Pour rien. C'était pour parler.
— J'ai pas le droit de parler avec des gens dans la rue.
— Mais tu n'es pas dans la rue, là. Tu es dans ton jardin.
L'enfant renifle et soulève le menton d'un air de défi :
— Je suis pas idiot, vous savez. J'ai presque dix ans.
Janvier l'envisage avec respect :
— Ah oui, tu es grand.
Puis, après une pause :
— Tu dois être au courant de plein de choses.
L'enfant hésite :
— Oui. Plein.
— Tes parents te laissent regarder la télévision ? Les informations, par exemple ? Non, tu es trop petit, peut-être.
— Si, je les regarde tout le temps.
— Non, mais tu dois être trop petit.
L'enfant brandit son épée :
— Je les ai regardées hier, les infos.
Des attentats ont eu lieu deux jours plus tôt, dans des aéroports, le garçon ne sait pas dire lesquels. Il parle de milliers de morts, mais avec les enfants… Janvier pousse les questions plus loin, l'interroge sur La Rochelle. L'enfant en a vaguement entendu parler, il paraît qu'on soigne des gens par là-bas. On peut demander à sa mère, si Janvier veut, elle est tout le temps devant la télévision, elle doit savoir.

Janvier sait que c'est risqué, mais cela fait quelques jours maintenant. Ce sera plus simple. Au moins, il saura à quoi s'en tenir. Il regarde à droite, à gauche. Il aura le temps de filer, au besoin.

— Tu peux l'appeler ? Je voudrais lui parler.

Le gosse se retourne sans un regard et part vers sa maison en hurlant *Maman !* Quelques secondes à peine, c'est un homme qui sort de la maison. Il s'approche de Janvier. Il a l'air tout jeune. Il a un pantalon de pyjama, un débardeur. Il tient son enfant par la nuque. Janvier cherche dans ses yeux la moindre lueur qui pourrait lui indiquer que l'homme a déjà vu son visage, sur un écran de télévision, dans un journal. Mais l'homme a seulement l'air soupçonneux de quelqu'un qui est dérangé chez lui de bon matin.

— Oui ?

— Dites-moi, je dois me rendre à La Foye-Monjault, est-ce que vous savez si c'est loin d'ici ?

— Je ne suis pas d'ici.

Janvier éclate de rire et désigne de son menton le bas de pyjama :

— Ça ne se voit pas !

L'homme se détend et sourit à son tour.

— Je viens d'emménager, se justifie-t-il.

Il est trapu, avec des yeux bleus et ronds, comme son fils.

— Mais je peux regarder sur mon téléphone, si vous voulez.

— Je veux bien, merci.

Il inspecte Janvier :

— Vous faites une sorte de randonnée ?

— Je faisais juste une promenade. Je me suis perdu.

Il lui tend son téléphone sans le lui donner, par-dessus le muret blanc. Janvier pose son vélo, se penche :

— Ah oui. Très bien. C'est assez rapide.

— Il faut que vous alliez par là et puis avant la forêt, vous tournez à droite. C'est simple, mais vous devez passer l'autoroute.

À ce moment, une femme sort de la maison en robe de chambre. Elle vient se mettre à côté de l'homme, en faisant un signe de tête aimable à l'intention du visiteur.

— Monsieur cherche La Foye-Monjault.

— J'y suis allée il y a pas deux jours.

Elle a un accent qui chante.

— Vous êtes de Marseille ? demande Janvier.

— Moi seulement, pas mon mari, dit-elle avec un air d'excuse.

— Enfin, c'est là qu'on habitait.

— On a fait comme tout le monde, comme tous ceux qui peuvent.

— Le monsieur, il habite à La Rochelle, dit l'enfant.

Consternation sur les visages. Chacun a reculé d'un pas, sans se concerter. Janvier sourit :

— Rassurez-vous, je suis parti il y a quelque temps déjà. Je loge depuis deux mois à La Foye-Monjault, chez des amis.

Il tente le tout pour le tout, encouragé par l'ignorance visible de ces gens :

— C'est en dehors de la zone d'évacuation.

— Ils ont évacué ?

— Il me semble… non ?

— Vous savez, on ne sait pas grand-chose. Qu'il y a des malades, un peu, mais c'est bien tout. Les choses ont l'air sous contrôle. On a d'autres choses à penser.

— Les attentats, hein ?

— Hé ! Quoi d'autre ? On a de la famille à Paris. On est inquiet, comme tout le monde.

Il n'y a plus rien à dire. Janvier a envie de rester discuter, de demander quel jour on est, comment a réagi le gouvernement aux attentats, s'il y a des arrestations massives, comme la dernière fois, mais les voilà maintenant serrés les uns contre les autres, attendant qu'il s'en aille. L'homme lui redonne le chemin pour rentrer à La Foye-Monjault. Ils le regardent partir. Quand il est hors de vue, Janvier prend la direction opposée. Il peut rouler à découvert.

Il n'est plus grand-chose. Il n'est plus personne. Il le ressent sur les routes, dans le regard des gens. Il est sale, il rêve d'une douche. Il vit sur les réserves de biscuits et de conserves de Ferrières. Il arrive dans les villages à vélo, il boit aux fontaines, il repart. On le regarde. À Ruffec, il a volé un sac de courses dans le coffre d'une vieille dame qui ouvrait la grille de son jardin. Elle a hurlé, il a pédalé comme un fou, sans se retourner. Il a détesté entendre la voix de cette femme, son impuissance, l'injustice. *Inoffensif.* Plus tard, il a volé du jambon et du fromage dans une supérette. Personne n'a crié, il s'est presque senti dans son droit. Il aimerait avoir deux pièces en poche pour acheter une baguette, boire un café en regardant la télévision dans un bar, quelques minutes. Sans argent, il n'a nulle part où aller.

Il continue à faire un peu attention à la police. Même s'il y croit de moins en moins, ils pourraient avoir son signalement. Alors dans l'après-midi, comme à Villiers-en-Bois, sur un coup de tête, il va au-devant de deux agents qui contrôlent des voitures. Là encore, il demande son chemin. On lui répond sans méfiance. Il gagne en liberté. Il sait cependant qu'il n'est pas à l'abri d'un contrôle d'identité. Dès qu'il croise la police, il va au-devant d'elle pour demander sa route. Il chérit ce don, ce trésor au fond de lui : il inspire confiance.

La solitude a un goût différent de celle de La Rochelle. Il la savoure comme un bonheur retrouvé, comme la santé quand on est convalescent. Il sait que bientôt il devra des explications à sa mère, à son frère, à la terre entière. Il se prépare en silence à des conversations sans fin. La Rochelle était une retraite. Son voyage est une promesse. Il a calculé qu'il sera en cinq jours à Lachamp s'il garde un bon rythme. Les ennuis viendront quand il devra reprendre son identité. S'il la reprend un jour. Mais pour l'heure, il n'est personne, il est en vacances. Il mange des épis de blé à peine mûrs qu'il arrache dans les champs. Il vole dans les jardins potagers. Il entend la voix de sa mère *satanés glaneurs ! Voleurs, oui !* Il se préserve : trouver à manger, trouver un endroit où dormir, cela prend du temps. Il est plus difficile sur son confort depuis qu'il sait qu'il n'est pas recherché. Il veut un abri. Il avise des granges éloignées des habitations, il les flaire au soir qui tombe, il attend, embusqué. Il cache son vélo dans les fossés. Le premier jour, il choisit une bergerie. Il attend que l'agriculteur ait fini de soigner les bêtes. Il dort au-dessus d'elles, au premier étage, dans la chaleur de leur souffle, de leurs cris erratiques, presque humains, qui déchirent de temps en temps l'épaisseur du silence nocturne. Il décampe au petit matin. Des fromages sont stockés dans une salle attenante. Il hésite, il en prend un. Nécessité fait loi.

Il se parle à lui-même : il parle à Félicien. Il accepte de lui pardonner. *On va reconstruire ensemble, tu verras.*

Plus la route file sous ses roues, plus il ressent sa santé. Il compte les jours avec un plaisir d'enfant, il ne tombera pas malade, il en est sûr. La terreur s'est évanouie, il l'a laissée comme un sillon derrière lui et maintenant il n'y a plus de sillon, il n'y a plus de trace sur le bitume. Il a laissé La Rochelle, il n'en garde plus rien, même Wladimir est loin. La Rochelle n'a pas existé. Il va retrouver Lachamp. Il ne l'a jamais quitté. Il n'y a plus d'obstacle.

Il a envie d'appeler sa mère pour la rassurer. Ou plutôt : il sent que c'est ce qu'il devrait faire s'il était un bon fils, s'il était le bon fils qu'elle voudrait qu'il soit, qu'elle déclare que ses fils sont. Il n'est même pas sûr qu'elle le pense, c'est peut-être simplement pour qu'ils le deviennent, pour qu'ils se sentent obligés, qu'ils n'aient d'autre choix, pour qu'ils se forcent à être conformes à cette réputation qu'elle leur façonne, jour après jour, depuis tant d'années : *C'est Janvier qui a tout fait. J'ai Félicien pour prendre soin de moi. Heureusement que Janvier a fait des études d'agronomie. C'est Félicien qui s'occupe des brebis depuis que j'ai des problèmes de hanche.* Elle le dit comme une menace, elle brandit ses gentillesses comme des armes, elle construit une forteresse autour d'elle, avec les attentions de ses fils. Janvier n'est pas seul, Dieu merci, à assumer la lourde tâche.

Les heures défilent, presque identiques dans leur peine, leurs efforts. C'est le pays qui change sous ses roues. Il traverse Confolens, qui s'étale paresseusement le long de la Vienne, un côté en pente douce, comme un village de montagne, et l'autre au ras de l'eau. Il y a une fête ces jours-ci, la ville est fleurie de guirlandes multicolores, des sons de fanfares et d'une odeur sucrée qui arrache l'estomac de Janvier ; sur une place mélancolique, à l'ombre d'un platane, il hésite à faire la manche. Il s'assoit par terre à côté de son vélo. Il ne tend pas la main. L'ambiguïté ne joue pas en sa faveur. On le regarde de travers mais on ne lui donne rien. Il se relève. Il préfère inspirer confiance, le ventre creux. Quelques minutes plus tard, il vole des barres de céréales dans une supérette. Il aurait voulu prendre plus de temps pour voler davantage mais il craint de laisser son vélo sans surveillance.

La Charente lui offre des routes droites, il progresse à bon rythme. Les nuits sont douces quand il trouve une grange. Il craint les chiens errants. Même les chats n'ont plus peur depuis qu'ils ont proliféré. Ils savent qu'ils ne risquent pas grand-chose d'un homme seul. Le deuxième matin, un énorme matou blanc siffle, crache et montre les dents parce qu'ils ont partagé le même toit. Janvier recule vers la porte. Le chat le mord à la main. Janvier le frappe, mais le chat s'accroche. Il frappe plus fort, le chat menace encore. Janvier ramasse rapidement ses affaires et s'en va. C'est la première fois qu'il bat en retraite face à un chat.

Oradour-sur-Glane noircit la route de son nom et de sa silhouette lugubre. Janvier se souvient d'être passé enfant le long des ruines désolées et transformées en mémorial. La pente est raide, il se laisse glisser. On a consolidé les maisons avec du béton, ajouté des extensions. De la fumée s'échappe d'une cheminée. Quelques éclats de voix, des taches de couleur, des caravanes. Le mémorial est habité.

Limoges. Il songe à éviter la grande ville et son arsenal policier mais toutes les routes y mènent. S'il s'arrêtait simplement sur le bord de la route pour réfléchir, il l'éviterait, c'est presque sûr, il étudierait sa carte, trouverait un détour intelligent qui ne lui ferait pas perdre de temps. Il ne le fait pas. Il croit, au fond de lui, qu'il ne rencontrera pas de problème à Limoges. Tout ira bien.

Les premières barres d'immeubles, des maisons blanches décrépies, des zones commerciales criardes et misérables, gardiennes des faubourgs de la laideur, tout l'accable en approchant de la ville. C'étaient pourtant les mêmes à La Rochelle, mais celles du littoral étaient des ruines fumantes et humides d'un monde moribond, sur le point d'être englouties par la montée, et n'avaient rien de la modernité menaçante, agressive et affairée de la banlieue surpeuplée de Limoges. La société poursuit donc frénétiquement sa course, presque comme si de rien n'était, sous le ciel gris des zones périurbaines. Ce sont maintenant les décors les plus peuplés de France, tandis que les grandes villes se vident, que les centres des villes moyennes sont désertés depuis tant d'années. La banlieue galope, s'agite, dépense ses derniers sous et sa dernière énergie dans les hypermarchés et les multiplexes pour voir des comédies légères qui parlent d'avant, comme des écrans de fumée colorée qui masquent les fissures. Plus les incendies dévorent les forêts, plus les ouragans font rage et dévastent les édifices les moins solides, plus on se réfugie dans les illusions de la modernité. Après chaque tempête on arme son pavillon de béton supplémentaire et on ajoute la climatisation pour se prémunir de la prochaine canicule. On agit en aveugle sur les symptômes. Dans les zones où on le peut encore, on ferme les yeux sur la sécheresse, la chaleur qui monte, les carcasses de voitures qui jonchent les bords des routes, les décharges, les camps de réfugiés, les fêlures du monde dont on croit qu'il suffit de les ignorer pour qu'elles n'existent pas. Janvier se souvient que lui-même, avant d'arriver à La Rochelle, envisageait d'un œil lointain les nouvelles qui annonçaient incendies, ouragans et inondations. Et même, il y avait une partie de lui – la part optimiste – qui en concluait que la vie continuait malgré les catastrophes. La fin du monde s'éloignait au fur et à mesure que le monde, justement, parvenait à absorber le malheur et à avancer.

Janvier roule entre les voitures à l'arrêt sur des centaines de mètres, dans les boulevards qui bordent la ville. Dans le désert charentais, on le regardait comme un vagabond.

Ici, on ne le regarde plus mais jamais depuis son départ il ne s'est senti aussi proscrit, exilé. C'est un damné.

Avec la ville qui vrombit, la foule qui se déplace d'un magasin à un autre, les fumées des pots d'échappement, il est rattrapé par de vieux états d'âme d'avant la conscription, des constats qui lui faisaient haïr toute la modernité du monde. Il est surpris par la violence de ses rancœurs qui remontent si rapidement à la surface comme des bulles de gaz. Elles étaient là, n'attendaient qu'un signe pour sortir, alors qu'il pensait les avoir oubliées. Elles n'étaient qu'enfouies, si près du cœur, infection sournoise. *Vieux grognon*, disaient les plus indulgents. *Connard de réac,* disaient les tenants du progrès. Janvier avait embrassé très tôt les idées des partisans de la décroissance ; c'était un choix cohérent avec ses idéaux écologistes. C'était surtout un choix de cœur, sa consistance intime, sa voix. Il avait résisté, recroquevillé, à la promesse d'une société moderne et connectée, des nouvelles technologies, des intelligences artificielles ; il n'y avait vu que des moyens supplémentaires de s'abîmer dans la consommation. De là à rejoindre les extrêmes, qui posaient des bombes dans les aéroports et les galeries marchandes, de là à intégrer le MCPP, non, tout de même. Il naviguait donc entre deux eaux, seul, incroyablement seul. La Rochelle l'avait tiré hors de là et plongé dans une vie rude et désespérante, mais loin de la fuite en avant du progrès auquel il ne croyait plus. L'engloutissement du littoral était le signe avant-coureur de l'effondrement d'une société en laquelle il n'avait jamais cru ; et voilà que cette société refait surface, dans toute sa gloire, sous ses yeux, lui saute au visage et aux tripes. Rien n'a donc changé. Le désespoir pousse en colère depuis son cœur jusqu'à ses membres et Janvier donne des coups de pédale rageurs, des coups de frein brusques et vains. Il se glorifie de sa saleté, de son dénuement. Il va leur montrer. Il pénètre dans le centre-ville, plus calme. La plupart des magasins sont fermés, à vendre ou à louer. Il n'y a personne dans les rues, les voitures seulement font état d'un monde encore en marche. Janvier fait le compte : les gens dans la rue sont les SDF, à peu de chose près.

Il arrive à la gare. Il est tenté de monter dans un train, pour Brive-la-Gaillarde par exemple, pour gagner du temps. Mais s'il est pris sans billet… Un homme et une femme courent sur le parvis. L'homme fait glisser derrière lui une valise à roulettes qui racle le trottoir. La femme, quelques mètres derrière lui, perchée sur des talons hauts, tient son sac contre elle et peine à avancer. Janvier se sent loin, étranger à cette urgence qui les agite. Ils disparaissent par une grosse porte vitrée. La nuit tombe sur la gare déserte. Janvier n'entre pas. Il pose le vélo contre un mur, envisage de s'asseoir contre lui pour dormir. Un relent d'urine le chasse. Il cherche un coin tranquille, sans bruit, sans lumière.

Deux hommes dorment par terre, dans des duvets qui semblent neufs. Trois rues plus loin, c'est une famille. Dans un square, un banc de métal, sous lequel il couche son vélo, lui offre l'illusion d'un lit. Il dîne de biscuits. Il a hâte de quitter la ville. Il évitera la prochaine et ce ne sera pas à cause de la police.

Des nuages épais et uniformes plombent le ciel gris et semblent maintenir au sol une tiédeur qui monterait de la terre. Depuis qu'il a quitté Limoges la veille au matin, Janvier ne fait que s'enfoncer dans le désert du Massif central. Un parfum d'aridité, de terre, de mousse le ramène en enfance, chez lui. La montagne s'annonce, se prépare. Quelques dizaines de kilomètres et l'air est plus frais, presque respirable. À Margerides, une route droite fend une dernière plaine. Derrière elle, le miracle s'accomplit : au loin, un sommet brun brise le ciel. À la pointe, une petite tache blanche. Ils ont eu de la neige cette année. C'est encore possible. Le paysage s'escarpe, la route se fatigue en lacets de plus en plus tortueux. Un lac de barrage, à Bort-les-Orgues, a mangé une partie de la montagne naissante. L'air se rafraîchit, avec lui le regard des gens. Ici, moins de monde sur les routes, on le remarque davantage. Janvier pue, il le sent dans les yeux des personnes qu'il croise, il voit son odeur de loin. Il se vautre avec une jouissance obscure dans ce rejet. *Je suis un hère qui roule sur la Terre*. Il se fatigue, il roule moins vite.

Les côtes plongent et remontent, tournent ; il doit pédaler différemment, sans doute, il a mal aux pieds. Il fait une pause sur le bord d'une route, dans un refuge pour les routiers. Il enlève ses chaussures, ses orteils saignent sur les côtés. Il arrache ses ongles dont les bords le blessent. Une voiture le dépasse, un enfant le montre du doigt, Janvier lui sourit. Il se gratte derrière l'oreille, en secouant son bras comme une patte de chien. Il se sent animal, il se sent philosophe, il se sent Diogène. Toute la sagesse du monde ruisselle sur ses épaules sales.

Depuis qu'il a quitté Limoges, quelque chose a bougé en lui. Il cherche à comprendre, à saisir. Il ne sait pas bien. Peut-être simplement ceci : il n'éprouve plus l'urgence. Il est sauvé. Il a échappé à la mort et, avec elle, à l'idée qu'il ne reverrait plus les siens. Au contact du monde réel, qu'il croyait mort parce qu'il avait fermé les yeux, il a de nouveau ressenti la pointe au cœur qui l'avait aidé à partir à La Rochelle, un an et demi auparavant.

La Rochelle, pendant des mois, avait offert à Janvier l'image d'une cité en ruine. Mais le reste du monde s'agite encore : pas de grand effondrement, pas d'oubli, pas de rédemption. Il est possible que la police le recherche au-delà de la zone inondée. Le premier endroit où l'on essaiera de le débusquer, ce sera chez lui, à Lachamp. Est-il raisonnable d'aller se jeter dans la gueule du loup ?

Il continue sa route parce qu'il n'a nulle part où aller, parce qu'avancer l'aide à réfléchir. Mais il ne sait plus s'il a raison de vouloir rentrer. S'il a encore une place quelque part.

Son souffle est plus court. Il se fait dépasser par deux quinquagénaires en lycra flamboyant qui pédalent en danseuse dans la côte. Il lutte sur un col, une demi-heure. En haut, la fraîcheur le saisit. Il jette son vélo sur le côté, passe une clôture, s'allonge dans l'herbe sèche. Il ferme les yeux, les rouvre : une petite ville s'étend dans la vallée, en contrebas. La carte lui indique Riom, c'est conforme aux panneaux qu'il croise. Il volera quelque chose à manger, boira dans les toilettes publiques. Il faudra chercher un endroit où dormir, plus loin.

Il franchit Riom sans s'attarder. Les maisons au bord de la route se font plus rares. Quelques bâtiments agricoles, des burons incrustés au milieu des prés. La pureté de la montagne lui donne des ailes. Il traverse des plateaux vert tendre, écrasés de soleil. Le ciel s'est levé bleu, il le restera éternellement, il en est sûr. Il pédale doucement, l'effort le plus dur est fait, Janvier est déjà en l'air, il n'y aura plus qu'à redescendre. Si jamais il doit aller plus loin. Mais au milieu de la journée, l'air est épaissi d'une chaleur douce et le retient, là, suspendu. La prochaine ville est Murat. Janvier la voit comme un but en soi, parce qu'il la connaît. Il avait accompagné des amis à un festival de musique, il y a bien longtemps. Il y avait Pauline, la belle Pauline, qui jouait si bien du piano. Il se souvient de tout, des rues sinueuses de pierre noire, des milliers d'ardoises luisantes, grasses comme de la suie de cheminée, de l'église qui surplombait les maisons de son modeste clocher et qui s'y fondait en même temps, comme un berger qui se met à ressembler à ses bêtes, à force de les côtoyer et de les aimer. Janvier a hâte d'y voir des souvenirs. Il se rend bien compte de ce qui grince en lui : il se sent plus d'impatience à entendre les résonances de son passé qu'à retourner à son avenir. *Tu es bien compliqué*, dirait sa mère.

Il n'en a plus que pour quelques kilomètres. Il y a du monde sur la route, une petite route, pourtant. Il passe encore un col, le vent le pousse en arrière. Murat n'est plus bien loin, dit un panneau. Une voiture le dépasse en même temps qu'une autre arrive en sens inverse. Elles se frôlent, la seconde freine et pousse un coup de klaxon. Janvier se retourne pour la regarder. Le klaxon le met en état d'alerte, comme si c'était lui qu'on désignait. Quand il tourne la tête de nouveau, il voit un homme sur le bas-côté, qu'il n'avait pas remarqué quelques instants plus tôt et qui lui fait des signes. Janvier s'arrête, se range et pose un pied à terre. L'homme avance, tête baissée. Il est en jogging, une capuche sur la tête. Janvier s'attend à ce qu'il lui dise un mot, mais le choc est immédiat. Janvier va rouler plus loin, dans le fossé. Il a été frappé à la tête, avec le poing. Le temps de se relever, l'homme pédale en danseuse, déjà loin. Janvier n'a vu son visage qu'un instant, la violence du regard, les lèvres serrées dans l'élan du geste, c'est tout. Il n'a pas la force de courir, son cerveau bat sous son crâne et son cœur dans sa poitrine.

Il est debout, il vacille. Il fait quelques pas. C'est son nouveau rythme. Il marche de nouveau. Il se traîne. Il n'en revient pas de la rapidité de sa disgrâce. Il y a trois minutes, il avait encore un vélo. Une voiture passe, il lève le pouce. Bien sûr, elle ne s'arrête pas. Un homme seul, avec un sac sur le dos, sale, hirsute… Il n'a aucune chance.

Il se frotte la mâchoire. Il se rend compte qu'il a mal. Il saigne du nez. Ce n'est pas grand-chose. Il est un peu sonné. Il supporte sa propre carcasse de fantassin. Les kilomètres qui le séparent de Murat lui semblent un périple infini ; il les aurait avalés en quelques minutes.

Les prés ne défilent plus, ils l'entravent. Le vert n'en finit pas, les collines mettent une éternité à le rejoindre. À droite, un chemin de terre s'enfonce entre deux rangs de frênes et quelques toits brillent au bout. Il entend des aboiements ; il plisse les yeux, il ne distingue rien. Les cris de chiens, nombreux, se rapprochent pourtant, font vibrer l'air sans se faire voir.

Il traverse la route aussi calmement que possible. Il se retourne, sous les hurlements de la meute. Un chien paraît au bout du chemin, un deuxième. Ils s'arrêtent. Janvier continue de l'autre côté. La sueur lui coule le long du dos, ses jambes se ramollissent. Il traverse le fossé, passe une clôture, se blesse sur un barbelé, qui déchire ce qui lui restait de chemise. Janvier monte à pic sur un pré, à la lisière d'un bois. Il trouve un sentier, s'enfonce encore. Sortir du champ de vision des chiens. Il avance à l'aveugle, aussi calmement que possible, silencieux en apparence, jurant entre ses dents, pourtant. *Avec un vélo, putain, ça ne serait pas…*

La forêt est dense, mais de petits arbres courts, des noisetiers, du taillis. Elle craque sous ses pas, les feuilles pourrissantes crissent, les branches se cassent sous son passage. Il avance vite. Les aboiements reculent maintenant. Il est loin de la route. Il l'entend encore, mais la rejoindre en un point sûr lui prendra certainement du temps.

Janvier arrache une branche de noisetier qui lui monte jusqu'à la hanche. Il lui faut un bâton. Il fouille dans son sac, attrape un dernier bout de fromage qui lui reste de la bergerie de Ruffec. Il en mange un gros morceau. Il se débrouillera à Murat. Il se remet de sa peur en mangeant. *Ça reconstitue*, dirait sa mère.

Il déplie une carte, se réhabitue à l'échelle du piéton. Il doit trouver un vélo. Ce n'est pas possible autrement. Ce n'est pas tant la lenteur qui le tue que cette vulnérabilité nouvelle qui l'accompagne. Il est nu, fragile, un nouveau-né perdu dans la montagne, avec un sac à dos et un bâton. Murat est une trop petite ville, il vise plus loin, Saint-Flour ; Saint-Flour doit bien avoir des marchands de vélos. Il pourrait aller en voir un, discuter avec lui, lui promettre de le payer dès qu'il sera arrivé à destination… Non, personne ne fait ça. Il est un mendiant, voilà tout. Un migrant, avec rien sur le dos. Il tombe à genoux, sanglote, se secoue. *Allons, ressaisis-toi, qu'est-ce qui te prend ?* C'est le coup de poing, le vol et les chiens, l'émotion sort par vagues brutales, la colère, la peur, la surprise. Ça doit être la fatigue, aussi. Il voudrait un refuge, un repère. Il s'enfonce entre les arbres jusqu'à un chemin qui en croise d'autres encore. Des panneaux de randonnée indiquent des lieux-dits que sa carte ne connaît pas. Il est perdu. Il lui faut rejoindre la route.

Il regarde sa carte de nouveau, il la pose cette fois-ci sur le sol. Il refait en pensée son trajet à l'envers. Il ne comprend pas où il peut être. Il voit bien la tache verte de la forêt, des plateaux, la flaque uniforme sur le papier, mais il ne voit plus les directions. C'est la première fois que ça lui arrive depuis qu'il est parti. L'indécision lui donne le tournis, un vertige avec toute son ambivalence de vertige :

le trouble, l'égarement, avec pourtant, au fond, une sorte de promesse, un émerveillement. Tous les chemins sont possibles. Ce serait simplement plus long. Après tout, on le croit mort et personne ne l'attend.

Il choisit une direction au hasard, décide de s'y tenir coûte que coûte. La prochaine route lui donnera bien une indication topographique qui le remettra sur le chemin.

Il lutte avec les ronces, avec les branches ; c'est difficile d'avancer droit. Il passe un ruisseau, glisse sur une pierre, le froid de l'eau lui mord les pieds, et la main qui prend appui sur un rocher glissant et visqueux. La forêt ne se laisse pas faire. Soudain, à travers son épaisseur, il perçoit des voix, à une centaine de mètres. Il se baisse. Il essaie d'évaluer si ce sont des voix à fuir. Les intonations sont aiguës, presque chantantes : il y a des enfants, peut-être des femmes. Le nombre l'étonne. C'est tout un groupe. Des promeneurs, sans doute. Il pourrait demander son chemin. Il pense au sang séché sur son nez, à sa mine de malheureux, son pauvre sac presque vide. Il pourrait faire peur. Il avance à couvert.

Les voix ne bougent pas, c'est lui qui s'approche. Il a légèrement dévié de la trajectoire qu'il s'était fixée. Tant pis.

Des taches de couleurs bougent à travers les branchages. D'autres, plus grosses, restent immobiles. Ce sont des tentes. Il y en a quatre. C'est à peine une clairière, une trouée seulement, dans la densité du bois. Il voit deux hommes debout, qui discutent. L'un a un fusil en bandoulière. Un chien aboie. *Encore des chiens, ma parole.* Des femmes, derrière, sont assises avec des enfants qui leur tournent autour. Trois femmes et trois enfants, autant qu'il peut en juger. Janvier y serait allé, sans le fusil et sans les chiens. Il recule. Trop tard. Un chien aboie, se rue dans sa direction. L'homme au fusil hurle un ordre dans une langue que Janvier ne comprend pas et pointe sa carabine dans sa direction. Le chien s'arrête net. L'homme crie quelque chose à Janvier. Certains ordres se passent de mots : Janvier lève les mains en l'air et fait quelques pas.

Le chien l'attend et le fixe en grognant. Du fusil et du chien, Janvier sait qu'une simple détente, un geste brusque pourraient les débrider. Le groupe entier, hommes, femmes, enfants, tous se tiennent derrière le fusil et le chien, évaluant l'étranger de leurs yeux suspendus.

Les deux hommes parlent entre eux, tout en surveillant Janvier. Ils se concertent. Janvier croit reconnaître de l'italien, mais il n'en est pas tout à fait sûr. Ils ont l'air de ne pas bien savoir quoi faire. Celui qui tient le fusil a les cheveux et les yeux très sombres. Derrière eux, une des femmes s'est approchée et de la main, elle baisse le canon de l'arme en fusillant du regard son propriétaire. Elle désigne Janvier, montre ses chaussures, puis sa figure, se lance dans une diatribe rapide et agressive contre l'homme au fusil. Puis elle s'approche de Janvier et lui prend le bras des deux mains, dans un geste doux, pour le conduire au milieu du groupe. L'homme a remis son fusil en joue, elle pousse un soupir d'exaspération et finit par hausser les épaules. On parle dans la langue de celui qui tient le fusil ; Janvier essaie, au moins :

— Italiani ?

Janvier se force à sourire. Les enfants rient du mot qu'ils ne comprennent pas. Les visages se détendent. La femme abandonne son bras et plante ses poings sur les hanches :

— Albanais.

Ce sera le seul mot qu'elle lâchera en français. Janvier n'en connaît pas un en albanais. On se comprendra autrement. L'essentiel est dit. Janvier connaît la situation de l'Albanie. Les conséquences de la montée ont été dévastatrices dans le petit pays. Pas d'eau à Tirana, encastrée, protégée par ses montagnes, mais si proche de la côte, elle a été submergée par les nouveaux arrivants. Le pays, déjà en guerre contre la Macédoine, a sombré dans un chaos civil supplémentaire.

Janvier visite les lieux. Les tentes sont proches les unes des autres. Sous un arbre, une caravane, abandonnée depuis longtemps, a repris ses quartiers de noblesse. Il en sort quatre nouveaux enfants qui examinent Janvier comme une bête curieuse et viennent toucher son pantalon. L'un d'entre eux tend les mains en avant, creusées, pour mendier. La deuxième femme, une blonde plantureuse, repousse l'enfant d'un geste sec et guide Janvier vers un feu. Un peu plus loin, un filet sert de clôture à une demi-douzaine de poules. Les chiens sont excités, les enfants leur lancent des petites branches et les distraient de Janvier. Un seul chien, celui qui l'a trahi, ne le quitte pas des yeux. Mais il ne grogne plus.

Le feu assèche l'air autour de lui. Malgré la chaleur ambiante, on s'y sent bien. Il tient son rôle de foyer. Janvier s'assoit à côté d'un adolescent qui l'observe d'un œil intense et obscur. Avec ses lèvres charnues, sa tignasse noire épaisse, il ressemble à la femme qui a accueilli Janvier. Ce doit être son fils, bien que la femme paraisse jeune. Peut-être son frère, après tout. Janvier tente de leur demander leur lien en les désignant tous deux du doigt. Mais on le dévisage sans comprendre. Sa curiosité même a quelque chose de louche. Il ne sait pas s'il est admis ou prisonnier. Comme avec les passants, comme avec la police, il préfère prendre les devants ; il fait signe qu'il a faim. L'homme au fusil crache par terre. La première femme vient lui apporter un paquet de chips éventré. Janvier met la main sur son cœur, dans une pantomime surjouée, pour montrer sa reconnaissance :

— Merci.

Elle sourit. Il ajoute :

— Janvier.

Elle dit :

— Helena.

Les hommes disent quelques mots avec les deux autres femmes et tout le monde rit. Janvier prend le parti de rire avec eux. Il mange les chips, molles et douceâtres, en propose à Helena qui refuse d'un signe de tête et le regarde manger comme font les chattes avec leurs petits, comme si c'était son propre estomac qu'on remplissait, ou son cœur.

L'autre femme s'approche de lui. Elle tient un petit garçon par la main. Ils ont les mêmes cheveux blonds. Le gosse a un air d'innocence que la mère a perdu. Elle est habillée comme les autres femmes, d'une sorte de survêtement sombre, un tee-shirt ; elle dégage pourtant un supplément de grâce charnelle. Elle a des formes dont Janvier a du mal à détacher les yeux, même dans la mauvaise position où il se trouve. Elle tend sa main, garde les doigts de Janvier dans les siens, les yeux aussi. *Tanusha.* Puis elle s'éloigne avec les enfants. Un chien est en train d'avaler quelque chose. Elle l'engueule d'une voix forte. Helena continue de le fixer. Le jeune garçon a rejoint les hommes, une dispute s'élève dont il sort perdant. Janvier analyse ce qu'il voit comme il peut, rapidement, cherche à comprendre les rapports de force.

Où vont ces gens ? Du linge sèche plus loin sur un fil tendu entre deux arbres. Des emballages en plastique souillent le sous-bois de leurs couleurs franches. Il y en a un tas, près du linge ; mais aussi un peu partout sur le sol. Les enfants commencent une sorte de football, ils tirent des buts, du moins, dans un filet tendu qui n'abrite pas de poule. Ils ne vont nulle part, ils habitent ici. L'Auvergne peut être un Eldorado dans la touffeur moderne.

Janvier se lève pour ne plus avoir à supporter le regard d'Helena et le silence épais qui l'emmure. Il fait quelques pas, les hommes ont arrêté de parler, tous le surveillent. L'homme au fusil a les mains crispées sur son arme, Janvier le sait, il voit la pression des mains sur le canon, mais il n'accélère pas et marche calmement. Il s'approche des enfants, s'empare du ballon, dribble et tente un but. Le ballon vient taper sur un arbre, il jure ostensiblement. Les enfants rient ; on organise le jeu pour qu'il soit seul contre tous. Les gosses s'acharnent gentiment.

Des cris, un appel, comme une reconnaissance, accueillent un nouveau venu. Le cœur de Janvier se serre. La tenue de l'homme ne fait aucun doute, son visage non plus, mais le vélo qu'il pousse à côté de lui parle davantage encore. C'est son agresseur et c'est sa monture. Quand l'homme le voit, il se jette sur un objet à terre. C'est un bâton. Non, c'est une barre en métal. Janvier note que tout à l'heure il s'est contenté de le frapper avec le poing.

L'homme pose des questions aux deux autres. C'est Helena qui répond. Il la toise et la gifle. Puis, s'approchant de Janvier, brandissant sa barre devant lui, il lui fait signe de partir. Janvier n'a pas envie de lui tourner le dos. Il ramasse son sac et part à reculons.

— Stop !

L'homme lui arrache le sac des mains, l'ouvre, le retourne et en renverse le contenu sur le sol. Le livre, les cartes, un reste de fromage, des vêtements, une boîte de paracétamol, de l'aspirine, un antihistaminique. L'homme prend le fromage et les médicaments, qu'il lance à une des femmes. Il examine les vêtements, choisit un pull, un pantalon, deux paires de chaussettes. Puis il saisit le poignet de Janvier, essaie de retirer sa montre. Il n'y arrive pas, il s'agace. Janvier l'aide. Quand il l'a détachée et donnée à l'homme, celui-ci lui fait signe de partir en agitant sa main devant son visage, le front penché.

Helena ramasse les dernières affaires de Janvier, les remet soigneusement dans le sac et le lui tend avec le cœur au bord des yeux. Janvier recule de nouveau. Un dernier regard vers Helena, mais elle détourne le visage. Il disparaît.

4

Entremont, printemps

Il n'a plus grand-chose, il ne sait plus où aller. Pendant une heure, peut-être deux, il tremble, il ne saurait dire si c'est de la colère ou de la peur. Il se retourne au moindre bruissement, les pieds campés, les muscles tendus. Au bout d'un long moment à se raisonner (*Je suis loin. S'ils avaient voulu me tuer ou me tabasser, ils l'auraient fait. Ils ne peuvent pas me retrouver. Si je le voyais de nouveau, je me défendrais. J'aurais dû.*), son corps finit par se détendre et Janvier vibre du grand soulagement d'avancer libre. Il fait le compte de ce qui lui reste. Il pourrait jeter les deux cartes de la Charente et du Poitou, mais on ne jette pas des trésors inutiles quand on n'a plus rien d'autre. Une carte du Massif central, pas assez précise malheureusement, pour le tirer de là. Un livre de poèmes qu'il n'a toujours pas ouvert, deux caleçons, un tee-shirt. Plus rien de comestible et Murat semble à des jours de route depuis qu'il se traîne sur ses deux jambes. Ses chaussures s'ouvrent sur le côté, ses pieds sont mouillés et douloureux. Ce n'est pas glorieux. Mais il avance libre. Il rentre chez lui, n'est-ce pas ? Avec sa chemise et un peu de salive, il efface les traces de sang qu'il pense avoir sous le nez.

La forêt s'éclaircit. Il ne sait pas s'il est sur la bonne route mais s'éloigner des Albanais est une direction en soi. C'est un bon début.

Les prés s'ouvrent à lui, s'agglutinent en ourlets qui froncent vers le ciel. Il les gravit lentement. L'herbe crépite de grillons qui sautent, surpris, sous chacun de ses pas. Ils ont encore des insectes, ici. Les sommets lui offriront peut-être un point de vue. Il rêve de Murat, de la protection des gens, de la foule, de la police, qui sait ? Les forêts ne sont donc pas si sûres. Celles de la zone évacuée, près de La Rochelle, vides d'hommes et de bêtes, coupées de bandes de routes désertes et nues, lui étreignent le cœur comme un paradis perdu. Ici, chaque recoin fourmille, les tournants, les sommets dissimulent leurs menaces et retardent le moment où Janvier peut se conforter dans l'idée qu'il avance en lieu sûr.

Certaines clôtures lui résistent ; elles sont parfois doublées, on sent que les relations de voisinage sont compliquées. Ici, le paysan est jaloux de sa parcelle. Janvier ne croise personne, mais il sent une attention humaine au territoire. On voit bien aux barbelés, aux clôtures électriques, aux pierres à sel posées dans les prés, qu'on est toujours chez quelqu'un, un propriétaire qui veille.

La nuit menace de tomber. Il arrive en haut de la dernière colline. Au loin les lumières d'une ville, peut-être Saint-Flour. Sur la gauche, le nord et d'immenses plateaux à perte de vue jusqu'au puy de Sancy. Sur sa droite, du relief dur, plus escarpé. Il faudra passer par la plaine de Saint-Flour. Voilà qui ne résout pas des problèmes plus immédiats : pas de trace de Murat, cachée sans doute dans les bourrelets verts du vallon. Mais plus proche, en contrebas, presque sous ses pieds, masquée par l'obscurité envahissante et l'écume de frênes moussus, la trace grise d'une habitation. Un chemin y mène, bordé de murs de pierre rongés de lichen.

Tout est tranquille sous la brise du soir et quelques hurlements perdus de voitures. La route est juste là, dans le creux. Janvier écoute de possibles signes de vie qui monteraient du hameau. Rien ne lui parvient. Il descend à pic vers le chemin, inspecte de loin, entre les arbres. C'est une petite maison accolée à une énorme grange qui la prolonge et la fortifie. D'autres bâtiments ont poussé à côté, comme des verrues, plus récentes, en moins bon état aussi. Un andaineur attend sur un tertre, derrière les bâtiments. Ça sent la ferme qui a été, ça sent la ferme qui n'est plus.

Janvier évolue courbé sur le chemin qui longe le flanc de la colline. Derrière le muret de pierre, il découvre ce que les arbres lui cachaient d'abord : la pente descend dur, épouse les collines circulaires et forme un grand cirque vert, traversé par un ruisseau qui s'époumone. Un terre-plein avancé en terrasse devant la maison domine le vide encerclé, retenu par le muret de pierre qui, du côté du vide, tombe sur plusieurs mètres de hauteur, comme une fortification. Un panneau indique le nom du hameau : *Entremont.*

Rien ne bouge près de la maison. Pas de véhicule, les volets sont clos. Mais soudain Janvier reconnaît le chant si particulier de la poule qui pond. Il laisse passer quelques minutes, assis sur le muret. Tout est figé. Il l'a peut-être rêvé, confondu avec le frémissement du ruisseau qui résonne dans le cirque. Il s'approche, arrive au bout de la terrasse couverte d'herbes folles et d'orties sur ses bords. De près, les bâtiments paraissent plus longs. Il noie son regard dans le dénivelé du cirque qui dévale sur un large vallon peu boisé, vert de prés. La maison est adossée au nord à un raidillon ; de l'autre côté, le vide, sur lequel viennent s'accrocher des arbres. On peut voir venir de loin, on peut guetter la petite route qui monte depuis la grande jusqu'à la maison. Janvier inspecte les lieux. À l'arrière, par l'endroit où il est arrivé, une porte s'ouvre sur des bottes de foin. La grange est si vaste que malgré tout ce qu'elle contient, elle paraît vide et charpentée comme une cathédrale. Ce sera un abri merveilleux pour la nuit.

Il enlève ses chaussures et les bourre de foin en espérant les faire sécher, les faire tenir jusque chez lui. « Chez lui » résonne terriblement loin dans la grange dénudée.

Il ne distingue pas grand-chose dans la pénombre mais tout de même assez pour voir que la charpente n'est pas en très bon état. Il compte les ballots. Il ne peut les distinguer tous, il doit y en avoir une trentaine. C'est presque curieux, avant la saison des foins. Ces gens-là ont de quoi voir assez loin. Il n'y a pourtant rien qui indique que le hameau puisse être habité. Il inspire profondément, renifle, flaire et ne sent rien de ce qui pourrait ressembler à de la vache, du cochon ou de la brebis. Il prend un peu de foin entre les doigts et le sent : il doit avoir quelques années. Janvier aime faire ce geste, il aime être la personne qui sait faire ce geste. Par une fenêtre, il voit le jour qui s'éteint sur la montagne, l'herbe qui bleuit. Il peut distinguer de vieilles machines, un peu partout, un pulvérisateur cassé qui date du temps où l'on avait encore le droit d'utiliser des pesticides de type 1, une ensileuse et, au fond, un tracteur fatigué. Janvier reconnaît le modèle 5100.

On est loin de la bergerie de Ruffec et de ses fromages. L'endroit doit être désert, après tout. Janvier a peut-être rêvé la poule. Le ventre creux lui fausse les idées.

Il y a de vieux sacs de grain vides dans un coin, contre une cuve à fioul ; il en fait un tas pour s'allonger. En passant, il tape la cuve, machinalement. Il s'étonne, tape une nouvelle fois. Elle ne résonne pas, elle absorbe le coup, rend un bruit mat et assourdi : elle est pleine. Le sol est dur, Janvier se prend à regretter le moelleux des sous-bois. Tout de même, il est au sec et ne risque pas de mauvaise rencontre. Cela faisait des jours et voilà que maintenant la pluie se met à taper doucement sur le toit. Comme les craquements d'un feu de bois, c'est un murmure de foyer. Janvier ressent profondément la solitude. Et la faim.

Il sort quelques instants ouvrir sa bouche à la pluie. Pas trop longtemps, pour ne pas se coucher mouillé.

Quand il se réveille au matin, la pluie a cessé. Il a presque froid, se souvient de son pull et de l'Albanais. La sensation est désagréable mais la fraîcheur a quelque chose de rassurant dans ce monde qui se réchauffe. C'est comme de voir une tache blanche sur un sommet, on se dit que tout est encore possible. C'est la promesse d'un retour.

Les chaussures ont toujours triste mine, mais elles ont séché. Dehors le ciel est pâle, d'un gris sale et sec. Janvier s'approche d'une fenêtre pour regarder la terrasse, désespérément ouverte sur le vide, derrière son muret. La montagne frémit d'un silence d'église. Il sort, fait le tour de la ferme. De l'eau s'échappe d'une gouttière. Il passe son visage en dessous, le frotte. À l'arrière, entre la grange et le tertre, des vieux pneus, les restes d'une faneuse, une brouette et, seule preuve que le monde est en vie : le frémissement d'une poule qui se désole derrière le grillage d'un poulailler.

Janvier s'approche et s'accroupit à côté d'elle :

— Ils sont où, tes maîtres ?

La poule s'agite, espérant sans doute du grain.

— Je n'ai rien, ma vieille, je suis désolé.

Il soulève le loquet du toit, trouve trois œufs. Il les casse contre une pierre, recueille la substance gluante et les mange crus, un par un. Janvier hésite à libérer l'animal. Si plus personne n'habite la ferme, la poule est condamnée à mourir de faim dans son poulailler. Mais elle a l'air en bonne santé. Quelqu'un doit s'occuper d'elle. Il est temps de partir.

Un moteur qui s'approche arrête ses réflexions. Une portière claque. S'il fuit, il laisse derrière lui son sac. Il connaît la pauvreté de son contenu, mais elle lui tient lieu de bien. Et puis que craint-il ? Il se promène, c'est tout. Il cherche son chemin. Il a vu une ferme, il voudrait demander sa route aux habitants. Il remet de l'ordre dans ses cheveux, se frotte les yeux, le visage, comme pour les détendre. Il se racle la gorge. Il entend une voix de femme, mais c'est un chien qui accourt rapidement vers lui. Un gros chien, un Golden qui, à quelques mètres, s'arrête et grogne.

— Pluton !

Une fille apparaît, qui vient se camper derrière le chien. Ses cheveux sont roux, presque orange. Elle n'est pas très grande, maigre. Janvier pense d'abord que c'est une enfant, mais quand elle s'avance, il note de petites marques du temps au coin de ses yeux verts.

— Qu'est-ce que vous faites là ?

La voix ne tremble pas, mais ses yeux lancent des éclairs égarés. Elle a attrapé son chien par le collier, le retient.

— Ne craignez rien, pardon, dit Janvier. Je suis perdu, je cherche mon chemin. Je vais à Murat.

La femme inspecte Janvier, de haut en bas :

— Vous venez d'où ?

Janvier hésite. Il ne sait pas quelle est la bonne réponse. Aucune ne lui donnera de sésame. Il regarde la jeune femme : elle est fine comme du papier à cigarette et dégage une sorte de fragilité vacillante. Elle porte un sweat à capuche, un jean ample, des baskets. Elle a l'air d'une adolescente, l'air seulement. Il ne risque pas grand-chose. Sauf si elle a peur et lâche son chien.

— Je viens de Riom.

— Et vous êtes à pied ?

Janvier sourit et s'excuse du regard :

— C'est compliqué.

Encouragé par la mine de la jeune femme, qui ne répond rien et qui maintenant semble s'accrocher au collier de son chien plutôt que de chercher à le retenir, il enchaîne :

— Vous n'auriez pas quelque chose à manger ? S'il vous plaît.

Elle hésite. Janvier se redresse, frotte sa chemise, passe ses cheveux derrière ses oreilles. Il veut montrer que tout cela n'est pas sa mise ordinaire.

— Suivez-moi, dit la jeune femme. Viens, Pluton.

Elle fait demi-tour et l'entraîne devant la maison. En fait de voiture, c'est une sorte de grosse camionnette blanche, bourrée jusqu'au toit. Janvier croit y voir des meubles.

La femme ouvre la portière, en sort un sac.

— Je cherche mes clés. Je viens d'arriver, explique-t-elle.

La serrure de la grosse porte d'entrée résiste sous ses doigts. Elle a réussi à enfoncer la clé et tente de la tourner en s'appuyant, en y mettant tout son poids, avec des sursauts nerveux.

— Excusez-moi, je ne suis pas habituée.

Elle s'agite, dit encore qu'elle est désolée. C'est bon signe, il aura certainement ce qu'il souhaite. Janvier s'en veut de calculer ses chances, mais la faim lui creuse le ventre et la tête :

— Laissez-moi faire.

Il soulève la poignée, fait jouer la clé dans la serrure qui finit par céder. À l'intérieur, une odeur de salpêtre lui saisit les narines, un relent de puits, de métal humide.

Les murs en pierre obscurcissent la pièce, une sorte de salle à manger, avec un petit coin salon, devant une cheminée monumentale d'où sortent des bancs de chaque côté. L'air est frais, Janvier a des visions des vieilles maisons de son pays, froides comme des caves et que le soleil ne parvient jamais à chauffer, même en plein été, à travers les fenêtres étroites comme des meurtrières.

La jeune femme soudain se pend à son bras, trébuche :

— Pardon, je ne me sens pas…

Elle s'effondre. Janvier pense à la maladie en rattrapant le corps qui s'amollit. Le visage est très pâle, mais sans l'aspect cendreux des malades de La Rochelle. Janvier y pense ; il n'y croit pas. Il conduit la femme vers un canapé recouvert d'un drap blanc et humide, comme les fauteuils et d'autres meubles encore contre les murs. La femme peut mettre un pied devant l'autre, guère plus ; elle se laisse faire surtout et Janvier sent, une main sous l'épaule et l'autre derrière le dos, la maigreur de la chair, les côtes sous ses doigts. Il la soulève, c'est une plume, il l'étend directement sur le drap blanc, lui pose les pieds en l'air sur l'accoudoir. Il aperçoit les chevilles fines, diaphanes, corsées comme les nœuds d'une branche.

— Ça va ?

Elle essaie de dire quelque chose. Il se demande quel naufrage a pu passer sur ce visage, dans les yeux verts qu'un voile de fatigue et de panique ternit légèrement. Il ajoute :

— C'est vous qui avez faim, en fait. Je vous apporte quelque chose.

La cuisine est juste à côté. Rien dans le réfrigérateur. Il trouve un paquet de biscuits. Il est condamné aux biscuits pour l'éternité, semble-t-il. Il ouvre le paquet, un ver s'en échappe. Les placards sont presque vides, de l'ail, des oignons, de la soupe en poudre, du lait concentré, du café. Il entend la jeune femme lui dire quelque chose, c'est inaudible, il la rejoint. Elle murmure dans un souffle :

— Dans la voiture.

À la place du passager, il trouve un cageot avec des denrées fraîches. Il y a du pain, du beurre, du lait, des fruits, des yaourts, des œufs, du sucre, de la farine. C'est un trésor. Il mange une cerise, crache le noyau dans la cour, rapporte le cageot.

L'eau du robinet a des teintes brunes ; il la laisse couler assez longtemps. Il entend la femme protester :

— Ça va déjà mieux.

— Ne vous levez pas ! L'eau est bonne, ici ?

— Je ne sais pas. J'ai une bouteille dans la voiture.

Il lui donne un morceau de sucre trempé dans l'eau, puis un deuxième. Elle peine à les avaler, mais obéit avec une mastication consciencieuse de bonne élève. Le chien, qui ne l'a pas quittée, pose son museau sur l'accoudoir, entre ses deux pieds, avec un air de dévouement qui lui enlève toute agressivité. Elle lui caresse le front.

Elle a repris des couleurs :

— Excusez-moi, j'ai roulé toute seule, toute la nuit.

— Vous venez d'où ?

— De loin.

Le visage se ferme, les yeux s'égarent de nouveau. Elle a la peau fine, on dirait transparente sans ces taches de rousseur qui la constellent comme des paillettes sur du verre, sur les joues, le front, le nez.

— Mangez ce que vous voulez, dit-elle. Il y a plein de choses dans le cageot.

— Merci. J'ai déjà mangé une cerise.

Elle sourit, c'est la première fois. C'est une autre personne ; le sourire, immense, lui éclaire et lui mange le visage.

— Je ne suis pas sûre que ça vous suffise, une cerise, si ?

Janvier se lève pour aller se servir dans la cuisine. Mais il est gêné de puiser dans les réserves de la femme, à quelques mètres d'elle. Il revient dans le salon avec le cageot, qu'il pose sur la table basse. Ils partagent en silence un petit déjeuner. Janvier fait du café, c'est son premier depuis La Rochelle, ça le réchauffe et le fortifie ; il se sent solide, et arrivé quelque part. Il devrait partir, il le sait bien.

— Vous êtes encore pâle.

Il ment, la jeune femme est désormais plutôt rose. Mais elle a toujours cette vulnérabilité agitée. Peut-être dans les yeux, qu'elle jette partout, sur Janvier, dans la pièce.

— Non, ça va.

— Je peux faire du feu, si vous voulez.

— Je veux bien. Derrière la cuisine, après la porte, il y a un bûcher. Normalement, il y a du bois.

Janvier allume la lumière dans la pièce : les murs sont couverts de bûches de différentes tailles, sur plusieurs rangées, sur plusieurs niveaux. Il crie :

— Il y a de quoi tenir un siège !

Sur une étagère, des dizaines de grosses boîtes d'allumettes. Comme pour le fioul et le foin, ça sent le stock prudent, vaguement paranoïaque, comme seuls savent le faire les vieilles personnes et les survivalistes. Mais la jeune femme exsangue qui gît sur le canapé n'a pas l'air d'y être pour grand-chose. Elle lui répond depuis le salon :

— Vous voulez du feu ? J'ai un briquet si vous voulez.

Janvier cherche du papier et trouve, sous un banc, des vieux exemplaires de *La Décroissance*. Le feu s'embrase.

Le deuxième café est encore meilleur que le premier. Janvier le boit debout, l'épaule contre le mur de la cheminée. La femme donne un bout de pain à son chien et lui gratte l'arrière de l'oreille. Janvier veut rester toute sa vie dans cet endroit.

— Je m'appelle Janvier, au fait.

— Adèle.

— Enchanté.

Elle répond d'un sourire, simplement. Puis :

— Vous allez à Murat ?

— Oui.

Elle réfléchit en silence, le nez dans sa tasse, puis :

— Vous êtes un peu dans la merde ?

— Oui.

— Rassurez-vous, moi aussi.

Ils gardent le silence en regardant le feu qui crépite. L'heure avance. Janvier s'est assis sur un banc, dans la cheminée, il tisonne et pense à Wladimir en faisant le geste. C'est fou, tous ces feux inutiles en plein mois de mai sur une terre qui se réchauffe. Cela fait longtemps, si longtemps, qu'il ne s'est pas retrouvé dans un salon avec quelqu'un. Sans que la mer ne lui monte autour, bien sûr.

Il inspecte la pièce. Il n'y a que quatre chaises autour de la longue table de ferme. Au mur, quelques toiles sans intérêt, des scènes champêtres. Le mobilier est rustique, rudimentaire surtout. Des fleurs séchées dans des vases en porcelaine vieillis font pousser d'épaisses toiles d'araignée. Au sol, deux vieux tapis persans et mités. Au fond, une porte ouverte laisse voir le début d'un escalier qui mène à l'étage. Des étagères pleines de livres, de vieilles éditions bon marché.

Par les fenêtres, Janvier aperçoit des nuages qui viennent cogner la montagne d'en face. Il s'approche :

— Le brouillard se lève. On ne voit plus le creux, ni la route.

Adèle ne répond rien. Janvier continue :

— C'est une belle ferme. On s'y sent bien.

— Oui.

— Il doit y avoir une grande surface. Tous les bâtiments, là, ce sont des granges ?

— Sans doute. Ça fait longtemps que je ne suis pas venue.

Adèle boit son café. Elle agrippe sa tasse des deux mains, un peu recroquevillée au-dessus. Janvier lui trouve l'air nerveux et concentré, vigilant, qu'ont les écureuils quand ils tiennent quelque chose à manger. Puis elle lève le nez :

— Vous seriez disponible si je vous demandais un service ? Rémunéré ?

— Bien sûr.

Il n'en revient pas.

— J'ai toute ma voiture à vider. Vous l'avez vue. Elle est bourrée à craquer.

Il va avoir de l'argent.

— Il faudrait m'aider à la vider, à installer des choses.

Il pourra peut-être acheter un billet de train. Il pourrait partir le lendemain. Arriver dans deux jours chez lui. Dormir dans son lit, embrasser les siens. Il s'étourdit de l'idée. Adèle ajoute :

— Mais il y en a pas mal, hein. C'est presque un déménagement.

Elle boit encore une gorgée, réfléchit à ce qu'elle vient de dire :

— C'est même exactement un déménagement.

Il commence tout de suite. Il ouvre le coffre. Il y a des valises, un buffet, des chaises, un vieil ordinateur, des instruments de musique, un coffre en bois, des cartons. Beaucoup de cartons.

Adèle décide d'aller chercher un diable. Il doit bien y en avoir un quelque part. Toutes les fermes ont un diable. Elle va dans la grange, la grande, celle où Janvier a passé la nuit.

— C'est à vous, ce sac ?

Il acquiesce. Elle va le poser sur la table de la salle à manger, sans rien dire.

— Au fait, dit Janvier, la poule ?

— Quelle poule ?

— Celle à qui je parlais quand vous êtes arrivée.

— Il y a une poule ?

Elle sort, fait le tour de la maison en courant. Janvier et Pluton la suivent. Elle ouvre la grille et s'agenouille. *Qu'est-ce que tu fais là, toi ? Qui t'a mise là ? Ça fait longtemps ?*

La poule lui fait quelques amabilités agitées. *Tu as faim, attends, je reviens.* La jeune femme s'en va, revient avec du pain. Elle ne compte pas, se dit Janvier. Il a encore faim. Il a faim pour longtemps.

— Je ne comprends pas comment elle s'est retrouvée ici. Enfermée.

— Vous avez des voisins ?

— Je ne crois pas. Pas très proches, en tout cas.

Ils restent debout, à côté de la poule qui se débat avec son quignon et le fait sauter en l'air.

L'heure avance. Adèle prépare un déjeuner. Janvier entasse les affaires à côté de la table de la salle à manger, dessus. Cent questions lui viennent aux lèvres qu'il n'ose pas poser. À la place, il fait comme s'il était là depuis toujours. Adèle le surveille du coin de l'œil. Si leurs regards se croisent, elle sourit, gênée.

— La valise, je veux bien que vous la montiez. Mais après le déjeuner, hein. C'est prêt.

Elle le regarde, un plat à la main, et ajoute :

— Si vous voulez vous laver les mains, là-haut, il y a une salle de bains.

— Merci.

L'étage a plus de chaleur. Adèle a ouvert les fenêtres et l'air circule d'une pièce à l'autre, rend l'atmosphère plus respirable. Les cloisons sont en bois, la lumière passe davantage. Dans le miroir de la salle de bains, Janvier se voit une tête à faire peur. Il a du sang sur le bas du visage, dans le cou, des traces brunes sous les yeux, les cheveux sales et collés par la pluie et la crasse. Il trouvait la jeune femme méfiante, exagérément craintive. En se voyant dans le miroir, il mesure au contraire le cran qu'elle a eu de ne pas avoir paniqué.

Il s'asperge le visage, se frotte avec un morceau de savon. Ce n'est pas suffisant. Il enlève sa chemise, se penche au-dessus du lavabo et fait couler l'eau sur sa nuque, ses cheveux, qu'il frictionne avec du savon avant de les rincer, de les éponger avec une serviette qu'il trouve douteuse, moins toutefois que son propre état. Avec ses mains, il plaque ses cheveux sur les tempes, sur le crâne. Il aimerait changer de chemise mais il ne veut pas redescendre torse nu. Il revoit les grands yeux égarés. Il enfile sa chemise sale, tente de la défroisser. *C'est trop tard, de toute façon.*

Adèle est déjà attablée dans la cuisine et le regarde entrer. Il sourit pour s'excuser, il sait la force de son sourire, il en rajoute :

— J'ai essayé de me rendre présentable. Je suis désolé. Je dois avoir une tête à faire peur.

Adèle répond doucement :

— Qu'est-ce qui vous est arrivé ?

Puis elle se reprend :

— Pardon, ça ne me regarde pas. Les temps sont durs, n'est-ce pas ? Il vaut mieux garder ses secrets pour soi.

— Je préfère tout de même vous raconter. Je me suis fait braquer. J'étais à vélo, un type m'est tombé dessus, m'a frappé, me l'a volé. Avec quelques autres affaires. Je n'ai plus rien.

Il ne précise pas qu'il avait lui-même volé le vélo. La situation était bien différente. Adèle écarquille les yeux :

— Ah bon ? Mais c'était où ?

— À deux pas d'ici. Sur la route entre Riom et Murat. La grosse. Enfin, la départementale.

— Je suis désolée. Je pourrai vous conduire à Murat si vous voulez. Quand vous aurez fini.

— Je veux bien. Vous me feriez gagner un temps précieux.

Mais il ne le pense plus du tout, attablé avec cette femme, dans cette ferme du Cantal coupée du monde, perchée sur sa colline.

— N'oubliez pas de fermer à double tour, la nuit, ajoute Janvier. C'était vraiment tout près.

— Je n'ai rien à voler.

— Je ne pensais pas être la proie idéale non plus. Il y a tout un groupe de gens dans la forêt. Ils n'ont rien, ils vivent dans des tentes, une espèce de caravane défoncée. Alors vous pensez bien qu'ici…

Il désigne dans un même geste la nourriture sur la table, la grande pièce, et par-delà les murs de la cuisine, la ferme autour d'eux, de ses deux mains ouvertes. Adèle a un sourire rapide, puis se rembrunit. Il se trouve maladroit ; il mange ses provisions et il la traite de riche.

Il met un peu de pâté sur du pain, le dévore sans un mot. Il sait qu'il a l'air d'un gros chien qui mange. Adèle est une chose fragile, délicate. Il brise le silence de nouveau, comme il peut :

— C'est si bon, ce pâté. J'ai envie de vous demander d'où il vient, mais…

— Il vient de Paris. Je viens de Paris.

— Comment ça va, là-bas ?

Elle hausse les épaules.

— C'est l'horreur, à cause des attentats. Tout le monde est sur les dents…

Janvier s'attend à ce qu'elle lui raconte, mais elle retombe dans le silence. Elle mange peu, avec une lenteur de chatte. Ses poignets sont très fins, comme la base de son cou. Ses os sont saillants, même les pommettes, pointues. Elle garde une main dans la poche centrale de son sweat. De l'autre, elle charge sa cuillère de toutes petites portions de riz. Elle pince le nez d'un air dégoûté. Janvier n'ose pas se resservir. Elle a l'air sur le point de dire quelque chose, mais elle se ravise et propose un fruit.

— Merci. Ne bougez pas, je vais en chercher.

Le chien est assis devant la table. Quand Janvier passe devant lui, il lève la tête et grogne sourdement. Adèle le gronde doucement :

— Arrête, Pluton. Pardon.

Janvier farfouille dans le cageot, en sort des pommes :

— C'est normal qu'il se méfie, ne le grondez pas. Lui aussi, je lui ai fait peur, après tout.

Elle ne répond pas et mange sa pomme en silence. De temps en temps, elle en donne un morceau au chien qui s'est approché d'elle en entendant son nom. Puis soudain :

— Mais en fait, il vous a tout pris, votre agresseur ? Je veux dire, votre portefeuille, votre argent, vos papiers ?

— Oui.

Elle ne propose pas de le conduire à la police pour porter plainte. Il doit dégager quelque chose de louche. Il se redresse sur sa chaise :

— Je vais aller porter plainte à Murat.

Elle hoche la tête. Tout cela ne la concerne pas. Elle garde le nez dans son assiette, la main dans la poche.

— Vous ne vous sentez pas bien ? Vous êtes toute pâle.

— Ça va, je vous assure.

Il se lève, passe derrière elle :

— Mais non, allez vous allonger, vous êtes mal, là.

Elle chancelle, il la rattrape, sous les aisselles. Elle se crispe et se laisse faire en même temps.

Il la maintient, comme le matin, pour la conduire dans le salon, vers le canapé. Il ne sait pas comment la tenir sans la contraindre. Comme le matin, il sent ses os sous son pull, ses épaules cassantes. Elle vacille. En la rattrapant, il sent quelque chose de dur sur son ventre. Elle tressaille, se raidit, et dans un dernier effort, elle va s'avachir sur le canapé. Elle a des yeux fous, de peur sans doute. Mais peut-être fous tout court, simplement fous.

Janvier range le déjeuner. Le chien le suit dans ses allers-retours, espérant probablement grappiller des restes. Janvier préférerait s'en charger lui-même mais il a envie de se le mettre dans la poche. Il lui donne du riz, lui caresse l'encolure. *Tu es un bon chien. Un excellent chien.* Les yeux s'attendrissent. Il ne grognera plus.

Par la fenêtre de la cuisine, Janvier voit le brouillard qui a mangé toute la vallée. La maison et sa terrasse font comme un balcon sur le vide. *Pousse-toi, le chien.*

Il range, fait la vaisselle en sifflant ; il veut avoir l'air gai et sympathique. Après tout, il *est* sympathique. Il prend son temps. Quand il retourne dans la grande salle, elle dort, sur le dos, les bras croisés sur la poitrine, comme si elle avait froid. Quelque chose brille dans la poche de son sweat. Il s'approche sans bruit. C'est le canon d'une arme.

Il n'a pas encore l'air assez sympathique. Ou bien c'est elle qui ne l'est pas du tout.

Il a fini depuis longtemps de vider la camionnette. Il n'a laissé au fond qu'un piano droit qu'il ne peut pas déplacer tout seul. Il n'a pas pu résister quand il a compris ce qu'il y avait sous les couvertures. Il l'a ouvert, a joué les premières notes d'*Autumn Leaves*. Cela fait si longtemps qu'il n'a pas entendu de musique, le son lui rafraîchit le cœur. C'est comme une pluie d'été sur un carreau.

Adèle se réveille quelques heures plus tard. L'après-midi est lourde, on dirait qu'elle vient de commencer. La jeune femme ne bouge pas, ouvre les yeux seulement. Ils sont d'un vert incroyablement foncé, comme des feuilles de chêne.

Janvier est devant la cheminée.

— J'ai tout mis ici, en attendant que vous me disiez quoi en faire.

Il désigne le bric-à-brac monumental qu'il a sorti et posé sur la table, par terre, partout. On n'aurait pas imaginé que la camionnette puisse contenir autant de choses. On peut à peine mettre un pied devant l'autre.

— Mais j'ai monté vos valises, comme vous m'aviez dit.

Adèle se redresse et s'adosse au canapé. Elle glisse une main dans la poche de son sweat et un pied sous ses fesses. Janvier a envie de lui demander son âge. Elle a les yeux gonflés, un peu rouges.

— Merci.

— Vous voulez du thé ? J'en ai trouvé dans la cuisine.

— Pourquoi pas ? Il fait si frais.

Il rit. L'atmosphère s'est détendue, il aimerait qu'elle enlève la main de sa poche. C'est douloureux pour lui de ne pas inspirer confiance spontanément. Il prend une longue respiration, fait quelques pas vers la fenêtre, et regarde la camionnette, pour ne pas avoir à soutenir le regard vert et fiévreux, embué :

— Écoutez, je sais que ça ne sert probablement à rien de vous dire ça. Si j'étais dangereux, je vous dirais certainement la même chose. Mais j'aimerais que vous ne vous méfiiez pas de moi. Vous n'avez rien à craindre, d'accord ? Je sais que j'ai l'air bizarre, que j'ai l'air louche, que j'ai l'air d'un type qui rôde, mais vous pouvez me faire confiance.

Il se tourne vers elle :

— Ça me ferait plaisir que vous me fassiez confiance.

— Qu'est-ce qui vous dit que je ne vous fais pas confiance ?

— Votre arme dans votre poche, là, que vous ne lâchez pas depuis ce matin.

Elle en a le souffle coupé de surprise. Puis elle enlève sa main de sa poche.

— Ce n'est pas de vous que je me méfie.

Elle se lève et se dirige vers l'escalier. Janvier voit ses petites jambes fines qui montent, raides, régulières et tourmentées.

Il fait du thé. Il réfléchit, à côté de la bouilloire fumante qui, soudain, s'arrête. Il tente d'appuyer de nouveau sur le bouton, qui remonte tout seul. Janvier ouvre le frigo, pas de lumière. Il monte à l'étage, cherche Adèle :

— Vous êtes là ?

— Ici !

Il suit la voix, entre dans une chambre au fond du couloir. Les murs sont couverts d'un vieux papier peint à fleurs roses. Adèle a une pile de vêtements dans les mains, qu'elle dépose dans une armoire. Tant qu'elle bouge et qu'elle est occupée ailleurs, Janvier en profite pour l'observer ; de son corps, elle ne montre que les attaches décharnées, chevilles et poignets, à l'os, les épaules sont creuses, un peu voûtées. On ne devine pas de poitrine sous le sweat, de fesses. Tout ce qu'elle a de féminin émane d'une autre source que son corps. Janvier aimerait dire de sa fragilité, une forme de délicatesse. Mais c'est lui qui l'invente, peut-être. Elle regarde le tas de vêtements, de livres posés sur le lit, les mains sur les hanches.

— Il n'y a plus d'électricité.

— Vous êtes sûr ?

— En bas, en tout cas.

Elle actionne un interrupteur. Rien ne se passe.

— Ça me rappellera Paris, comme ça.

— Et moi... d'où je viens aussi. Vous aviez des coupures, à Paris ?

— Assez souvent. À cause des ouragans, surtout. Quand les postes électriques étaient touchés. Mais parfois spontanément, comme ça, aussi.

— Ce n'est jamais spontané.

— Je sais bien, répond-elle, un peu agacée.

Elle n'aime pas qu'on lui explique les choses, bon. Elle s'assoit sur le lit, une jambe repliée, le pied sous la fesse, une nouvelle fois :

— Dites-moi... il est tard. Pas très tard, mais tout de même, si on doit encore placer les meubles, faire l'enclos, aller à Murat... Je me disais... Si vous voulez, vous pouvez rester ici pour la nuit ? Vous n'avez pas l'air pressé de toute façon, si ? Et puis ça vous permettra de prendre une douche, peut-être ?

Elle a détourné la tête pour atténuer l'acidité de sa remarque puis comme il ne dit rien, elle le regarde de nouveau. Elle le transperce avec son regard vert. Elle rit, ses dents sont si blanches. Tout son corps est mêlé de couleurs vives. Elle précise :

— C'est une blague, hein ?

— Non mais vous avez raison, je vois bien que j'en ai besoin. Je le sens, surtout.

— Alors, c'est d'accord, vous restez là ? Vous voyez, je n'ai pas peur de vous.

Elle a levé le menton pour dire ça.

Elle va dans le couloir. Il y a d'autres chambres. Elle entre dans celle qui est la plus proche de l'escalier.

— Vous n'avez qu'à vous mettre là.

Elle appuie sur l'interrupteur, machinalement. L'ampoule au plafond diffuse une lumière pâle.

— Ça y est, c'est déjà revenu.

La chambre est sous le toit, en pente. Il y a un lit pour une personne, une table de nuit, une lampe de chevet, un petit bureau, une commode, c'est tout.

Adèle, au dîner, lui en dit un peu plus. Elle doit s'installer là. *C'était la maison de ma grand-mère*, ajoute-t-elle sans autre précision. Elle y allait quand elle était petite. Puis moins petite. Elle a un projet de ferme, un de ces retours à la terre que l'État subventionne pour désengorger les villes et désamorcer la crise alimentaire. Bientôt, d'autres gens doivent la rejoindre. C'est un projet collectif.

Elle est tellement évasive ; Janvier voit bien qu'elle ment. Il ne sait pas à quel point, c'est tout. Mais ça ne fait rien, il accepte de l'aider, pour quelques jours, bien sûr. Il connaît bien l'agriculture. L'élevage des brebis, notamment. Il doit rejoindre la ferme familiale, en Lozère, mais il n'est pas pressé. Quelques jours plus tard, ça ne fera pas de différence.

— C'est quoi, exactement, votre projet ? lui demande-t-il.

Elle lève des grands yeux égarés.

— Les brebis, c'est bien, répond-elle, avec un geste vague de la main. Entre autres.

Elle tremble au-dessus de son assiette, comme si elle avait froid. Et puis, son regard s'affirme et vient se planter sur Janvier. Il n'arrive pas à détacher ses yeux de son visage, il essaie d'y lire ce qu'elle pourrait cacher, mais il renonce et s'abandonne au mystère.

Il va prendre une douche ce soir-là, changer les vêtements qu'il peut changer. Il en prendra une deuxième, le lendemain. Adèle lui prêtera des vêtements d'homme, qu'elle sortira de son armoire. Un pantalon, un tee-shirt. Puis d'autres. Légèrement plus grands que ceux de Janvier, à peine. Il y aura encore un autre matin. Elle lui trouvera un rasoir électrique. Il ne saura pas d'où elle le sort. Elle ira faire des courses à Murat. Il ne l'accompagnera pas. Il gardera la maison. Elle en reviendra avec toutes sortes de victuailles et du grain pour la poule. Pluton sera excité de voir le volatile s'ébrouer dans les flaques et chercher frénétiquement des vers dans la terre derrière la maison. Janvier lui fera un enclos avec du filet qu'il aura repéré dans la grange. Il placera les meubles comme Adèle lui ordonnera. Seul le piano restera dans la camionnette. Aucun d'eux ne sera pressé de chercher un voisin pour les aider.

5

Entremont, été

Janvier se réveille avec le soleil d'été qui inonde de rose pâle le ciel et les murs de sa chambre. Il se lève sans bruit, s'habille rapidement. Il a pris l'habitude d'avoir des vêtements un peu trop grands. Pour ce qu'il en fait… Il descend se préparer un café. Il évite la troisième marche, celle qui grince. Adèle a le sommeil léger.

Lorsqu'il est seul, le matin, il pense à ses montagnes, à ses plateaux, à sa mère. À la vie qui continue là-bas sans lui. Au soleil de son pays, celui du matin, qui lutte moins pour se lever. Ici, le soleil caresse de toutes ses maigres forces les pentes abruptes devant la maison. Celui de Lozère a moins de mérite. La pierre ocre, les collines douces, l'herbe tendre, tout a l'air de l'attendre au petit matin.

Il ne sait plus très bien ce qu'il fait là, au petit jour, quand il est seul devant la fenêtre, debout, à boire son café. Beaucoup de gestes qu'il accomplira dans la journée, la plupart même, ressembleront à ceux qu'il ferait au pays dans la ferme de sa mère. L'idée qu'elle le croit mort est une morsure au cœur. Mais les jours qui passent depuis sa disparition lui donnent le vertige. Il faudrait expliquer tout, le départ de La Rochelle, la désertion, le meurtre des policiers, celui des gens qui sortaient du gymnase cette nuit-là. *Pourquoi tu ne m'as pas téléphoné ? J'avais peur que tu sois sur écoute.* Il sent que rien ne tiendra la corde face à la suspicion de sa mère, qu'elle préférera toujours s'ériger en glorieuse victime de l'indifférence filiale. *Tu imagines la peine que tu m'as faite. Comment as-tu pu me faire ça. Quand je pense que j'ai imaginé le pire et que simplement, toi, à deux heures de route à peine, tu... Je ne voulais pas te mettre en danger, maman.*

Il sait qu'en face d'elle, ça n'aura plus de sens. Qu'il n'aura qu'à baisser la tête sous le flot du courroux maternel. *C'est vrai, j'aurais pu, c'est vrai, j'aurais dû.*

Plus le temps passe et moins il se voit débarquer sans autre explication que celle-ci, qui a remplacé les premières depuis quelques semaines : *quelqu'un avait besoin de moi.*

Le reste de la journée justifiera sa présence, depuis le moment où Adèle descendra de sa chambre, les joues pâles, les orbites creusées et le ventre chaque jour plus saillant, arrondi, jusqu'à celui où il fermera la porte du poulailler. Il affrontera de nouveau le fantôme de sa mère juste avant de fermer les yeux et de sombrer dans un sommeil profond et sans rêve.

Un jour chasse l'autre et Janvier ne part pas. Les yeux d'Adèle font leur travail et chassent le regard sévère de sa mère. Le vert profond où l'on se noie et le rouge des larmes et de la détresse.

À la fin de la deuxième journée, Janvier a fait un enclos pour la poule. Grand, pour en accueillir d'autres. *Les bêtes doivent vivre en compagnie*, il entend la voix de sa mère. Adèle passe son temps à le remercier, comme s'il lui avait sauvé la vie. Comme si cela la dispensait de s'intéresser à ce qu'il fait, aussi. *Qu'en pensez-vous ? C'est très bien, merci.* Elle lui a demandé d'une voix hésitante de se tutoyer.

Adèle continue de dire que son intention est de s'installer. Toute son attitude a l'air de crier l'inverse, cependant. Même à table, elle a l'air de s'asseoir à demi. Elle ne fait pas de projet, elle n'a pas d'idée. C'est Janvier, une semaine après leur arrivée, qui lui a posé la question des limites de la propriété, qui l'a forcée à chercher dans les papiers de la maison. Elle ne va jamais se promener seule. Janvier ne l'encourage pas non plus, il garde en tête que les bois ne sont pas sûrs. Mais le moins qu'on puisse dire, c'est qu'il n'a pas besoin de la retenir. Pas une seule fois, elle n'a suggéré d'aller voir les terrains qu'elle doit exploiter. D'ailleurs, autant que Janvier peut en juger, les terrains sont loués. On voit des prés fraîchement fauchés, des vaches. Des loyers doivent tomber, sans doute. À qui reviennent-ils ? *À moi,* répond-elle.

Adèle se désintéresse de tous les aspects pratiques et matériels de sa nouvelle existence. Janvier a d'abord imputé cette attitude à sa constitution fragile, à un peu de désespoir, puis peut-être à des raisons psychologiques plus sombres et obscures. Elle est déprimée, faible et sans désir. Elle y met un peu d'affectation, aussi, peut-être ? Tout ce comportement le déconcerte, lui qui passe son temps à agir sur son environnement. Elle sait : se faire à manger, ranger ses affaires, prendre soin d'elle, à peine.

C'est à peu près tout. Elle montre l'autonomie d'une enfant de dix ans. Elle est posée là, au bord des choses, et ne sait pas par quel bout les prendre, ni pourquoi elle le ferait. Et en même temps que le vide s'élargit autour d'elle, qu'elle vacille devant cette nouvelle vie qui s'ouvre devant elle comme un gouffre, Janvier voit le ventre gonfler et les cernes se creuser, s'étirer. Elle détourne les yeux pour lui parler. Mais quand il fait quelque chose et qu'il ne la regarde pas, elle lui jette des regards implorants qu'il sent dans son dos, sur ses mains.

Elle n'a pas parlé de sa grossesse à Janvier. Un jour seulement, il n'a plus été possible de l'ignorer, et le ventre naissant s'est mis à prendre toute la place dans la maison. Sur une autre morphologie, on aurait pu faire semblant pendant quelque temps. Mais sur sa silhouette de flamant rose, il n'y a pas grand-chose à faire. Lorsqu'il n'a plus eu de doute, Janvier a pris le parti de faire comme s'il avait toujours su. *Il faut quand même que tu penses à aménager une chambre, pour le petit.* Et puis ça a été tout.

Adèle a un téléphone sur lequel, pour tout et rien, elle consulte Internet, habitude que Janvier a perdue pendant la conscription. Elle ne téléphone jamais à personne. Janvier ne croit pas que quiconque doive un jour la rejoindre. Mais il ne dit rien. Il a peur d'entendre la réponse. *Personne ne va venir m'aider.* Si elle prononce ces mots-là, il ne pourra plus partir, il le sait.

Du père de l'enfant, elle ne parle pas. Il n'est jamais question de sa famille, de ses amis. Seule, ou bien recluse, exilée, cachée : impossible de savoir. Il y a entre eux ce pacte tacite, qui se fait plus lourd, plus épais, au fur et à mesure des jours : on ne se pose pas de question, on est là, c'est tout.

Discuter leur est difficile. Se rejoindre sans se toucher. Adèle est repliée sur elle-même, dans des postures qui figurent son état d'esprit : assise les genoux dans les bras, toujours la tête dans les mains, le menton dans la poitrine, les pouces dans les paumes, si possible. Elle ne parle pas beaucoup ; si elle parle, elle plaisante, aigre. Janvier ne sait pas pratiquer ce genre de distance, ni l'humour sans joie. Il a essayé de se rabattre sur l'actualité, d'autant que les derniers mois, et particulièrement les dernières semaines, l'ont tenu hors du monde. Quand elle consulte son téléphone, il l'interroge. D'ailleurs elle l'informe spontanément. *Jarnac a obtenu les pleins pouvoirs. La Grèce a envoyé des roquettes sur la ville d'Edirne, à la frontière turque. Des centaines de civils ont été massacrés au Bangladesh. Où as-tu lu ça ? Sur* Aletheia. *On en parle ailleurs ? Non. L'Allemagne a construit un mur à sa frontière sud.* Puis : *Le chancelier dément la rumeur de la construction d'un mur à la frontière sud.* La désinformation constitue en elle-même un vrai sujet de discussion. C'est le plus brûlant, pour Janvier. Même la météo est politique, qui requalifie les ouragans en « vents violents » depuis l'arrivée au pouvoir de la France Éternelle. On parle moins des conséquences de la chaleur de cet été. Dans la fraîcheur relative du Cantal, les échos du changement climatique ne parviennent plus, comme s'il ne faisait soudain plus de mort nulle part.

À La Rochelle, la situation était plus claire. L'État et l'armée exerçaient une censure prophylactique, à l'ancienne. On préservait l'ordre et le moral des troupes, on contrôlait l'opinion. Depuis qu'il a quitté le littoral, Janvier comprend que la dilution des informations est une censure d'autant plus efficace. On ne sait plus rien quand tout le monde crie à la vérité.

Adèle venait de Paris, le jour où elle est arrivée. C'est ce qu'elle lui a affirmé le premier jour, en tout cas. Elle n'a donné aucune précision. Il ne sait pas dans quel quartier elle habitait, ni ce qu'elle y faisait ; d'où elle sort l'argent qui file entre ses doigts et qu'elle ne compte jamais. De loin, il semble à Janvier que Paris au moins devait bouillir de renseignements : l'actualité s'y déroulait, on y connaissait l'état du monde, puisqu'on l'avait sous les yeux. On devait savoir ce qui se passait. On devait moins douter de ce qu'on entendait, les échos des événements devaient parvenir plus fermes, plus assurés. Plus que leurs échos, leur bruit lui-même, le cœur du réacteur. Mais elle n'en parle jamais non plus. Il aimerait lui poser des questions, mais elle se replie de la même manière que sur les autres sujets plus intimes ; il pressent qu'elle a dû perdre des gens qu'elle aimait dans les attentats. C'est l'hypothèse de Janvier, le socle sur lequel viennent s'échafauder toutes ses conjectures. Elle a perdu ses amis, sa famille, le père de son enfant, peut-être. Elle a hérité de cette ferme, elle est seule au monde désormais, meurtrie, avec son enfant pour seul avenir.

Il ne la voit jamais pleurer. Elle sort de sa chambre, parfois, l'œil rouge, des plaques blanches et écarlates sur les joues. Janvier a peur qu'elle n'ait l'idée d'en finir. Il fait des projets pour elle, quand il lui voit le regard vide, la lèvre qui tremble. *Il faudrait acheter une bêche. Il faut planter des arbres fruitiers, je peux m'en charger si tu veux.* Il revoit les terrasses inachevées à Lachamp, la pelle mécanique de Félicien. *Il faudrait qu'on aille acheter des brebis. Je vais te montrer comment en prendre soin. Tu pourrais vendre ton bois, il faudrait mettre une annonce. À venir chercher sur place, puisque tu n'as pas de remorque, je ne peux pas le livrer. Oui, il faudrait investir, évidemment.*

Elle fait de longues siestes après le déjeuner, parfois le matin. Elle s'en excuse lorsqu'elle paraît sur la terrasse et qu'il est en train de réparer le toit d'une grange avec une planche de tôle, de retourner la terre d'un terrain où il lui a conseillé de faire un potager, d'étendre du linge. *C'est le petit qui te mange ton énergie, tu es fatiguée, ne t'excuse pas.* Elle vacille encore de temps en temps ; elle ne se plaint jamais.

Les premiers jours, Janvier n'est pas sorti du hameau. Il prétextait qu'il avait des choses à faire et c'était vrai ; qu'il gardait la maison et ça l'était tout autant. Même en son for intérieur, il se donnait des excuses, il était plus prudent de rester caché. Pourtant, ses raisons avaient la même saveur que celles qu'il donnait à sa mère, en pensée, au petit matin ; elles avaient de moins en moins lieu d'être, il s'y accrochait machinalement pour ne pas avoir à examiner, reconnaître les vraies causes de sa réclusion :

il sentait dans sa retraite, peut-être pas le bonheur, mais une forme de sérénité lui pousser au fond du cœur comme une plante vivace, vigoureuse, elle s'épanouissait, se répandait en lui et lui tenait les membres, du matin au soir. Il se fatiguait à la tâche, se couchait fourbu et toutes les journées passaient, simples et brutales, sous le soleil qui les frappait. Il se rendait utile : il était utile.

Adèle devait bien voir qu'il se cachait, qu'il jetait des regards inquiets sur les voitures qui remontaient le long du chemin. Mais elle n'avait pas l'air de s'en inquiéter. Ni même de s'y intéresser.

La propriété est beaucoup plus grande qu'il ne l'avait cru au départ. La maison n'est pas immense, mais la grange semble ne jamais pouvoir se remplir tout à fait, même avec des bêtes, même avec des machines. Quelques granges délabrées témoignent d'un passé plus glorieux. Les terres exploitables, surtout, s'étendent sur une vingtaine d'hectares si l'on compte les prés qui sont à quelques kilomètres, autour d'un petit village appelé Mons. Adèle les appelle négligemment *les prés de l'autre côté*. Elle connaît si mal la région, n'a pas l'air de vouloir y entrer par les noms. Janvier, l'enfant de paysans, n'a pas pu retenir un sifflement admiratif et gourmand en découvrant la feuille du cadastre. Adèle a souri sans fierté. Tout cela ne la concerne pas.

Fruits d'un découpage ancestral, d'autres prés sur lesquels paissent des vaches paisibles sont encastrés dans ceux d'Adèle. Les clôtures neuves, électrifiées, témoignent d'un soin constant et presque invisible. Parfois seulement, quelqu'un vient jeter un œil sur le troupeau. On se salue d'un signe de tête. Janvier reconnaît dans ce salut toute la curiosité rentrée, butée, empêchée, de la méfiance paysanne.

Le hameau où vit Adèle – qu'elle possède, semble-t-il, même si ce n'est pas très clair – s'appelle Entremont et porte bien son nom, adossé à sa colline, mais tout prêt à se jeter sur les autres, au croisement de trois vallées qu'il surveille de haut. Il a poussé humble et court, caché, incrusté sur la pierre comme une habitation troglodyte, trapue et solide. La moitié du bâtiment principal est enterrée et se nourrit de la montagne : une source y part pour finir à la cave et irriguer la maison. Les pierres en vieillissant se sont couvertes d'un lichen roux, les arbres sur la terrasse se pétrifient doucement : tout se noue dans la même substance sèche, froide et dure. Les fenêtres laissent à peine passer la lumière du jour. Les murs des granges sont aveugles, seuls les toits sont percés de lucarnes. Entremont pourrait tenir un siège et se défendre d'une attaque armée. Pour l'instant, le hameau sommeille, à peine ranimé par l'arrivée de ses nouveaux habitants. Adèle et Janvier parlent bas, comme s'ils se cachaient. La poule et le chien n'ont pas ces égards. Le chien jappe souvent, sec et serré, et la poule chante quand elle pond. Mais Janvier ne voit pas bien comment tout cela pourra ressembler, à la fin, à une ferme.

Le matin, Janvier prend un chemin en lacets, derrière la maison, qui le mène dans une forêt de taillis avant de déboucher sur l'entrée des plateaux. Parfois, il va jusqu'au bout, jusqu'à surplomber un petit village dont il ignore le nom, dans une vallée abritée qu'il domine du regard comme une terre étrangère qu'il s'apprêterait à conquérir. Il se rassure de l'immuabilité du paysage, du chemin qu'il emprunte et, avec eux, du vent froid qu'il respire comme si l'air était plus pur et qui lui rappelle la fraîcheur perdue de son enfance. Il y a encore des coins sur cette terre où l'on frissonne le matin. Lorsqu'il descend vers la maison, qu'il voit le linge, leur linge mêlé, sécher sur le fil entre deux pins et qu'Adèle lui fait un signe de la main, il se dit qu'il est là depuis toujours. Et puis parfois, devant la figure et le silence butés de la jeune femme, il se sent plus étranger, à peine mieux toléré que le jour où il est arrivé, deux mois plus tôt.

Il l'a persuadée d'investir dans un chargeur. *Ça te servira pour tout, tu verras.* Il a dit ça machinalement : il a du mal à la voir au volant du tracteur, en train de charger du fumier. Qu'importe, il suffisait de lui en parler ; elle a tout de suite accepté. Il n'a même pas eu besoin d'argumenter. Elle lui fait une confiance aveugle, de toute façon.

Pour le chargeur, Janvier l'a accompagnée chez le concessionnaire. C'est lui qui a discuté avec le vendeur, essayé les machines, pesé le pour et le contre du H380. Quand le vendeur a parlé de solutions de financement, c'est là qu'Adèle est intervenue pour dire qu'elle payait comptant. Le vendeur avait l'habitude des vieux paysans qui débarquaient avec une liasse de billets froissés ; mais cette jeune femme en sweat-shirt lui a fait ouvrir des yeux ronds, avec ses cheveux roux et son phrasé rapide de citadine. Il lui a dit qu'elle perdrait de l'argent, avec cette solution. Mais elle est restée ferme. Elle préférait.

Janvier n'avait pas quitté la ferme, jusqu'à ce jour où ils étaient allés jusqu'à Aurillac. Ils avaient parcouru une centaine de kilomètres dans la journée. Janvier avait calculé qu'il avait passé presque assez de temps en voiture pour atteindre Lachamp. À la place, il avait accompagné une femme qu'il ne connaissait pas il y a encore un mois, pour acheter du matériel agricole que de toute évidence, elle ne toucherait pas et qu'il manœuvrerait lui-même. Pour cette occasion, il s'était jeté dans le grand bain, il avait affronté la possibilité d'un contrôle. Son cœur, en alarme au moment de quitter Entremont, s'était relâché au fur et à mesure de la journée. Personne ne les avait contrôlés, il pouvait de nouveau circuler librement. Il était ce type inoffensif qui allait acheter du matériel agricole en compagnie de sa femme enceinte. Il avait aimé se noyer dans le regard qu'on portait sur eux.

Ils n'avaient pas hésité longtemps, pour la concession. Janvier avait repoussé Saint-Flour d'un geste nerveux de la main quand Adèle l'avait évoqué. L'idée de se rapprocher de chez lui pour faire demi-tour le jour même semblait à Janvier l'ultime trahison qu'il pouvait faire à ceux qui devaient pleurer sa disparition. Ce serait donc Aurillac. Adèle avait accepté sans poser de questions, comme si les décisions de Janvier étaient indiscutables, attitude qui allait devenir une habitude au fil des semaines, au fur et à mesure qu'elle buvait ses paroles, ses décisions, ses gestes, comme les décrets d'un nouvel ordre auquel il fallait se soumettre.

Ils s'étaient réveillés plus tôt qu'à l'ordinaire, étaient partis au petit matin, dans l'air déjà chaud, les fenêtres ouvertes. C'était Janvier qui conduisait la camionnette. Le silence entre eux leur tenait lieu d'intimité. Il aurait voulu poser sa main sur son bras, pour lui dire la douceur de prendre la route ensemble, après avoir pris soin de fermer la maison. *Tu as bien verrouillé la porte de la grange du nord ? Oui. Mais j'ai eu du mal.* Il aurait voulu ce geste : lui prendre la main, simplement poser sa main sur la sienne, mais il avait peur de sa réaction. Adèle reculait quand il approchait, comme si elle craignait une décharge au contact. On se contenterait du silence, d'être à deux. Machinalement, il avait allumé la radio et l'éclat métallique d'une chanson à la mode l'avait brutalement ramené au présent. Ils avaient emprunté des routes chargées, s'étaient arrêtés sur une aire de repos saturée de poids lourds. Il y avait la queue devant le sèche-main électrique. Un écran diffusait de bruyantes publicités en continu. Comme à Limoges, la modernité du monde, qu'il croyait ancien et qui ne l'était pas, lui avait sauté au visage. Janvier se rendait compte qu'il n'avait pas quitté La Rochelle, la réclusion de La Rochelle, qu'il vivait toujours comme si le monde entier avait basculé : dans le silence de la mer, celui des bois, des champs, de la ferme, et qu'il vivait encore caché, peut-être pour ne pas voir que le monde moderne, rutilant, rugissant, poursuivait son chemin depuis qu'il l'avait laissé, un an et demi plus tôt.

On continuait à jouer au loto dans les tabacs, à s'engueuler au feu rouge, à acheter des téléphones portables, à actualiser ses applications, à prendre l'apéro, à aller travailler en râlant, à faire la queue pour payer l'essence. En parcourant les couvertures des journaux dans un magasin où Adèle voulait acheter quelques provisions, il se dit que le pays vivait dans le même aveuglement que lui, un aveuglement inversé, qui ignorait les points de rupture. Les mentions faites au littoral inondé, aux épidémies, avaient la distance de ton que l'on prend pour évoquer les drames des contrées lointaines, les tragédies des pays exotiques ou des civilisations anciennes. Seuls les campements et la foule sur les routes attestaient de quelques changements, mais ils avaient déjà pris les couleurs de la vie ordinaire.

Ils croisèrent plusieurs fourgons blindés. À l'approche d'Aurillac, Janvier avait mis son clignotant pour sortir de la nationale. Il s'était ravisé en apercevant un barrage de police au premier rond-point. Adèle l'avait-elle remarqué ?

— Je ne suis pas sûr d'avoir envie de croiser la police, vu que je n'ai toujours pas de papiers.

Elle n'avait rien dit.

Ils avaient traversé la zone commerciale d'Aurillac. La concession John Deere n'avait pas fière allure et témoignait d'une crise durable du secteur. Pour le commercial qui les reçut, ils faisaient partie de ces néoruraux qui tentaient la voie de la reconversion afin de fuir l'enfer urbain. Les moyens financiers d'Adèle le confortèrent dans son opinion. *Vous n'êtes pas les seuls dans votre situation à choisir ce modèle, vous savez. C'est une valeur sûre.*

Adèle et Janvier étaient rentrés étourdis de leur périple. Mais désormais, ils avaient un chargeur pour le vieux tracteur qu'on avait sorti de la grange. Janvier avait craint qu'il ne fonctionne pas. Un tour de clé avait réveillé le moteur, et ce fut tout.

C'était sans doute à partir de ce moment qu'ils avaient changé de perspective, imperceptiblement. Jusqu'alors, l'horizon de chaque journée n'était fait que de son lendemain. C'était bête, mais c'était comme ça : le tracteur avait fait une percée dans leurs vues. Janvier se mit à faire des plans et des projets.

Le tracteur devint le bras armé de toutes les promesses. Par ce biais, ils commencèrent à évoquer l'avenir : *quand il faudra faire les foins et charger les ballots, quand tu devras aller chercher une brebis, si on veut les mettre à paître sur les prés de l'autre côté.* On pouvait déjà l'utiliser pour de menus travaux, charger du bois, atteler une faucheuse. Janvier y mettait tout son cœur et tout son orgueil, prenait des poses un peu doctes. Il ne voulait pas être pris en défaut sur les questions agricoles. Il multipliait les allusions à son passé, il alignait ses connaissances, brandissait ses expertises ; il aurait voulu qu'elle lui pose des questions, qu'une brèche enfin soit ouverte dans le mur épais de leur pacte. Mais tout ruisselait sur les yeux verts en feuilles de chêne fatigués. Elle se réjouissait de ce qu'il sache faire tant de choses. Puis elle en restait là.

La remise en marche du 5100 leur permit aussi de faire la rencontre de quelques voisins. La nouvelle de leur arrivée se répandit, c'était comme si on avait laissé traîner du miel à proximité d'une fourmilière. De premières tentatives balbutiantes, il en vint ensuite régulièrement, qui en avaient besoin pour atteler un roundballer, une fendeuse. Certains demandèrent d'utiliser le nouveau chargeur. Les demandes irritaient Janvier. *Tout de même, une machine neuve, ils sont gonflés. On ne se connaît pas. C'est le vieux retour du réflexe paysan*, souriait Adèle. *Lozérien*, précisait Janvier, le doigt en l'air. Les demandes de prêt glissaient sur le détachement d'Adèle. Elle voyait midi à sa porte : on trouva quelqu'un pour déplacer le piano.

Elle était davantage gênée par les regards qu'on lui lançait. Les gens ne voyaient pas forcément d'un bon œil une installation de plus dans la région. Tous ces nantis sortis de nulle part qui pensaient pouvoir s'y mettre. Il faudrait voir. Tout de même, Janvier faisait bonne impression. On ne lui posait pas de questions, mais on voyait qu'il savait manier les machines et les bêtes. Son orgueil se déployait davantage. On ne parlait qu'à lui, quand on venait. Il devenait le maître des lieux. Adèle se montrait moins. La maigreur de ses poignets, de ses chevilles attirait les regards. Elle prenait soin de dissimuler son ventre. Lorsqu'elle était là, les paroles se faisaient plus rares. Elle disparaissait rapidement dans la maison et là, à côté du tracteur, moteur allumé, ou pour des riens, pour voir les nouvelles bêtes, du tas de bois que Janvier voulait bien vendre, les langues se déliaient. Jusque-là, on avait pensé que la ferme appartenait à une vieille dame qui ne reviendrait plus. Janvier glanait des informations, l'air de rien. Il y avait une vieille dame, bon. Mme Delage. Personne ne semblait l'avoir jamais vue. Janvier ne répondait rien, laissait croire que, bottait en touche. Il répondait par des questions, *comment vous vous en êtes sortis, avec le vétérinaire, l'autre jour,* il n'avait pas son pareil pour noyer le poisson. À l'agriculteur qui venait voir ses vaches de temps en temps, sur les prés à côté, il offrait un coup à boire, debout, dans la cour. Il savait y faire. De la cuisine, par la fenêtre, Adèle jetait des feux, de ses yeux, de sa chevelure. Les regards s'y piquaient un peu et on revenait à autre chose. *Vous avez entendu parler des Albanais, dans le bois de Collanges ? On n'est plus tranquilles. Cela dit, la police fait des descentes. On peut dire que ça au moins, ça s'est amélioré. On peut compter sur la police, maintenant. Même si elle a fort à faire. Pas sûr que les Albanais s'y frottent de nouveau.* Les rires étaient gras. On votait France Éternelle, dans les campagnes, ça n'était pas une surprise pour Janvier. Il avait bien fallu que des gens votent pour eux, de toute façon. C'était le seul sujet qui faisait sortir Adèle de sa réserve et de son détachement. Un peu seulement : elle levait imprudemment les yeux au ciel, si elle surprenait ce genre de remarques. Janvier se contentait de resservir à boire en clamant que les temps étaient durs.

Je pars la semaine prochaine, se disait Janvier. *Je partirai quand j'aurai installé quelques brebis, je partirai quand j'aurai fini de lui faire un début de potager. Je partirai quand elle aura plusieurs poules, des lapins, je partirai quand j'aurai trouvé le meilleur endroit pour son blé*. On installa des brebis, il sema des carottes, Adèle acheta des poules et des lapins sur le marché de Murat.

Janvier emprunta une charrue. Il ne partait pas. Il fallait déboucher la source du pré en contrebas, maintenant que des brebis y paissaient. Il devait montrer à Adèle comment nourrir les brebis. Mais il ne lui montrait pas, il le faisait lui-même.

Janvier apprenait le pays. On parlait beaucoup du Lioran, ancienne station de ski à une quinzaine de kilomètres d'Entremont et ville fantôme depuis que la neige avait presque entièrement disparu. Même au temps glorieux du tourisme des sports d'hiver, Le Lioran n'avait jamais été une station luxueuse. C'était une toute petite station familiale où venaient les gens de la région qui n'auraient pas pu se payer de vacances ailleurs. Vers la fin, tout le monde s'était précipité pour vendre son appartement, son chalet, pour tirer quelques sous de ce bien qui n'en était plus un. Le marché s'était effondré. Plus rien ne se vendait. Les appartements étaient occupés par ceux qui n'avaient pas d'autre endroit où aller, ni de bonne raison de partir ; par des migrants du littoral, parfois, qui squattaient les chalets. Enclavée entre ses sommets, la ville ne proposait plus de travail, plus de perspective, plus d'avenir. Tout y était désespéré, les départs comme les arrivées, ceux qui fuyaient, ceux qui restaient. Il y avait des impressions de La Rochelle, se disait Janvier. Il écoutait, ne disait rien. Un jour, il avait dit ça, *ça fait penser à La Rochelle.* On l'avait regardé, bouche ronde. Il avait expliqué. *Il paraît qu'à La Rochelle, il n'y a plus que des traîne-misère. Des gens très défavorisés.*

— Avant qu'ils ne meurent tous et qu'on évacue, tu veux dire ?

On n'avait pas trouvé son rapprochement très pertinent.

Le chemin qui menait de la départementale jusqu'à Entremont remontait en lacets la colline, l'enroulait, puis partait droit, en pente douce et tombait sur un hameau en ruine qui ne comptait qu'une maison encore debout. À l'intérieur vivait André Clavel, un agriculteur célibataire d'une cinquantaine d'années qui était né là et n'en était jamais parti. Depuis qu'il avait été en âge de le faire, il avait grignoté les maisons et les terrains alentour, patiemment et sans agressivité, dès que quelqu'un partait ; et il y avait eu de nombreux départs, à l'époque. Il avait accumulé. Il n'avait rien fait des habitations, qui s'étaient effondrées avec le temps, par le toit surtout. Les murs étaient restés debout et la silhouette droite de Clavel occupait le village fantôme, l'animant comme un feu follet. Il vivait sur quarante hectares qu'il exploitait en foin et en pâturages pour une vingtaine seulement de vaches allaitantes. C'était le plus proche voisin. Pas forcément le plus causant ; il pouvait rester de longues minutes à côté de vous sans manifester d'autre signe de vie qu'un long sourire flottant et inexpressif, sous une grosse moustache dont il lissait le bout quand il vous écoutait. Tous les jours, vers midi, il trompait sa solitude en allant à Murat, faire des petites courses, boire un verre au bistrot avec les habitués. De sa vie de labeur et de la fréquentation du bistrot, il tirait un savoir infini. Il savait à quel moment les cerfs perdaient leurs bois, où on pouvait les trouver dans les forêts escarpées, il savait qui habitait la petite maison au bord de la route qui remontait vers Chastel et pourquoi Monique, la pharmacienne de Murat, ne parlait plus à André, le dentiste ; il savait où on avait le plus de chance de ramasser des morilles. De ce qu'il savait, il parlait peu et il fallait le travailler ferme pour lui faire cracher sa science. Il ne gardait rien jalousement ; simplement, il ne pensait pas à le dire, habitué à se taire et à écouter, la moustache au-dessus du verre de blanc. Seul le climat désormais le laissait tout ignorant et il s'en désolait. Ça oui, le climat, ça le faisait parler. C'était son sujet de prédilection, depuis qu'on avait compris que le climat ne ferait pas machine arrière. Il en parlait en permanence. Il avait perdu trois vaches durant une tempête, et tout son blé. Il peinait à faire pousser son herbe, courte et jaune depuis que le temps se réchauffait. Ce qui lui faisait mal, ce n'étaient pas les conséquences du réchauffement. Il était trop riche et trop seul pour en souffrir. Mais ne pas savoir, ne pas pouvoir anticiper, ne plus s'appuyer sur sa connaissance le rendaient fou. Et pourtant, il s'obstinait à vouloir élever des vaches sur une terre de plus en plus sèche. Janvier lui suggéra un jour de changer d'élevage pour des brebis, plus rustiques, moins fragiles : il roula des yeux ronds, entre indignation et perplexité.

Janvier voyait Félicien lorsqu'il parlait avec André Clavel, peut-être parce qu'il s'imaginait son frère vieillir seul au milieu des vaches, assis sur son tas de richesses, avec la prochaine moisson et le café de Mende pour seuls horizons. Il voyait aussi sa mère et tous les paysans auprès desquels il avait grandi, peuple des montagnes attaché à son sol et à son passé, les derniers à comprendre que le monde changeait, parce que la montagne elle-même, inflexible et solide, parvenait encore à résister au trouble.

On parlait du temps avec André, qui ne comprenait rien. On parlait des nuisibles qu'on n'avait pas vus venir, les loups, les chiens errants, les chats, les frelons. Janvier ne disait pas ce qu'il pensait, il ne disait pas qu'au contraire, on les avait bien vus venir. Janvier était d'accord, toujours d'accord. Chacun rentrait chez soi.

Un jour, en fin d'après-midi, Janvier se mit en tête de réparer la porte de la grange. Un trou empêcherait de contenir les bêtes, si on ne faisait rien. Il fallait clouer de fines plaques de bois, sur la porte, rien de plus. Il aurait fini le soir même. Pluton dormait à ses pieds, ne levant la tête que lorsque le marteau cognait trop fort. Janvier de temps en temps se redressait pour faire bouger son bassin vers l'avant, pour se dégourdir. Il contemplait la montagne. La lumière rasante jetait son or sur les prés, à travers les frênes. Le silence et la chaleur figeaient l'air. Soudain, une note le déchira pour arriver droit au cœur de Janvier et continuer sa danse. Il reconnut les premières mesures d'une fugue de Bach, en mineur, qui lui revenait de loin.

On avait installé le piano la veille, mais Adèle l'avait à peine regardé. Janvier lui avait demandé de jouer quelque chose, elle avait prétexté un peu de fatigue. Il s'approcha lentement, le long de la grange, jusqu'à la fenêtre du salon. Il la vit de profil, son ventre en avant, qu'elle ne pensait plus à cacher quand ils étaient seuls. Elle jouait les yeux fermés, droite et le front penché, comme une enfant que l'on vient de gronder.

Depuis ce jour, elle joue dès qu'elle peut, dès le réveil, lorsque la nuit tombe. Janvier s'est d'abord étonné que son répertoire soit si triste et si mélancolique. Mais un matin, elle a joué une version déchirante d'un ragtime en majeur, enjoué, solaire, sur lequel il se souvenait d'avoir bu et dansé, joie aux lèvres, avec la jolie Pauline, du temps où. Des notes à vous remuer les entrailles d'allégresse, et voilà qu'Adèle lui en tirait presque des larmes. C'était sa tonalité intérieure, qu'elle posait sur tout.

6

Entremont, le vent

Dans la cour ce matin-là, Janvier sent un tout petit parfum d'automne. Pourtant les frênes sont verts, l'herbe est grasse et luisante, pas encore sèche. Est-ce la lumière, l'orage qui gronde au loin ? Ou simplement parce qu'il se sent chez lui, incroyablement chez lui, et que la sensation lui rappelle l'enfance, la rentrée des classes, quand on s'enfonçait en septembre dans une routine qui semblait ne pas avoir de fin, même pas la promesse d'une fin, et que les jours coulaient, identiques et tranquilles comme les grains d'un sablier ?

On a annoncé un gros coup de vent pour ces jours-ci. Janvier devra rentrer les bêtes, c'est plus prudent. Avant cette après-midi. Il n'est pas très inquiet. Ce sera beaucoup plus dur dans le Sud-Est. Chez lui aussi, peut-être. Quand Adèle lui a montré les prévisions sur son téléphone, les yeux de Janvier ont fureté vers Mende. L'alerte était rouge, comme sur le long du Rhône.

Janvier prend le seau de déchets dans la cuisine et sort sur la terrasse pour contourner la maison. Il va ouvrir aux poules, vide le seau près d'elles. Elles sont agitées. Le vent soulève la poussière. Des bêlements affamés l'accueillent dans la grange. Il voudrait les faire taire rapidement, il ouvre la porte sur le nord, les bêtes le suivent. Janvier les compte au fur et à mesure qu'elles sortent, elles sont toutes là, tout va bien. Il prend soin de les guider plus loin que le premier pré, qu'il faudra faucher. Il marche sur le chemin pour ne pas écraser l'herbe et pour que les brebis ne se laissent pas tenter. Certaines s'arrêtent pour manger des brins qui dépassent de la clôture. L'une d'elles prend le courant, bêle et rejoint le groupe. Janvier a saisi un seau de grain qu'il remue pour que le bruit les attire. Il faudra faire le regain plus tôt que prévu, l'herbe est à point.

Au début, il avait pensé ne pas rentrer les bêtes chaque soir ; une nuit avait suffi à le convaincre du contraire. Le matin, un vol de milans lui avait signalé les restes qu'un prédateur avait laissés. La région grouille de chiens errants, quand ce ne sont pas des loups. Désormais, même la journée, il laisse Pluton, qui s'acquitte tristement de sa tâche en regardant son nouveau maître partir. Mais le chien fait bien son travail. Adèle vient lui apporter à manger, le flatter, passer du temps avec lui. C'est la seule chose qui la fait sortir de la maison.

Adèle voulait donner un nom à tout le monde, poules, brebis, lapins. Au début, Janvier a refusé doucement, sans se moquer d'elle. Il aurait voulu lui dire *ne t'attache pas à ce qui va mourir*, mais il a pressenti qu'elle le savait déjà. Après tout, chacun avait bien le droit d'avoir son moyen de contourner la mort, alors il lui a dit que c'était peut-être une bonne idée. Le coq et le bélier ont été baptisés. Mars et Mercure. Adèle a remarqué que seuls les mâles avaient le droit de se singulariser dans cette basse-cour. Janvier a froncé les sourcils. C'est ceux qu'on ne va ni manger, ni vendre, c'est tout. *C'est une blague,* soupire Adèle. Malgré sa mélancolie, Adèle le taquine beaucoup, les marques d'humour lui remontent à la surface, éclatent comme des petites bulles teintées d'amertume. Elle a dû être gaie, avant, elle en garde des réflexes, vidés de leur joie. Elle se maintient à distance des choses. Elle pose des questions ; pas toujours. Elle va tenir compagnie à Pluton mais elle ne sait pas comment ramener les bêtes à la bergerie. Elle laisse faire Janvier. Elle est souvent dans la lune. Elle le trouve très sérieux, elle plaisante plus que lui. Il a envie de protester. C'est parce qu'il travaille toute la journée, se fait du souci. *Je suis peut-être sérieux mais je ne suis pas triste. Je n'ai pas les larmes aux paupières toute la journée.* Mais il ne répond pas. Il a peur de la blesser. Un rien l'ébrécherait.

Le vent souffle plus fort, fait grincer les branches du hêtre au bout du pré. Une sonate de Schubert lui parvient, depuis la maison. Pluton remue la queue, gémit de tendresse. Il sait que sa maîtresse est debout. *Tu restes là, toi.* Le chien se rassoit tristement. C'est Janvier qui ira voir la maîtresse.

Plus tard, dans la journée, le vent gronde fort. Quelques ardoises s'arrachent du toit de la petite grange, à l'entrée de la terrasse, et viennent voler dans le vide pour s'écraser une dizaine de mètres plus bas. Janvier va chercher les bêtes. Elles le suivent avec confiance, elles le devancent sur les derniers mètres. Il rentre les poules dans la grange, bien qu'il n'y ait rien pour elles à l'intérieur.

Janvier et Adèle déjeunent en écoutant le vent qui siffle, vivant et sombre, dans la cheminée. Les plaisanteries d'Adèle lui restent au fond de la gorge aujourd'hui. Pluton s'agite. Soudain, le bruit d'un éclat de verre vient leur figer le ventre. La fenêtre a explosé. C'est une branche du tilleul de devant.

— Il faut aller à la cave.

— Tu crois ?

— Oui. Maintenant. Prends ton téléphone.

Adèle court à l'étage. Janvier attrape du pain, des pommes, ce qui lui tombe sous la main. *Viens, Pluton.* Un coup d'œil dehors, le ciel a pris vie, il est mouvant et bas. Il va les avaler. Il faut fermer les volets. Janvier a du mal à ouvrir les fenêtres, à les fermer. Tout résiste sous la force des bourrasques. Mais dans la cave, on n'entend plus rien que les chocs amortis. Adèle s'assoit, tremble, blottie contre le chien. Elle se calme quand Pluton finit par s'endormir. Janvier cherche à deviner les dégâts dans le bruit des impacts qui lui parviennent, de plus en plus violents. Dans les yeux d'Adèle, pour une fois, plus de peur que de tristesse : le désir de vivre prend le dessus. C'est déjà ça.

Janvier trouvera le lendemain un chien errant sous le tilleul cassé en deux. Un bélier – d'où sortait-il ? – au pied du mur extérieur de l'est. Un peu de sang, à peine, sous le crâne fendu. La terre a tout bu. Partout, des branches, des arbres tombés, des tuiles arrachées. Et dans la petite grange, une Albanaise, transie de peur et dont la jambe est cassée. C'est Helena.

Au loin, on voit des arbres couchés, quelques-uns en contrebas dans le cirque. Mais dans l'ensemble, la montagne a gagné. Elle a avalé la tempête, l'a digérée, n'en tire que des blessures superficielles. La maison aussi a plutôt bien tenu le choc. Les toits, ceux des granges surtout, ont souffert mais ce n'est pas grand-chose. Adèle fera réparer ça en un rien de temps.

Il dit à Helena d'attendre là où elle est, qu'il va revenir. Il veut d'abord chercher Adèle, la sortir de la prostration. La rassurer. Adèle a un sourire ironique quand elle remonte l'escalier et qu'il lui annonce : *Les bêtes vont bien. Le tracteur n'a pas bougé.* Le sarcasme se mue en consternation au fil des marches. Elle voit la désolation par la fenêtre, les arbres couchés. L'un d'entre eux bloque presque la porte. Les larmes affluent au bord des yeux, la gorge d'Adèle se comprime, Janvier la rassure : *La maison est debout. Pas de problème de toit, j'ai l'impression. Je vais aller vérifier. J'ai fait le tour du reste. On s'en tire bien, je t'assure.* Adèle s'approche de la porte pour aller sur la terrasse. Janvier la retient :

— Juste une chose. On a eu de la visite. Une des Albanaises.

Janvier désigne la grange.

— Elle a l'air d'avoir la jambe cassée.

— Elle est toute seule ?

— Je crois.

Adèle se dirige vers la grange, talonnée par Pluton.

Janvier ne la suit pas. La femme a réveillé en lui un sentiment désagréable. Dans la cuisine, il retrouve les restes du déjeuner, la bouteille est renversée. À l'étage, pas de désordre. Il ne s'est rien passé. Dans la chambre du fond, Janvier prend l'arme d'Adèle. Il voudrait vérifier si elle est chargée mais elle ne lui a pas montré comment faire. De toute façon, il y a peu de chances qu'elle l'ait vidée depuis le jour de leur rencontre.

En bas, Adèle a fait rentrer la femme dans la maison. La femme dit merci, les mots sont rares. Elle est étendue sur le canapé. On a enlevé sa chaussure. Le pied est noir de crasse, la cheville enflée, rouge.

— Je ne suis pas sûre que sa jambe soit cassée. Elle s'est peut-être foulé la cheville.

— Elle a marché jusqu'ici ?

— Je l'ai aidée.

— Il faudrait aller voir un médecin, de toute façon.

La femme les regarde, entre douleur et incompréhension. C'est celle qui avait ramassé les affaires de Janvier pour les remettre dans son sac. Janvier se souvient de son geste. Il n'oublie pas non plus le reste :

— Où sont les autres ? *Where are you friends ?*

La femme ne saisit pas. Elle se tourne vers Adèle comme si celle-ci pouvait traduire. Adèle essaie la même question. La femme la dévisage, interdite. Janvier soupire.

— On ne va pas aller loin…

La femme pose une main sur son cœur. *Helena. Adèle.* Elle répète le nom, presque sans accent. Puis celui de Janvier ; elle s'en souvient.

— Bon, ne bougez pas, je voudrais faire un tour.

— Je viens avec toi.

— Non, j'y vais seul.

Il hésite.

— Viens voir dans la cuisine.

Devant la porte, il donne son arme à Adèle. Elle n'en revient pas :

— Mais où est-ce que tu…

— Dans ta table de nuit, répond-il sans baisser la voix. Je ne pense pas qu'elle soit dangereuse, mais je me méfie de ses petits copains. Je trouve ça bizarre qu'elle soit venue jusqu'ici, toute seule. Si tu en vois un, tu tires en l'air. Pour m'avertir.

— Et toi ?

— De toute façon, moi je ne sais pas m'en servir, dit-il avec humeur.

Il fait le tour des bêtes, leur donne à boire et à manger comme un jour ordinaire. La nuit commence à poindre, l'électricité est coupée. Il utilise une lampe torche qu'il pose sur l'escalier de la grange.

Il sort par le nord, fait quelques pas vers un autre pré, plus haut. Certains arbres se maintiennent debout, dans le fond. Il voudrait voir plus loin que le pré. Il fait demi-tour. Sans doute la tempête est-elle passée. Elle doit se déplacer vers l'est, moins forte, peut-être. Le littoral – ce qu'il en reste – doit être dévasté ; si sa mère avait encore de l'espoir pour lui, elle n'en aura pas gardé longtemps.

Adèle a sorti une lampe à pétrole, deux bougies. Janvier fait du feu. Le crépitement remplit l'atmosphère.

Adèle prépare une omelette, de la salade. Ils mangent comme l'ont fait les bêtes : comme un jour ordinaire. Leur hôte, silencieuse et reconnaissante, mange avidement, le front bas, le regard fiévreux. Elle doit avoir une quarantaine d'années. Elle a la peau mate, les traits creusés, les yeux clairs et ardents. Comme elle ne peut se faire comprendre avec des mots, elle accentue tous ses gestes, *merci*, surtout, la main sur le cœur, elle surjoue. Janvier se voit dîner avec ces deux femmes, s'étonne en lui-même de la vie. Il fait la liste avec Adèle de ce qu'il faut faire réparer.

— Sans la compter, elle, avec sa jambe.

— On va l'amener à l'hôpital, demain.

Adèle se tourne vers Helena pour lui expliquer, montre sa jambe du doigt, puis balance ses mains comme si elle tenait le volant d'une voiture.

La femme se renferme, secoue la tête, se récrie :

— *Jo spital, jo spital. Jam mirë. Jo spital.*

— Elle doit avoir peur des flics.

— Je ne suis pas sûre qu'elle ait compris.

— Bien sûr que si, *jo spital, jo spital*, elle a très bien compris.

— Ne t'énerve pas.

Janvier se tourne brusquement vers Helena, les bras en croix

— Ok, ok, *jo spital*, tu vas rester avec ta jambe pétée, c'est super, bravo !

— Arrête, Janvier.

Helena s'est levée, mais elle se fige avec un cri de douleur. Adèle se précipite, la rassoit.

— Ne bougez pas, dit-elle d'une voix douce.

— Il ne manquait plus que ça, dit Janvier.

Dehors, le noir de la nuit est profond. Janvier passe la tête par la fenêtre brisée. Il n'y a plus de lumière nulle part. Le silence, comme l'obscurité, a une consistance particulière, épaisse, dense, qui calme Janvier comme un poids qui le maintiendrait immobile.

— Bon, demain on va l'amener à Murat. On trouvera bien un docteur. Et puis on ne va pas lui dire avant, sinon elle va nous faire chier.

Adèle ne répond rien et débarrasse la table en silence. Helena fait mine de l'aider mais Adèle lui pose la main sur l'épaule, délicatement. Elle lui sourit avec une insistance chaleureuse. Elle n'a jamais posé sa main sur l'épaule de Janvier.

Ils aident Helena à monter à l'étage. Janvier bougonne et Adèle le rabroue. Ils l'installent dans une des chambres. Adèle fait le lit pendant que Janvier tient la lampe à pétrole. Il lui trouve une énergie décuplée, s'en agace.

— Pour une fois que je sers à quelque chose, répond-elle.

Helena est allongée sur le lit et pose sur Adèle des yeux éperdus de reconnaissance.

— Je lui trouve un bon air, à cette femme, je ne sais pas comment t'expliquer.

— C'est parce que son mec ne t'a pas frappée pour te piquer tout ce que tu avais, je pense.

— *Faleminderit.* Merci.

Ils la laissent dans l'obscurité. Ils sont seuls, de nouveau, devant la porte de sa chambre. Janvier a envie de serrer Adèle dans ses bras.

— Va te reposer, dit-il seulement. Je vais fermer la maison.

L'électricité ne revient pas. Adèle emmène Helena à Murat, le matin. Elle déploie des trésors de patience pour la persuader. La ville a beaucoup plus souffert de la tempête, raconte-t-elle à son retour, des heures plus tard. C'est déjà la nuit quand elles reviennent. Janvier s'est inquiété en leur absence. Il ne le dira pas. À Murat, il y a des morts, ils ne savent pas combien. On essaie encore de trouver des survivants. L'absence d'électricité rend les recherches difficiles. Pas seulement les recherches ; tout. À ce moment du récit, Adèle s'effondre sur un fauteuil et son ventre saute aux yeux de Janvier comme un mauvais présage. Elle continue en regardant le feu. Elle a vu un homme qui avait perdu toute sa famille dans l'éboulement de sa maison et qui pleurait en appelant son chien. Une femme qui avait une jambe broyée. À l'hôpital de campagne monté à la va-vite dans une école primaire, Helena et Adèle ont attendu des heures. Une cheville foulée, évidemment, il n'y avait pas d'urgence… Helena, son attelle au pied, écoute Adèle faire son récit, acquiesce par moments. Elle a vécu la même journée, les mêmes rencontres, elle hoche la tête comme si elle comprenait. Ils ont rapatrié pas mal de blessés sur Saint-Flour, sur Aurillac, mais on dit que les hôpitaux sont engorgés. Que la coupure est généralisée, là-bas aussi. Rien ne marche à l'hôpital, c'est compliqué.

— Qu'est-ce qu'on fait d'elle, maintenant ?

Janvier ne désigne pas Helena, il sait qu'Adèle va comprendre.

— Comment ça ?

— On la renvoie d'où elle vient ?

Devant la grande indignation du regard vert, il se ravise :

— Demain matin, je veux dire. Non ? Tu préfères qu'elle reste un peu, un jour de plus ?

— C'est elle qui voit. Hors de question de la mettre dehors.

Janvier se lève, sort quelques instants. Il va sentir le vent dans la vallée, essayer de prédire les retombées. Mais le vent ne lui dit rien. Janvier va vers la grange, vers les bêtes, vers ce qu'il connaît, vers le geste machinal. Et dans le geste machinal, il y a la brebis qui tend son cou pour une caresse, la poule qui accourt vers lui, de la vie chaude, rassurante. Il aurait dû aller aux bêtes quand il faisait encore jour, pour économiser les piles de sa lampe.

Il donne du foin aux brebis ; il reste une vingtaine de ballots. Il faudrait faucher, il faut qu'Adèle puisse faucher. Il ne s'est jamais senti aussi loin de son départ. Il fait le compte des voisins qui pourraient l'aider ; il y en a peu.

Janvier éteint sa torche et s'allonge dans le foin, sur le dos, dans une mangeoire centrale, entre deux rangées de brebis. Une dizaine d'entre elles, larges et plates comme des tables, devraient agneler bientôt. On attend qu'un maquignon vienne livrer les vaches. Il faut aller chercher de l'aliment. Janvier ira à Saint-Flour quand tout sera plus calme. Il faut qu'il aille surveiller son herbe, à Mons, voir si les dégâts sont importants, s'il y a quelque chose à sauver. Il y a tant de travail, pendant qu'Adèle s'amuse à faire table d'accueil… Il n'a pas envie de revenir à la maison. L'idée de se retrouver entre les deux femmes qui s'échangent des regards de bienveillance outrée, c'est trop. Pour qui le prend-elle, à la fin ? Il est tout juste bon à trimer, c'est ça, trimer, ça fait des semaines – deux mois ! – qu'il retarde son départ pour l'aider et elle se paie le luxe de recueillir n'importe qui. Si encore c'était n'importe qui. La mauvaise humeur de Janvier monte dans la grange, fume du foin à la charpente. Et c'est la nuit qui vient, avec sa culpabilité. Les arbres de sa mère n'ont pas pu tous résister, c'est évident. Lesquels sont tombés ? Il y a un érable, devant la maison, qui a dû succomber. Pour celui-là, c'est presque sûr.

Une brebis lui tire la chemise en essayant d'attraper des brins. Il lui caresse le front, elle recule, nerveuse. La basse-cour dort, il n'y a que la rumeur des mâchoires ovines qui broient l'herbe et leur souffle mêlé à celui de Janvier.

Plus tard, il entend dans un demi-sommeil la porte de la grange qui s'ouvre, la voix d'Adèle qui le cherche. Elle fait quelques pas, elle n'a pas de lumière, elle bute contre un seau. Il ne répond rien. Elle cherche longtemps, tâtonne jusqu'à trouver son pied, de la main. Elle s'assoit quelques instants, tient la jambe de Janvier dans sa main, la serre maladroitement. Puis elle se lève sans rien dire et s'en va.

Les jours qui suivent apportent leur lot de calme et de désolation. Janvier pousse jusqu'à Murat pour la première fois. Certaines fermes ont souffert, les cheminées sont effondrées, les granges crevées, les arbres tombés font des masses sombres autour des maisons, au hasard, sur les toits, au bord de la route qui serpente. Il arrive par le haut de la ville. En contrebas de la route, une zone pavillonnaire étale ses lignes droites, ses angles et son béton. Les blocs n'ont pas bougé, mais les toits ont été arrachés, dévoilant les entrailles labourées de chaque maison. La surface est constellée d'objets indéfinissables, de planches de bois, de grillages, de plastique. Des gens parlent aux portes ; ce qu'il en reste, de portes et de gens, car la zone a dû être évacuée. Janvier descend vers le centre-ville. Il en aperçoit les toits noirs et brillants, serrés les uns contre les autres. Une file de voitures à l'arrêt l'empêche de passer. Cela dure un peu. Il peste et descend de la camionnette. *On attend pour l'essence*, l'informe-t-on. Il fait demi-tour, un œil sur la jauge. Il a de la marge.

Il contourne la ville pour aller vers la zone commerciale. La plupart des magasins sont fermés. On voit des véhicules militaires sur les parkings. *Ils ne perdent pas de temps.* À la station-service du supermarché, la même attente que sur les hauteurs. Il la voit de loin, cette fois-ci, ne s'engage pas. En plissant les yeux, il lui semble que ce sont les soldats qui distribuent l'essence. Il enverra Adèle. La vue des uniformes le crispe, réveille la trouille enfouie de se faire prendre.

Il revient par Mons, ne se fait pas d'illusion. L'herbe est couchée. Elle sera difficile à rattraper. Mais enfin, après le ravage de Murat, les prés uniformément dévastés exhalent une odeur fraîche et paisible. Les terrains d'Adèle sont disséminés dans un petit vallon creusé, abrité, que le malheur semble avoir un peu oublié. Adèle ne pourra peut-être pas faire grand-chose en foin cette année, mais rien n'est perdu pour la suite. Il fait demi-tour, emprunte de nouveau la longue départementale qui relie Murat à Entremont. Puis, par la petite route qui contourne le cirque pour monter à la maison, il voit que la colline derrière la maison a pris tout le vent. Il n'y a plus que quelques arbres debout, qui émergent d'une mer de branches. Au moins, Adèle aura du bois pour se chauffer cet hiver.

C'est parce qu'il avait les yeux sur les hauteurs qu'il n'a pas vu tout de suite le petit groupe de gens sur la terrasse. Ça grouille d'hommes, de femmes, d'enfants et pas de trace d'Adèle. Si, à la fenêtre. Le cœur de Janvier lui descend dans les jambes. Adèle est penchée en avant, au-dessus du vide, et tient son arme tendue devant elle, pointée sur le groupe. Janvier arrête son moteur, descend du véhicule. Tous les regards se braquent vers lui, sauf celui d'Adèle, qui ne lâche pas le centre du groupe. Janvier les reconnaît. L'homme au fusil dépasse tout le monde d'une tête. Janvier n'avait pas remarqué qu'il était si grand. Cette fois, il n'a pas de fusil, pas de bâton, rien. Helena se précipite en boitant à la rencontre de Janvier. Adèle hurle. *Stop !* Le mot est universel, autant que le ton, qui a déchiré l'air et fait son écho quelque part, derrière la maison. Helena recule, rejoint le groupe.

En s'approchant, Janvier détaille : il y a Helena, Tanusha, qui tient deux enfants par le bras et qui essaie des sourires, l'homme au fusil, une petite fille. Et puis il y a l'adolescent, celui dont il avait supposé qu'il était le frère d'Helena. Ils ont des sacs en plastique tout autour d'eux, des cartons. On ne peut pas avoir l'œil plus malheureux et perdu. C'est la confusion. On essaie de parler, on implore, surtout, avec les yeux et les mains. On tend les bras. Pluton est assis devant eux. Il pourrait avoir l'air d'un chien menaçant, à la limite.

— Où sont les autres ?

On le regarde sans répondre. On aimerait bien faire. On voudrait communiquer.

— Quels autres ? répond Adèle de la fenêtre, sans bouger.

— Ils étaient beaucoup plus nombreux, dit Janvier. Il y avait un type, là, celui qui m'a frappé. D'autres enfants. Une autre femme, il me semble. Tu les as vus ?

— Je n'ai vu que ceux-là. J'ai eu la trouille, je n'ai pas bougé. Ils ont déboulé il y a un petit moment. Je priais pour que tu arrives.

— Garde ton flingue pointé sur eux. Je dois vérifier quelque chose.

Janvier s'approche de l'homme, il fait son regard le plus dur possible. En levant ses mains pour le fouiller, il se voit trembler. L'homme a un mouvement de recul.

— Tu bouges pas.

L'homme se laisse faire. Un à un, ils se laissent tous fouiller. Janvier inspecte même les poches des enfants, tout y passe. Pas une arme. Le fusil se verrait, dans les sacs. Tout de même, il en fait le tour. Il ne trouve que des débris de vie ordinaire.

— Ils veulent quoi ?

— Je ne sais pas. Manger, j'imagine.

— Lance-moi ton flingue.

— Non, attends.

— Quoi ?

— J'ai peur qu'ils l'attrapent avant toi.

Janvier s'adresse encore au groupe, à Helena, plus fort :

— Où sont les autres ?

Tous ne sont plus que des yeux, des yeux mouillés de trouille. Une voix s'élève du groupe. C'est le jeune homme.

— Morts.

Il s'avance.

— Tu parles français, toi ?

— Un peu.

— Tu ne comprenais pas un mot quand j'étais du mauvais côté du fusil, grommelle Janvier.

Le garçon lève un sourcil interrogateur. Il veut bien faire, il veut comprendre.

— Laisse tomber, lâche Janvier. Vous voulez quoi ?

Le jeune homme montre un petit garçon blond, serré contre Tanusha. Il a des cernes bleus qui lui mangent les joues.

— Lui, il est malade.

Janvier les pousse vers le fond de la terrasse. Ils sont dociles et nerveux, comme des brebis. Quand ils sont suffisamment loin, Adèle lance son arme à Janvier et le rejoint. Ils s'avancent ensemble. Janvier s'adresse à l'adolescent :

— Alors, dis-moi. Vous voulez quoi ? Des médicaments ?

— Oui.

— C'est ton fils ? Ton frère ?

— Non. Elle, c'est sa maman.

Il désigne Tanusha, qui resserre un peu plus son étreinte sur le petit garçon. Adèle intervient :

— Il faut qu'il voie un docteur, le petit.

— En ce moment ?

Adèle s'approche de l'enfant. Elle lui sourit. *Bonjour.* Il se cache la tête dans la main de sa mère. Il doit avoir 6 ou 7 ans, mais sans le sourire et la parole, il a l'air à la fois beaucoup plus vieux et beaucoup plus jeune. On ne peut pas dire.

Adèle le regarde, tourne autour de lui :

— Il s'est chié dessus, le pauvre.

— Il a peut-être une gastro.

Janvier se souvient de la dernière fois qu'il a prononcé ce diagnostic. Il n'a pas le temps d'en tirer des conclusions. Le gamin se tord soudain dans un spasme et vomit sans bouger, à ses pieds.

Personne chez les Albanais ne veut laisser l'enfant dans les mains d'un docteur. La simple mention de l'hôpital les fait bondir. Soudain, tout le monde se comprend.

— Eh bien, ils n'ont qu'à retourner dans la forêt et le laisser crever.

Les yeux verts d'Adèle le transpercent de colère. Évidemment, elle est meilleure que lui. C'est elle qui conduit le petit garçon dans la maison. Elle ne lui donne rien, parce qu'elle se doute qu'il va vomir encore. Elle l'installe dans une chambre. C'est elle qui conduit ensuite la mère à l'enfant, qui lui propose de dormir avec lui. C'est elle qui demande les prénoms, qui fait les présentations. Elle est chez elle. Janvier n'a que ses bras ballants et du mécontentement dans tous ses gestes. Il rumine, se promet en lui-même de passer de nouveau la nuit dans la grange, de partir dans les jours qui viennent. Le soir va tomber. Il faut soigner les bêtes assez vite, avec l'électricité qui ne revient pas. Il entraîne l'adolescent avec lui. Le jeune homme a l'air perdu mais il est d'une bonne volonté qui désarme Janvier. Il est assez solide et suit tous les gestes de Janvier avec des yeux incandescents, concentrés. S'approcher de Mercure est la seule chose qu'il refuse. Janvier en profite pour s'impatienter, lui arracher le seau d'eau des mains, grommeler d'une voix tonnante et rapide, et caresser ostensiblement la bête. Ici, dans la grange, c'est lui qui décide. Il se sent bête et brute, il n'aimerait pas qu'Adèle le voie.

Quand Janvier a fini, il sort sans un mot. Le jeune homme hésite puis le suit dans la maison. La petite fille et le petit garçon sont assis dans la cheminée en silence, sans bouger. C'est l'homme qui fait du feu. Janvier voudrait garder l'arme dans sa poche, mais il craint qu'elle ne se déclenche toute seule. Il faut qu'Adèle lui montre comment elle fonctionne. Ils auraient dû... Il l'attire dans la cage d'escalier pour la lui donner, lui dire de la garder sur elle. Elle hausse les épaules, prend le pistolet et le repose sur une étagère, en hauteur. Elle repart les mains vides. Dans la cuisine, Helena et Tanusha épluchent des pommes de terre avec des couteaux. Janvier fixe les lames : tout lui semble une arme. Adèle est contente que le jeune homme soit rentré : lui seul peut faire le lien, puisqu'il parle français. Il y met tout son cœur. On passe une soirée à essayer de se dire des choses. À la fin, Adèle et Janvier connaîtront les prénoms de tous. Ismet, le jeune homme, a vingt-deux ans. Il était étudiant à l'université de Tirana, c'est là qu'il a appris le français. C'est le cousin d'Helena, s'ils ont bien compris. Ils ont les mêmes yeux enfiévrés, les mêmes lèvres pleines, un air dense, possédé, mais doux pourtant. Tous regardent Janvier avec un étonnement respectueux. Ils l'avaient quitté vagabond et le voilà grand propriétaire. Helena contient ses attentions, cependant, sans doute à cause de la présence d'Adèle. Ils ne posent aucune question, reçoivent à grands coups de mercis, la main sur le cœur, le profil bas, la reconnaissance exubérante. Janvier est fatigué des gesticulations. Il privilégie la compagnie d'Ismet, qui parle plus calmement, les yeux dans les yeux, et préfère chercher ses mots que de s'en remettre au hasard ou aux gestes.

Tanusha était la voisine d'Helena. Elles habitaient un village, sur la côte. Deux des enfants sont à elle, les deux petits garçons. La petite fille a perdu sa maman. Le mari de Tanusha (Janvier comprend que c'est l'homme qui l'avait frappé et lui avait volé son vélo) est mort sous un arbre, trois jours plus tôt. C'est Adèle qui parle le plus, qui interroge, elle qui pose si peu de questions à Janvier. Elle tourne autour du dernier homme, Hashim, pour comprendre son lien avec les autres. Ce n'est pas très clair. C'était aussi un voisin, peut-être. Personne n'a envie de répondre.

— Ils sont pas nets, dit Janvier à voix haute.

Adèle fait celle qui n'entend pas. Elle met les petits plats dans les grands et de la tomme fraîche dans les pommes de terre qui cuisent.

— À quoi tu joues ? Ces types m'ont pété la gueule il y a deux mois. Et tu leur fais une truffade. Je rêve.

— Janvier. Je fais des patates et du fromage. Je ne suis pas en train de leur préparer un soufflé au homard.

Tout de même, elle y met un cœur enthousiaste. De temps en temps, elle va voir si le petit garçon n'a besoin de rien. Elle lui trouve meilleure mine et lui donne des médicaments. Janvier pense à Matis, à cette autre vie qui peut-être le rattrape en suivant le chemin de la contagion.

On se met à table. Les flammes des chandeliers donneraient presque un air de fête. Adèle va chercher une bouteille de vin à la cave, qu'elle pose devant Janvier en lui demandant de l'ouvrir. Les enfants commencent à sortir de leur coquille, ils babillent, on doit les faire taire. On les voit sourire, c'est tout le visage qui est changé. Les Albanais parlent plus fort, entre eux. Janvier ne tente pas de résister quand Adèle leur propose de dormir dans la grange. Il savait bien que cela tournerait de cette manière. Il ne s'oppose pas ; il grommelle.

— Tu es folle.

— Janvier, on peut dépanner une famille pour une nuit ou deux.

— C'est les flics qu'on devrait appeler.

Les Albanais sentent le malaise, les regards flottent.

Adèle s'énerve :

— Je n'ai pas appelé la police quand c'était toi.

— Eh bien, rien ne t'empêche de le faire encore.

Quand Adèle et Janvier se retrouvent seuls de nouveau, ils évitent de se parler. On se croirait revenu au premier jour, lorsqu'on pouvait se blesser sur n'importe quel sujet. Ils occupent leurs mains. Janvier range les assiettes dans le buffet du salon, méticuleusement. Adèle ajoute du bois dans le feu. Janvier s'assoit devant elle. Ils fixent le feu, comme s'il allait parler.

— L'herbe de Mons est complètement couchée, je ne sais pas si je pourrai la rattraper. Il faudrait y aller au râteau.

— Il va falloir dégager l'arbre de devant aussi. Et faire du bois là-haut. Enfin, rien ne presse, dit Adèle.

— Je ne sais pas si j'aurai le temps avant mon départ.

Adèle redresse la tête. La menace l'ébranle, le regard vert oscille entre le désarroi et la colère. Elle vacille, ne dit rien pendant un long moment. Elle se lève. Janvier sait que si elle monte se coucher, maintenant, sans parler, il va devoir mettre sa menace à exécution. Elle fait quelques pas, lentement. Il se dit qu'il va partir. Il ferme les yeux. Quand il les ouvre de nouveau, Adèle s'est rassise en face de lui :

— Reste, s'il te plaît. J'ai besoin de toi.

Alors elle se met à dérouler des phrases, machinales et atones, comme si elle les avait apprises par cœur :

— Écoute-moi. La maison n'est pas à moi. Elle est à mon mari. Il s'appelle Niels Thomsen. Tu ne connais peut-être pas ce nom, parce que je ne sais pas d'où tu sors et que tu n'as l'air au courant de rien…

— Si, bien sûr, je le connais.

— C'est mon mari. C'était mon mari.

— Putain.

— Oui.

Janvier digère la nouvelle en silence. Puis :

— Il est mort ?

— Je pense. Je ne suis même pas sûre. On n'a pas retrouvé le corps, a priori.

Ses yeux s'embuent. Janvier pense qu'elle va continuer, mais elle se tait, maintenant, comme quelqu'un qui a fini de se confier. Tout son corps tremble, et ce n'est pas le froid : le feu lui lèche les jambes.

Même sans avoir suivi les informations depuis son départ de Lachamp, Janvier ne peut ignorer qui est Niels Thomsen. Personne ne le peut. Il a porté à visage couvert la voix du MCPP depuis les premières manifestations, les premiers sabotages, jusqu'à l'emballement final. Une bonne partie du pays le considère comme responsable de la venue au pouvoir de la clique de Jarnac. On ne connaît pas son visage. Des portraits-robots circulent. Une sorte de légende s'est construite : pendant un long moment, on l'a traité de fou, mais tout de même, on l'écoutait. On disait qu'il fallait des gens qui aient des discours forts, pour alerter l'opinion. Que le gouvernement écologiste en place ne prenait pas de mesures assez fermes. Et puis, avec les premières bombes, les premiers attentats, plus personne ne l'a défendu.

Au bout d'une éternité, Adèle s'éclaircit la gorge. Niels savait ce qu'il risquait, c'était même sans doute prévu. Il devait disparaître. Janvier s'étonne, à cause du bébé à venir. Mais Adèle n'avait pas eu le temps de lui dire qu'elle était enceinte, peut-être même qu'elle ne lui aurait jamais dit, de toute façon. Ils ne se voyaient plus, les derniers temps, autant par prudence que par divergence. Elle avait cessé de le suivre quand il s'était mis à frapper au hasard. Elle cherchait une issue pacifiste, tandis qu'il avait basculé dans la folie.

— Pourquoi tu me racontes ça ce soir ?

— Pour te dire que tu peux partir. Ce n'est pas moi qui devrais appeler les flics. C'est toi. Je te fous dans la merde en t'hébergeant. Je ne sais pas combien de temps je vais tenir. Ils vont forcément finir par remonter ma trace. Alors tu vois, des migrants illégaux chez moi, je ne suis pas à ça près.

Adèle scrute le visage de Janvier, par-dessus les flammes :

— Tu me crois au moins ?

Le doute se dépose lentement chez Janvier au moment même où Adèle énonce le sien à voix haute. Après tout, il ne la connaît pas. Il ne sait rien d'elle. Elle peut s'être échappée d'un hôpital psychiatrique, elle peut avoir tout inventé, simplement.

Elle a un pied sur le banc, une main sur le genou, le menton sur la main. On dirait une adolescente boudeuse. L'autre main caresse son ventre. Peut-être qu'elle cherche à manipuler Janvier avec ce geste, à l'attendrir. Elle le connaît bien maintenant. Elle sait qu'il se sent facilement responsable.

— Je vais réfléchir.

Janvier ne part pas. Les raisons se succèdent, se substituent les unes aux autres, comme les saisons. Ce ne sont pas les grandes causes qui le font rester, c'est l'enchaînement des gestes. À son réveil, le lendemain, il doit remettre des ardoises sur le toit de la grange, commencer à couper le bois du tilleul pour dégager la terrasse et le hêtre de la colline au nord. Il faut amener Manar, le petit garçon malade, chez le docteur de Murat et Adèle ne veut pas laisser la maison sans surveillance. Nourrir les bêtes, toujours. Deux vaches doivent arriver le lendemain. Janvier pense que cela fait trop. *Il faudrait te spécialiser, on n'en a rien à foutre des consignes du ministère. Ils n'y connaissent rien, tu vas te disperser. Je les vendrai,* le rassure Adèle. Elle ne dit plus *nous*, elle ne dit plus *on*, mais elle ne fait pas grand-chose non plus. Quand il sent sur lui les yeux en feuilles de chêne, tremblants, avides, il ne dit rien, mais il fait. Il abat un travail colossal dans les jours qui suivent. Comme quelqu'un qui va partir, se dit Adèle. Comme quelqu'un qui va rester, se dit Janvier.

On était deux, perdus dans la grande propriété. On est neuf, soudain, avec des enfants. Adèle traite tout le monde en invités, Janvier se garde bien désormais de dire quoi que ce soit. Tanusha veille sur Manar. Elle n'a pas voulu le laisser seul avec Adèle quand on l'a conduit chez le docteur. Il doit faire des analyses. Adèle paie tout, pallie l'absence de sécurité sociale. Elle se divinise chez les femmes, qui triment à la cuisine et au ménage. Elles en font trop. La maison est lustrée. Helena suit partout Adèle, la boit des yeux. Elle s'occupe des enfants, joue avec eux. Adèle chantonne, fredonne, distribue des sourires, du vert, du rire. *C'était moi qui la rendais triste*, se dit Janvier.

Ismet et Hashim rechignent à entrer dans la maison, dont Adèle laisse pourtant les portes grandes ouvertes. Ils traînent sur la terrasse, dans la grange. De Hashim, Janvier ne veut rien tirer, il a le fusil en mémoire et le mauvais air en tête. Mais il finit par entraîner Ismet en haut de la colline, là où tout le bois est tombé. Le jeune homme a dans le visage quelque chose qui lui plaît. Peut-être à cause du premier soir, quand il l'a aidé, dans la grange. Peut-être parce que c'est encore un enfant. Ils sont serrés dans la cabine. Ismet n'est jamais monté dans un tracteur ; sa main se crispe à chaque secousse. En haut, le spectacle des arbres tombés est magnifique et désolant. C'est un cimetière anonyme et mouvementé, un champ de bataille figé en pleine fureur qui domine les vallées, le plateau plus loin, nu et déjà un peu jaune. On ne sait pas par où commencer. Janvier choisit un hêtre au hasard, la tronçonneuse fend le silence. Ismet charge les morceaux dans la benne. Il n'est pas très costaud mais compense en énergie, en nervosité sèche. L'air frémit comme un ruisseau, pur et agité, et porte parfois du fond de la vallée le vrombissement d'une voiture, d'une moto, qui surprend désagréablement quand il monte, mais rassure aussi sur l'état du monde.

Quand ils ont fini de décharger leur première benne dans le bûcher, Ismet le regarde. *Qu'est-ce qu'on fait maintenant ?* disent ses yeux. Janvier aime cette docilité empressée. Ils fendent le bois du tilleul sur la terrasse et le rangent. Au moins, on met un peu d'ordre dans le chaos. C'était fatigant, à l'œil, d'avoir cette masse noire et folle qui obstruait le champ de vision. L'arbre est tombé sur une partie du jardin potager. Janvier pensait que tout était gâté mais il voit que les points d'impacts sont limités. Puis il emmène Ismet aux bêtes. Il lui demande d'isoler une brebis dans un enclos séparé. Il l'interroge : *est-ce que tu as déjà fait cela ?* Ismet fait non de la tête mais les gestes sont assurés sur la bête qui se débat. Lorsqu'il la libère, la main s'attarde et flatte le front et l'encolure. Ismet n'a pas de retenue avec les bêtes (*sauf avec le bélier, il en a une trouille bleue*, précisera Janvier à Adèle le soir même, quand ils se verront seuls après le coucher des autres, au-dessus du feu, comme la veille, le lendemain, et tous les jours qui suivront). Ismet parle aux animaux avec la même douceur qu'Adèle, il les écoute et déploie une tendresse maternelle et confiante du bout de ses longs doigts maigres. Janvier lui demande encore s'il s'est déjà occupé de brebis. Il semble que non. De vaches ? Non plus. Il a ça dans le sang, pourtant, prend les poules à pleines mains pour les rentrer dans le poulailler. Pluton lui tourne autour en remuant la queue.

Si Adèle se montre dans la bergerie, ce qu'elle fait rarement, Ismet la paie de sourires béats. Il lui mangerait dans la main. Tous lui mangeraient dans la main. Janvier se retient de lever les yeux au ciel, parce qu'il la craint, depuis l'arrivée des Albanais. Sa fragilité passive s'est muée en irascibilité : il faut s'habituer à cette nouvelle personne. Janvier s'oblige à penser que lui-même occupait la place d'Ismet, quelques semaines plus tôt. Il n'a pas de légitimité en dehors de son travail. Il va palper les brebis qui attendent un agneau, puis part chercher de l'eau au bout de la grange. Il entend, par-dessus le grondement de l'eau qui frappe le seau, Adèle et Ismet qui discutent. Il se rapproche. Ils parlent d'Hashim. Ismet admet qu'il ne le connaît pas bien. Ils se sont rencontrés à la frontière slovène. Il n'en dit pas plus. *Il n'a pas envie d'en dire plus*, proposera Janvier. Peut-être qu'il n'y a rien à dire ; peut-être qu'il manque de subtilités en français pour dire ce qu'il a envie de dire. Ce sera la théorie d'Adèle, le soir, par-dessus les flammes. Janvier contemplera le visage fin, pointu, piqué de taches. Il se sentira monter à la gorge des bouffées de reconnaissance, d'intimité assiégée. Tanusha marche à l'étage et la voix d'Hashim force les murs depuis la grange.

Il n'y a plus de gasoil à Murat. Des militaires ont laissé Adèle prendre cinq litres d'essence. Ils ont relevé sa plaque et lui ont interdit de revenir avant la semaine suivante, là ou ailleurs. *Heureusement qu'on a la cuve, pour le 5100.* Adèle fixe Janvier sans comprendre. Il n'en revient pas qu'elle en sache aussi peu sur l'état de leurs réserves.

Le téléphone d'Adèle n'a plus de batterie. Cela faisait quelques jours que, pour le préserver, elle n'en avait plus que deux usages : chercher des nouvelles sur Internet et appeler Monique, la pharmacienne avec qui elle s'entend bien et qui la renseignait sur le retour du carburant à Murat. Elle ne tirait des uns et de l'autre que des informations vagues et imprécises, qui se voulaient rassurantes et ne faisaient que brasser de l'air. *Le gouvernement travaille à… Jean-Pierre Charbonnel m'a dit que…* Janvier n'en écoutait même plus les comptes rendus. Et ce matin, plus rien.

Hashim et Ismet sont déjà levés et traînent sur la terrasse. Janvier fait du café, dans la cuisine, du café pour six, ça le met en colère, pour six, alors qu'il n'y en a presque plus. C'est à ce moment-là qu'Adèle l'annonce à Janvier dans ce qui ressemble à un sanglot : *mon téléphone n'a plus de batterie.*

Avant de faire le compte de ce que cela implique, Janvier commence par ressentir une sorte de décharge, de soulagement. *Cette fois, c'est fini. Vraiment fini.*

Il a dû sourire :

— Ça t'amuse ? lui demande-t-elle, agacée.

— Pas du tout. Mais ça devait arriver, non ?

— Qu'est-ce qu'on va faire ?

Adèle s'effondre sur le banc, devant la table. Elle se sert de café, machinalement.

— On va attendre, pour commencer. Ça ne va peut-être pas durer.

— Ça dure déjà.

Le petit Manar va mieux. Il est sorti du lit. Tout le monde est soulagé. Personne autant que Janvier, qui voyait déjà le destin frapper durement, implacablement, qui voyait déjà mourir Adèle, les Albanais et tous dans la vallée, et qui regarde maintenant le petit garçon blond sourire au-dessus d'un bol de lait au sucre que lui a préparé sa mère. La foudre est passée à côté. C'était une gastro. Le petit garçon rattrape les mauvais jours en dévorant du pain beurré. Puis, avec son frère et Luane, la petite fille, il va attendre sur la terrasse l'arrivée des vaches. Janvier va les placer dans le pré derrière, qui monte raide jusqu'au cimetière d'arbres. La petite grange au nord sera bien suffisante pour deux bêtes. Il pense s'en débarrasser, de toute façon. Il voit d'un œil inquiet la ferme grossir, de bêtes et de gens, de machines, s'étendre et reposer sur ses épaules. Adèle est dans la maison, avec les femmes. Quand on voit enfin la bétaillère monter le chemin depuis la grande route, elle ne sort même pas de la cuisine.

L'homme qui descend du véhicule jette des coups d'œil curieux sur Ismet, sans poser de question. Janvier s'était préparé, sans s'en rendre compte. *C'est mon stagiaire.* Le mot suffit à désamorcer la méfiance. *Bonjour les enfants !* lance l'homme avant d'ouvrir l'arrière de sa remorque. Pas un ne répond, les yeux sont rivés sur les monstres qui en sortent : deux vaches acajou, charpentées, épaisses, qui descendent en soufflant. L'homme leur crie des ordres, elles baissent la tête et avancent. Janvier guide le convoi jusqu'à l'arrière. Les enfants suivent à distance.

L'homme refuse le chèque qu'Adèle avait préparé, exige poliment d'être payé en liquide. Les voilà propriétaires de deux génisses. Les femmes sortent de la maison pour les voir, quand l'homme est parti. Les trois en même temps, Adèle, devant, avec Janvier ; derrière eux, Tanusha et Helena. Elles parlent fort, Janvier peut entendre la joie dans son dos ; la bonne santé de Manar y est pour beaucoup. La gentillesse d'Adèle aussi, sûrement. On fait le tour de la maison. Le soleil chauffe l'arrière, protégé du vent et du vide. Les vaches paissent déjà tranquillement, comme si elles avaient toujours été là. *Elles sont belles*, dit Adèle. Elle rejoint les enfants qui n'ont pas quitté leur poste et s'arrête à la clôture en métal, essoufflée. Tout le monde l'imite, mais Helena soudain se hisse sur la barrière, passe une jambe, puis l'autre, dans un mouvement rapide et sûr, souple, et saute dans l'enclos. Elle s'approche de la vache la plus proche et fourre sa main dans l'encolure, caresse les oreilles rouges en riant.

Janvier et Adèle se tiennent à la clôture, leurs coudes se touchent. Adèle sourit en silence à la joie d'Helena. Janvier voudrait que l'inquiétude monte chez Adèle avant de lui dire ce qu'il doit lui dire. Mais il a du mal à attendre :

— Tu vas faire quoi ? Avec eux.

Ismet a rejoint Helena dans l'enclos, ils parlent, chacun a la main sur la vache. Côte à côte, ils ont vraiment l'air d'un frère et une sœur, les mêmes yeux intenses, la même souplesse, les lèvres épaisses et la même attention aux choses et aux bêtes. La vache a un mouvement brusque de la tête qui fait reculer Ismet. Helena rit et pose sa main sur le flanc rouge, caresse l'animal avec une autorité amusée et apaisée.

— Je ne les mettrai pas dehors, Janvier.

— Tu ne vas pas tenir, il faut juste que tu le saches. Tu ne peux pas nourrir neuf personnes comme ça, éternellement.

— J'ai des ressources, tu as remarqué.

— Je sais bien, mais ça pue, là. Les magasins se vident. Je ne pense pas qu'ils arrivent à réapprovisionner avant un petit moment.

— Eh bien, ils partiront quand on n'aura plus rien à manger.

Tanusha empêche les enfants d'entrer dans l'enclos. Elle finit par retenir Manar par le tee-shirt. Janvier revient à la charge :

— Ils vont s'incruster, plutôt, et te vider tes réserves.

— Videz-les, mes réserves. Je me débrouillerai.

Janvier accuse le coup.

— Excuse-moi, dit Adèle. Je ne pense même pas à ce que je dis. Bien sûr que toi, ce n'est pas pareil. C'est ça que tu veux entendre, n'est-ce pas ?

Tous les regardent maintenant, essayant de comprendre. Janvier veut clore la discussion, il voudrait être seul avec elle, à la fin.

— Laisse, je m'en fous. Je ne comprends pas à quoi tu joues, c'est tout. Et puis, il faut faire attention quand il y a du monde qui vient. Un maquignon, ce n'est pas très grave, mais il ne faut pas que ça se sache, qu'ils sont chez toi. Les gens parlent. On ne sait pas d'où ils sortent, après tout. Si ça se trouve, tu héberges des gens plus recherchés que toi.

Adèle baisse la tête vers les enfants, caresse la nuque de la petite fille sans répondre.

Ils ne peuvent plus se parler. Dès qu'ils s'adressent la parole, ils rejouent la même conversation. *Mets-les dehors. Hors de question.* On n'a plus de beurre, plus de café, plus grand-chose de frais. Adèle prévoit de faire de grandes courses, elle prépare sa liste parce qu'elle sait qu'elle n'a de carburant que pour un aller-retour à Saint-Flour.

Le matin de son départ, Janvier décide d'y aller à sa place. Il ne veut pas qu'elle parte seule, il craint qu'elle ne se fatigue. Il craint d'autres choses qu'il n'a pas envie de se formuler. *Eh bien, allons-y tous les deux.* Janvier hésite. Adèle sait pourquoi. *D'accord.* Après tout, c'est son problème. Il donne des consignes à Ismet pour la journée. C'est à lui, tacitement, qu'on confie la maison.

Avant de partir, Janvier recommande à Adèle de prendre tout son argent liquide. On ne pourra peut-être pas payer par carte. Elle rit :

— Tu n'as pas idée de ce que ça représente. Je ne me balade pas avec une somme pareille. Mais enfin tu as raison, je vais en prendre.

La route n'est pas très longue, d'Entremont à Saint-Flour. La départementale est déserte. Aux abords de Murat, des véhicules militaires font des contrôles.

— Pas le temps de faire demi-tour, souffle Janvier. Si on nous arrête, montre bien ton ventre, s'il te plaît.

On ne les arrête pas. La zone commerciale de Murat est quadrillée de soldats. Le reste de la route est désert, incroyablement désert.

— Les gens ne s'amusent plus à rouler pour n'importe quoi.

— Ça fait longtemps que les gens ne s'amusent plus, Janvier.

De temps en temps, aux abords des stations-service, on croise des véhicules de l'armée, plus ou moins blindés. Parfois, la police.

— On se demande comment ils se répartissent les rôles.

— Je ne m'en fais ni pour les uns, ni pour les autres.

Un barrage, de nouveau, pour entrer dans la zone commerciale. De nombreuses voitures se découragent, font demi-tour sans être inquiétées. Janvier et Adèle décident de rester. Ils attendent une demi-heure. Les militaires font passer les véhicules au compte-gouttes ; pas tous. Certains repartent. Il y a aussi des piétons qui essaient de passer par les parkings, les terre-pleins, par l'arrière des bâtiments. Des véhicules patrouillent pour les repousser. Janvier voit un homme courir, le long d'une route déserte, un peu plus bas, poursuivi par un 4 × 4. L'homme tombe :

— On lui a tiré dessus ? crie Adèle.

— C'est un tir de LBD, je pense.

L'homme ne se relève pas.

— Vas-y, avance.

On contrôle la carte grise de la voiture, les papiers d'Adèle. Elle a le ventre bien sorti et le soldat les yeux dessus. L'homme est assez vieux. Cinquante ans peut-être ? Il n'a pas du tout l'air d'un militaire.

— Et vous, monsieur ?

— Je les ai oubliés à la maison.

L'homme hésite. Il regarde encore le ventre.

— Et vous allez où, comme ça ?

— On voudrait faire des courses.

— C'est-à-dire ?

— Acheter…

Janvier coupe Adèle :

— De l'aliment pour des agneaux. On est agriculteurs. De la ficelle, pour le roundballer. Des râteaux. Des choses comme ça.

Janvier tend sa liste, que l'homme ne regarde pas. Il garde les yeux sur le ventre d'Adèle :

— C'est pour quand ?

— Fin décembre.

Janvier entend cette échéance pour la première fois. Il l'assimile. Fin décembre. Il y aura un bébé fin décembre. On pourrait presque entendre le bébé vagir à l'arrière. Fin décembre.

— On demande à l'entrée parce que les supermarchés sont fermés pour le moment. Il y a eu des problèmes. Mais Agriland, vous pouvez y aller. Il faut payer en liquide. Tenez, je vous fais une autorisation.

L'homme tamponne une feuille sur laquelle il a écrit le nom du magasin et la tend à Adèle. Elle ne la prend pas. Elle lui sourit, elle fait sa petite mine :

— Et aussi… on a des enfants petits à la maison. (Janvier la trouve gonflée jusqu'à ce qu'il se rende compte qu'elle dit la vérité.) Est-ce que vous pourriez nous faire une autorisation pour un magasin d'alimentation ?

L'homme hésite, se gratte le front. On ne voit plus que le ventre d'Adèle. Elle en fait trop. Pourtant :

— Allez, vous pouvez aller chez Primax. Mais je ne peux vous faire qu'une autorisation de type 1, c'est tout.

— C'est quoi ?

— On vous expliquera là-bas.

Janvier bouillonne en entrant dans la voiture. Tout le scandalise, tout l'inquiète : les prix qui montent, la jauge qui baisse. *Ne mets pas la clim, ça consomme encore plus.* Il n'aime pas avoir laissé la maison toute seule. *La maison pleine, plutôt,* sourit Adèle.

Janvier voudrait la rassurer quand elle est inquiète ; il voudrait la mobiliser quand elle prend les choses à la légère. Ils se transmettent leur inquiétude comme un liquide qui occuperait une hauteur égale. Ils se tiennent comme un seul corps malgré leur opposition permanente.

Ils passent dans des villages ; les rideaux de fer défilent. Tous les petits commerces sont fermés.

Quand ils remontent le chemin, Janvier tend les yeux vers la maison, la terrasse. Un mauvais pressentiment lui noue le ventre. Le pressentiment frémit, grossit, et sort en cri lorsqu'ils sont assez proches pour voir qu'Helena est là, devant la maison, penchée sur Ismet, qui est étendu de tout son long sur le sol :

— Putain, qu'est-ce qui se passe ?

Ismet se relève. Janvier, en s'approchant, respire de voir Ismet debout, il l'a cru mort. Ismet saigne du nez, il a un œil bleu. Mais ce n'est pas grand-chose, dit sa main droite qui se dresse pour rassurer Janvier. Son bras gauche pend, inerte et sanglant. Helena a le visage renversé, dévasté. Ismet continue de lever la main, il veut parler, il veut cacher, surtout, une masse sombre qui gît à ses pieds, qui ne se relève pas, elle. Pluton. Adèle se précipite sur son chien, elle se couche sur lui dans un cri qui meurt en longs sanglots silencieux et secoue son corps maigre.

Janvier ne veut pas quitter Ismet et Helena des yeux, il a du mal, pourtant, il revient sans cesse au corps de Pluton, dont il aperçoit les flancs rouges, et le sang sur la peau blanche d'Adèle qui caresse la plaie à pleines mains.

Janvier se jette sur Ismet, le plaque sur le mur, la main sur la gorge.

— Qu'est-ce qui s'est passé ?

Il se sent une force soudaine et inutile car Ismet ne se défend pas : il veut parler, seulement parler. Helena s'agenouille près d'Adèle et lui caresse la nuque. Adèle la repousse brusquement du coude, alors Helena reste là, prostrée et silencieuse. Elle cache son visage dans ses mains. Janvier desserre les doigts autour de la gorge d'Ismet, pour le laisser respirer et s'expliquer.

— Hashim est parti avec Tanusha et ses deux enfants.

— Mais, lui, hein ? Et ça ? demande-t-il en montrant Pluton, puis le bras d'Ismet.

On entend le chien gémir. Adèle a repris vie :

— Janvier, il est vivant !

— C'est parce qu'ils sont entrés dans la chambre, répond Ismet. Pour prendre ton argent. J'ai voulu empêcher. Ils ont… *They shoot.*

— Avec quoi ? demande Janvier.

Ismet ne comprend pas la question. Janvier court dans la maison, traverse le salon. Dans la cage d'escalier, sur l'étagère, en hauteur, l'arme d'Adèle est toujours là.

Il revient sur la terrasse. Adèle, Helena et Ismet sont à genoux, penchés sur le corps du chien, qui émet des petits jappements plaintifs.

— C'est pas avec ton arme qu'il a tiré, dit Janvier à Adèle. Il avait dû garder son fusil, ce fils de pute. Je ne comprends pas comment. Ni où. Il avait dû le planquer.

Adèle ne répond rien. Elle murmure des paroles d'encouragement à son chien, elle le caresse, elle le gronde, elle le cajole. L'animal a des yeux de courage résigné, il lève la tête, il veut obéir aux injonctions de sa maîtresse. Janvier a du mal à le regarder. C'est parce qu'Adèle redouble de sanglots qu'il comprend que Pluton est mort.

Janvier ordonne à Ismet et Helena de rester dehors, il entraîne Adèle à l'étage. Elle est à sa tristesse, il est à sa colère. Elle passe dans sa chambre, en ressort presque tout de suite. La stupéfaction a arrêté ses pleurs. Elle ne sait pas comment le dire à Janvier. Elle le dit, pourtant :

— Il m'a tout pris. Tout mon fric.

Janvier jure. Il donne un grand coup de pied dans le mur, il hurle. Comment on a pu leur faire confiance, à ces fils de pute ? Comment ? Ça ne m'avait pas suffi, le vélo ? Salauds ! On aurait dû les foutre dehors depuis le début.

La violence monte en lui comme une marée, elle le déborde. Il redescend en courant, suivi par Adèle. Dehors, Ismet et Helena attendent leur sort à côté du chien. Ismet a la main posée sur sa tête et le regarde piteusement, comme s'il voulait le ressusciter. Quand il voit Janvier, il se lève précipitamment :

— On va partir, Janvier, bredouille-t-il. On va partir.

Janvier attrape Helena par le haut du bras, la serre pour lui faire mal et l'entraîne dans la cuisine. Adèle demande à Ismet :

— Où est Luane ?

— Dans la grange.

— Personne ne va partir, là. Adèle, va voir où est la petite, ordonne Janvier, en tenant fermement Helena par le bras. Toi, Ismet tu viens. Maintenant. Dans la cuisine.

Janvier ne se connaissait pas autant de brutalité. Il ne l'a pas frappée, pas vraiment. Mais il lui a fait peur, à dessein. Jamais il n'avait fait cela, avant. Jamais il n'avait autant désiré cette lueur de terreur dans les yeux de quelqu'un, en face de lui, la voir s'allumer, vaciller, tenir, jusqu'à ce qu'il puisse se dire : elle dit la vérité. Pourquoi Helena ? Il ne sait pas. Sans doute parce que c'était la première à venir. C'était le cheval de Troie.

Il a pris un couteau et un tisonnier. Est-ce qu'il l'a menacée ? Il dirait que non, si on lui demandait, si Adèle lui demandait. Mais dans les yeux d'Helena, dans ceux d'Ismet, il lit l'inverse. Il a honte de lui quand il se voit dans le regard du jeune homme mais une force plus grande encore lui commande de continuer. *Est-ce qu'elle avait l'intention, dès le départ, de faire rentrer Hashim ? Où avait-il caché le fusil ? Est-ce qu'elle le savait ? D'où sortait-il ? Qui lui a dit où était caché l'argent d'Adèle ? Quelles étaient les relations de Hashim avec Tanusha ? Où sont-ils allés ?* Helena crie qu'elle ne savait rien. Janvier fait sortir sa rage, les hurlements d'Helena lui font presque du bien.

Et les autres ? Est-ce que les autres sont vraiment morts dans la forêt ? Le jour de l'ouragan ? Ismet s'accroche pour comprendre les questions de Janvier, traduire les réponses d'Helena. Tout est approximatif. Au milieu de la fureur, Ismet n'est pas sûr de comprendre et demande le sens d'un mot :

— L'ouragan ?

— La tempête. Le vent.

Préciser les mots calme Janvier, ça remet de l'ordre dans le chaos. Il est obligé de redescendre de la folie jusqu'à la logique, au sens. Il sort de lui-même. Il peut écouter la réponse que lui fait directement Ismet, sans passer par Helena :

— Ils sont morts. C'est vrai. Tous. Il y avait ma sœur et elle est morte aussi. Avec ses enfants.

Ismet a le visage gris et noir de tristesse, sous les taches rouges de ses blessures. Ses yeux éteints sont des puits sombres et funestes. Janvier a devant lui un enfant, presque un enfant, blessé, et une femme, qui n'ont plus rien.

Ce qui étonne Janvier le plus, au fond, c'est qu'Hashim se soit encombré d'une femme et de deux enfants. Une femme, pourquoi pas ; mais les deux bouches en plus à nourrir ? C'est irrationnel. Janvier a peur qu'il revienne. Ismet lui pose sa main sur le bras. Et il dit son nom :

— Janvier. Hashim et Tanusha, ils voulaient qu'on vienne tous avec eux. C'est pas Hashim tout seul.

Il lui montre son bras rouge et son visage tuméfié :

— On a dit non. Regarde ! On a dit non.

La porte s'ouvre en grand sur Adèle :

— Janvier ! Il y a un 4 × 4 qui monte. Des militaires.

— Luane est toujours dans la grange ?

— Oui.

— Arrange-toi pour qu'elle y reste. Adèle, tu es la seule à te montrer.

Il emmène Helena et Ismet à l'étage. Chacun sous un lit. Il se tient contre un mur. Il tend l'oreille, c'est inaudible. Ça dure. Il s'assoit. Les voix disparaissent, reviennent. Ils ont dû aller dans la grange. Janvier se surprend à avoir peur pour Luane, il espère qu'elle se cache dans ce qui reste de ballots de foin. Si on la trouve, ils vont fouiller partout. Qu'est-ce qu'ils cherchent ? Les Albanais ? Lui, Janvier ? Adèle ? Pourquoi des soldats ? Pourquoi pas la police ?

Les voix reviennent sur la terrasse. Ce sont des voix cordiales, sympathiques. Adèle propose un verre. Elle l'a fait d'une voix forte et haute. Ils refusent. Un bruit de moteur annonce la délivrance.

Janvier attend un moment après leur départ pour redescendre. Il trouve Adèle, la tête dans les mains, sur la table de la salle à manger.

— Ils sont venus pour le rationnement. Ils m'ont filé des tickets. Des tickets pour une personne. Et encore, j'ai failli avoir moins que ça, avec les brebis et les vaches.

— Et ?

— J'ai montré mon ventre.

Adèle a pu glaner des informations. Le gouvernement a instauré l'état de siège sur tout le territoire, l'urgence est sur tous les fronts : sanitaire, alimentaire, social, financier. L'armée a gagné et personne ne s'est opposé parce que les grandes villes ont plongé dans le chaos : il n'y a plus rien à manger, il faut empêcher les gens d'en partir. Il y aura une nouvelle conscription nationale. À Murat, les militaires sont installés à la mairie. Il faut leur remettre toutes les armes dont on disposerait. Mais bien sûr, Adèle leur a dit qu'elle n'en avait pas.

La colère de Janvier est tombée avec le jour. Helena et Ismet reparaissent. Helena a des tremblements de bête traquée, qui font honte à Janvier. Ismet se rapproche. Il s'apprête à parler et Janvier le coupe :

— Je sais ce que tu vas dire. Mais personne ne vous met dehors. C'est pas la peine.

Et il ajoute plus bas :

— De toute façon, vous allez partir de vous-mêmes quand il n'y aura plus rien à bouffer.

Adèle le fusille des yeux. On est reparti comme avant. *Il faut qu'ils te fassent quoi pour que tu les mettes dehors, hein ? Ils me tapent dessus, ils te piquent ton fric, ils tuent ton chien ?* Il pense tout ça, mais il ne dit rien. Il se défoule dans sa tête et il prépare un dîner. Du riz pour cinq.

Luane traîne des yeux mouillés sans lâcher la main d'Helena. Elle a perdu ses camarades de jeu et la femme qui s'occupait d'elle. Que lui a-t-on expliqué ? Janvier lui fait des sourires gentils pour se faire pardonner sa colère. Elle serre plus fort la main d'Helena. Il l'observe plus attentivement depuis qu'elle n'est plus noyée dans le groupe des enfants. Il demande à Ismet :

— Ils sont morts quand, ses parents ?

— Son père, ça fait longtemps. Je ne sais pas qui c'est. Sa mère, c'était une collègue de Tanusha. Elle est morte en Italie. Ce sont des soldats qui l'ont prise.

— C'est-à-dire ?

Ismet regarde la petite fille et continue à parler à Janvier :

— Ils l'ont violée et ensuite ils l'ont tuée.

Et comme personne ne dit plus rien, Ismet murmure, comme pour lui-même :

— Elle n'aurait pas dû partir et la laisser comme ça. Tanusha. C'est pas bien, ce qu'elle a fait.

— Tu ne crois pas qu'elle peut revenir la chercher ?

— Non, je ne crois pas.

Helena a le front baissé pendant tout le temps où ils sont à table. *Inoffensif,* disait Bouchra.

Après le dîner, Ismet demande à Adèle où elle veut qu'il fasse un trou, pour le chien. Au bout du potager, là où le soleil perce, en fin d'après-midi. On couche la petite fille. Helena décide de rester avec elle. Ismet va dormir dans la grange. Adèle, pragmatique, enlève les draps de Tanusha. Janvier va chercher une bassine.

— On a de la chance, pour l'eau.

— Je me faisais la même réflexion. Si elle marchait avec une pompe…

Adèle se pose ce soir des questions qu'elle ne s'est jamais posées auparavant :

— Tu sais où est le captage ?

— Plus haut. Je te montrerai. On ne doit pas mettre de bêtes à côté. Si elles pissent dans la source… Si on n'a plus d'eau potable, là, on est foutu. J'aurais dû installer une grande citerne, en plus de ta petite, là.

— Il n'est pas trop tard.

— Adèle… Tu n'as plus un sou en poche.

— J'ai encore une carte bleue, je te signale.

— Je ne sais pas quand tu pourras t'en servir à nouveau.

Adèle se mord les lèvres. Tout est allé tellement vite aujourd'hui, elle avait oublié la conséquence essentielle de la fuite d'Hashim. Elle n'a presque plus d'argent liquide. Elle s'assoit sur le lit. Janvier s'approche d'elle. Il voudrait lui prendre la main. Il ne la touche pas. Il regarde les poignets fins, les genoux maigres. Il a une sorte de curiosité de son corps, de ce qu'il n'a jamais vu de son corps, ses cuisses, son dos, ses fesses. Il se dit que ce n'est pas forcément le désir sexuel qui pousse les gens à coucher ensemble, mais peut-être cette curiosité du corps de l'autre. Il aimerait en voir davantage.

— Viens en bas, s'il te plaît. Il faut qu'on parle.

Janvier sait maintenant qu'il ne peut plus partir, qu'il ne peut pas la laisser. Ça le soulage, de ne plus avoir à décider. La tempête a décidé pour lui. Il prend une feuille, un crayon. Combien de feuilles encore ? Combien de temps, ce crayon ? Et après ? Il repose la feuille et le crayon dans un tiroir. Il s'assoit sur un banc de la cheminée pour entretenir le feu. Il va chercher un énorme tronçon dans le bûcher. Il se sent des envies de dépenser.

— Il faut qu'on se relaie pour le feu. L'idéal, ce serait de l'avoir en continu. Je ne sais pas pour combien de temps on a des allumettes. Il faut qu'on s'organise. Tu te coucheras tard, je me lèverai tôt, je demanderai à Ismet. Mais il faut faire des roulements. Des gardes. Jusqu'ici, on a tout fait comme si on avait le temps. Et maintenant, c'est presque déjà trop tard. Assieds-toi.

Adèle ironise sur le ton autoritaire et Janvier ne relève pas. C'est rassurant d'avoir la même posture que la veille, que la semaine précédente ; tout ne s'est pas effondré d'un coup.

Ils dressent des listes. Un inventaire de ce qu'il leur reste en biens consommables, en alimentation. Jusqu'ici, on n'a pas compté les bougies. Il faut qu'on fasse attention. On fait tout à la lumière du jour, sauf cas de force majeure. Ils font le compte de ce dont ils disposent pour leur consommation personnelle ; ce qui peut être vendu ou échangé.

— C'est vague, Janvier, c'est vague. Échangé ? Avec qui, contre quoi ?

— C'est pour se donner une idée.

C'est pour se donner du courage.

— On aurait dû être plus vigilant. J'ai été stupide de leur laisser la maison. J'ai cru... Je ne sais pas à quoi je pensais.

Adèle regarde dans le vide. La lumière du feu lui creuse les traits, par endroits ; on pourrait voir son squelette, les os de ses joues qui dansent sous la peau fine.

— Tu ne vas pas t'excuser, Janvier. C'est ma faute aussi. Surtout ma faute. Je ne voulais pas me méfier.

— Justement. Moi, je voulais me méfier et j'ai quand même fait n'importe quoi.

Il lâche en détournant la tête :

— Je suis désolé pour Pluton.

— Ne t'inquiète pas. C'était un vieux chien.

Janvier n'a pas de parole consolatoire. Il sait l'attachement que l'on peut avoir aux bêtes ; il connaissait celui d'Adèle. Il sait aussi que ce n'était qu'un chien. Il serait gêné d'en dire davantage. D'une voix assurée, elle ajoute :

— C'est juste... Son regard avant de mourir. Il n'a pas compris, c'est ça qui est triste. C'est triste de mourir comme ça, voilà, même pour un chien.

Il l'admire de tenir sa peine à sa juste mesure.

— Tu crois qu'il les a attaqués ? Pluton ? demande-t-elle vivement.

L'idée a l'air de l'amuser un peu.

— Oui, j'imagine.

— Je n'aurais pas cru. Je ne pensais même pas qu'il pouvait être agressif.

— Tu sais… Peut-être qu'Hashim lui a tiré dessus gratuitement. Enfin, par précaution. Avant d'aller dans ta chambre et de prendre ton argent.

— Je ne pense pas. Il aurait mieux tiré si ça avait été le cas.

Elle s'ébroue :

— Allez, continue.

Janvier enchaîne, un peu rapidement :

— Il faut trouver des semences de blé. Vu ce que l'herbe a pris à Mons, heureusement que tu n'as pas commencé à en faire. Je devrais pouvoir m'en procurer à Murat. Le problème, c'est qu'en admettant que tu fasses du blé d'hiver, tu en as pour six mois, avant d'en voir la couleur.

— On peut faire pousser du blé dans le coin ?

Encore une fois, Janvier s'étonne de l'ignorance d'Adèle. Plusieurs semaines se sont écoulées depuis leur arrivée ; elle ne s'est pas penchée sur la question. Le même élan ambivalent, fou, le prend au cœur : elle compte vraiment sur lui. C'est une charge énorme, angoissante, mais d'une douceur insoupçonnée. Il lui répond :

— Oui. Je ne m'inquiète pas pour le blé. Mais là, il faut trouver de quoi nous faire vivre à partir de la semaine prochaine, en gros. Tous les cinq.

Adèle ne relève pas. Janvier réfléchit tout haut.

— Mais même ça, je pense qu'on va y arriver. Ce qui m'embête le plus, c'est tout le reste.

— Quel reste ?

Il désigne le ventre d'Adèle du menton :

— Ça… et tout le reste.

Ils s'éternisent dans la cheminée. Ils font durer. Au début, rien n'est suffisant pour calmer l'angoisse qui monte. Janvier a besoin d'étancher le vide, de le remplir avec des mots, des plans. Il parle, il organise, il projette. Janvier boit et Adèle, à la chaleur du feu, se laisse gagner par l'ivresse de Janvier. Elle prend un verre. Ils rient. Janvier n'avait pas bu comme ça depuis ses soirées avec Wladimir. Il a de la mélancolie au cœur et puis en même temps une sorte d'espoir qui naît, de pouvoir agir, faire quelque chose. Et puis Janvier a une idée. Il va aller à Murat, à la mairie. Il sera le mari d'Adèle Demazières, qui l'avait quittée, qui est revenu. Et qui vient se déclarer, pour les tickets de rationnement. *Janvier Demazières.*

— Sans ses papiers ?

— Je ne sais pas s'ils sont très regardants. Leur réseau informatique est en rade. Ils ont vérifié les tiens ?

— Oui.

— Merde. Hé bien, je leur dirai que je me suis fait braquer. Par des Albanais. Dans la forêt.

Adèle rit :

— Ça fait beaucoup.

— Ça se tente. Après tout, c'est presque vrai. Qu'est-ce que tu veux qu'ils fassent, de toute façon ? Ils ne vont pas mettre en cabane tous les gens qu'ils n'arrivent pas à identifier, si ?

— Je ne sais pas. Sans doute que non. Et la conscription ?

— Avec l'enfant qu'on attend ? Ça n'arrivera pas, ma chérie, répond-il dans un sourire.

L'idée grossit, de farce elle se mue en possibilité.

— Je ne serais plus obligé de me cacher. C'est beaucoup mieux. Ils vont revenir. C'est intenable, de se cacher. D'autant que tout le monde me connaît. Ça n'a pas de sens. Je me cache de l'armée et de la police alors que tous les voisins ne connaissent que moi.

— Janvier.

Adèle prend son souffle. Elle réfléchit à la meilleure façon de lui demander. Il n'y en a pas ; elle se lance :

— Pourquoi tu te caches, toi ? Tu fuis quoi ? C'est grave, s'ils t'identifient ?

Alors il lui parle enfin, longtemps. Il s'écoute raconter le mauvais enchaînement des faits, les coups du sort, il se trouve des airs d'enfant pris la main dans le sac et qui clame que rien n'est de sa faute. Mais Adèle a l'air de le croire ; elle fait toujours confiance à tout le monde. Et elle pense que tout peut toujours s'arranger :

— Il faut que tu t'en ailles. Il faut que tu rentres chez toi. Je pense à ta maman, à ton frère. Il faut que tu te dépêches de leur dire que tu es vivant.

— Si les flics me cherchent, ce sera justement là-bas. C'est trop risqué. C'est encore trop risqué, répond-il la tête dans ses mains.

— Mais si, ils t'attendent. Il faut que tu y ailles.

Il sourit amèrement :

— Je ne sais pas. Depuis quelque temps, dès que je vais quelque part, dès que j'avance, c'est comme si le monde s'effondrait autour de moi pour me laisser passer. Je passe et c'est la désolation.

— Je ne crois pas à ces trucs-là.

— Moi non plus.

Comme à son habitude, elle plie la jambe, pose le talon sur le banc, la tête sur le genou. C'est là que Janvier voit la tache. C'est comme une grosse fleur rouge sous ses fesses.

— Adèle !

7

Entremont, automne

Adèle s'alite. Elle ne veut pas aller à Murat. Elle ne veut plus bouger. Janvier n'insiste pas vraiment, d'ailleurs. Qu'est-ce qu'on y ferait. Il n'y a pas d'échographie, il ne doit pas y avoir plus d'électricité qu'ailleurs. Il va la voir dans sa chambre dès qu'il peut, il lui pose les mêmes questions, des questions dont il sent le peu de force et de portée. *Comment tu te sens ? Mais très bien, ce n'est pas le problème.* C'est pour le bébé qu'elle s'inquiète. Janvier est à côté de la plaque. Il n'y a qu'à attendre. Elle le saura bien vite si elle l'a perdu. Elle ne risque rien, elle. Elle lève les yeux au ciel jusqu'à ce que Janvier sorte de la chambre à reculons. Helena se propose de veiller sur elle, elle lui monte ses repas, elle éloigne Janvier avec une satisfaction qu'elle a du mal à dissimuler, comme si elle avait gagné un supplément de légitimité. Janvier s'éloigne, il a fort à faire.

Il pleut. Il pleut toute la journée, il pleut la nuit. Il pleut tellement que l'eau vient d'en dessous, du côté, de partout. Elle sort de terre comme de nouvelles sources, elle sort quand on appuie avec le pied, de petites poches de terre gonflées qui se crèvent en ruisseaux, elle coule des toits, des arbres. C'est une pluie calme, grasse et régulière, tiède, comme il n'en a pas vu depuis longtemps. Elle fait chanter tout le cirque, qui se remplit comme un bol. Au bout de trois jours, elle a fait de nouveaux étangs qui ne trouvent pas assez de lumière pour luire et qui absorbent le jour de leur étendue mate. La pluie rassure Janvier, qui fait de chaque récipient une citerne. Il garde tout. Les poubelles ne sont pas passées depuis la tempête. Peu importe, cela fait un moment qu'il a décidé de tout garder. Il n'y a plus de biens jetables ; il y a des choses qui se mangent et des choses qui se gardent : c'est tout. Le reste va pourrir dans le compost avant de finir dans le potager que Janvier est en train d'élargir en bêchant sous la pluie. Il voulait y consacrer une partie du pré, en bas, le long de la grande route : le soleil y est du matin au soir, la parcelle est plane, sans rocher, sans arbre, lisse comme un galet. Mais il voit bien les gens passer, à pied, en voiture parfois ; il n'en verrait pas la couleur, de ses légumes, tout le monde les lui volerait. Il doit dissimuler sa richesse ; ce sera au nord, derrière la maison. On fait aussi pousser, derrière la colline, sur une large parcelle qu'on ne donnera pas à paître aux bêtes. Il faudrait un autre chien pour les surveiller, les protéger. Et puis des pommiers.

Janvier hésite à attendre le retour des militaires ou à aller se déclarer à Murat. Il serait plus raisonnable d'attendre, parce que la jauge est vraiment basse et qu'il vaut mieux garder des réserves *au cas où*. Mais il serait plus intelligent d'y aller, d'aller au-devant de l'armée, de ne pas avoir l'air du type qu'on sort de son trou par surprise et qui se cherche une bonne excuse. Comme lorsqu'il était sur les routes, il sait qu'il vaut mieux aller au-devant, toujours, avec sa bonne tête, sa bonne barbe taillée. Il retourne le problème pendant des heures, trop longtemps pour un problème si simple. Mais le niveau de la jauge le mine. Il en parle à Adèle. Évidemment, comme pour le reste, Adèle pense qu'il faut dépenser. *Quand il n'y en aura plus, il n'y en aura plus, c'est tout. On fera autrement.* Ce sont deux visions qui s'opposent. Ils ont le même différent avec le café, les bougies, les piles de la torche, le sucre, le savon, le paracétamol. Adèle voudrait faire comme si tout allait revenir, comme si les prochains cageots d'alimentation allaient tous, les uns après les autres et invariablement, être les mêmes. Ça met Janvier dans des rages folles et contenues.

Depuis qu'Adèle est alitée, Janvier lui monte un café tous les matins. Les autres boivent de l'eau bouillie avec un peu de menthe.

La petite Luane cherche sa place. Elle passe une partie de la journée dans la maison avec Helena, qui s'est mise à la cuisine et au ménage comme si c'était la mission que le destin lui avait réservée de toute éternité. Parfois, Luane rejoint Janvier et Ismet aux bêtes. Ismet lui dit des choses en albanais et prend la peine de les traduire à Janvier. *Je lui dis que bientôt il y a aura des bébés. Moutons. Des agneaux,* précise Janvier. Ismet progresse en français. Janvier sent son énergie, son désir de bien faire, il les reçoit comme de la reconnaissance. Un jour, il lui propose d'occuper la chambre vacante. Ismet refuse. De toute façon, il dort le matin ; il veille une bonne partie de la nuit, assis sur le muret de la terrasse, les pieds dans le vide, contre le mur de la cabane au cochon (*qui n'a de cochon que le nom*, précise Janvier sous les yeux ahuris du jeune homme, en lutte avec le débit rapide de Janvier. Mais le maître ne s'explique que lorsque c'est nécessaire).

Janvier et Ismet ne se parlent que dans l'action, avec les choses et les bêtes pour appui. Quand le travail est fini, que la nuit est tombée – et elle tombe de plus en plus tôt, en cette fin d'été –, on passe un temps infini et silencieux au coin du feu. Helena et Ismet d'un côté, Luane et Janvier de l'autre, on se chauffe, on se sèche, on ne voit rien à se dire qui pourrait permettre de se comprendre. Luane seule se débat avec le silence ; Helena et Ismet répondent rapidement aux questions de la petite fille, ils s'en débarrassent comme d'une impolitesse qu'on ferait au maître. Les interactions sont plus difficiles sans Adèle, malgré les efforts de Janvier pour avoir l'air débonnaire. Tous savent que Janvier les tolère seulement ; aucun n'a compris que Janvier n'avait pas plus de raisons qu'eux d'occuper la maison d'Adèle. Chacun se sent de trop, dans son coin. La nuit qui monte met fin au malaise.

Assez vite, Helena va coucher la petite et ne redescend pas. Elle reste un peu avec Adèle, peut-être. Seul avec Ismet, Janvier se déride. Il lui pose des questions sur sa vie à Tirana, sur sa famille. Ismet a compris qu'il ne fallait pas poser de questions à Janvier.

Une nuit, la porte de Janvier s'ouvre sur Helena. La porte ; le lit. Elle l'y rejoint tous les soirs, désormais. Janvier ajoute la honte au spectre de tous ses mauvais sentiments. *Inoffensif.*

Il va voir Adèle le matin, quand il pense qu'elle est réveillée. Elle vit dans son lit. Il se demande comment elle se lave. Il ne pose plus de questions, elles meurent avant d'atteindre les lèvres et parfois le cerveau. *Est-ce que tu perds encore du sang ? Est-ce que tu sens quelque chose de différent ? Est-ce que tu souffres ?* À la place, il lui donne des nouvelles de ce qu'il fait. Il a fini de tronçonner le tilleul et de ranger le bois. Il y a une brebis qui devrait bientôt agneler. Adèle lui fait remarquer qu'il dit ça tous les jours. Il la dévisage ; elle adoucit sa remarque d'un sourire. Sait-elle à quel point il rame pour trouver quelque chose à lui dire qu'elle acceptera d'entendre ? Il y a une vache morte sur un pré, au bord du chemin. Un de ses prés. Il faut qu'il s'en débarrasse, le locataire n'est pas revenu depuis l'ouragan. D'ailleurs on va pouvoir y mettre des bêtes. C'était un type d'Aurillac : il ne reviendra pas, c'est beaucoup trop loin, maintenant. Mais bon, pour le moment, ça pue et ça grouille de milans. Même des vautours. Si ça continue, il pourrait y avoir des chiens. Normalement il faut déclarer les bêtes mortes, mais dans les conditions actuelles, personne ne va leur faire de difficulté. Il suffira de laisser la carcasse aux charognards. Il a simplement demandé à Ismet de la dégager un peu plus loin. À propos d'Ismet, il apprend vite, c'est formidable.

— Et Helena, elle apprend vite aussi, j'ai l'impression, non ?

Adèle part d'un ricanement discret qui finit par dégénérer en rire fou et incontrôlable. Janvier croise les bras sur la poitrine, se débat entre susceptibilité, gêne et soulagement. *Au moins, elle rit toujours.*

Il conjecture en silence, aussi. Si elle ne se lève pas, c'est bien qu'elle pense qu'elle a encore quelque chose à garder.

Les visites de voisins s'espacent mais tout de même, il y en a. Certains perdent beaucoup, voient filer leur maigre richesse comme de l'eau entre les doigts. Les grosses exploitations sont à la peine ; pour les laitières, surtout, vaches et brebis, les trayeuses ne fonctionnent plus, il faut traire à la main, on manque de bras pour le faire. Il y a des relents de La Rochelle ; tout le monde a de la barbe, tout le monde a l'air d'un déclassé. Avec les restrictions de carburant, Janvier pensait qu'on s'organiserait pour se déplacer le moins possible. C'est exactement le contraire qui se produit. Devant la situation qui s'enlise, c'est devenu la grande affaire de tout le monde de venir aux nouvelles, tâter le terrain, de se tâter les uns les autres, pour savoir ce qu'il se dit et faire entendre sa voix, l'accorder au diapason de la rumeur. Elle les fait tous sortir de leur terrier. Il y en a qui viennent en tracteur. *Ils parcourraient des kilomètres sur les genoux pour savoir ce qu'on raconte, à un moment où justement, ce qu'on raconte n'a jamais été aussi suspect.* Adèle dit que les gens sont comme des enfants, des enfants qui auraient besoin qu'on leur dise de quoi l'avenir est fait et ce qu'il faut penser. *C'est même précisément ce qui nous a menés là, à ce bordel.* Janvier est content de pouvoir abonder dans son sens.

— En ce qui me concerne, je préfère rester terré.

— Oui mais toi, c'est ton attitude générale, dans la vie, non ? Ça n'a pas vraiment changé.

Elle prend soin de le malmener avec tendresse, elle se l'attache. Il baisse la tête quand elle rit de lui, ça lui fait du bien de voir les grands yeux verts, les grandes feuilles de chêne, briller de joie devant les petites méchancetés qu'elle lui envoie.

Parfois, il essaie de la faire parler d'avant. Maintenant qu'il sait le plus gros de son secret et qu'elle connaît les siens, il pense avoir brisé les digues. Mais elle reste évasive et toujours sur un terrain politique. Janvier reconnaît en filigrane un vocabulaire qui n'est pas le sien, une attitude, même, qui n'est pas la sienne. Balancer des certitudes, des chiffres. C'est la marque de Niels, sans doute.

— Les frappes de Bordeaux, je crois, c'est là où j'ai commencé à me dire que ça allait trop loin. Et encore, pour être honnête, c'est surtout les jours d'après, quand les gens ont commencé à tous se tourner vers les gars de la France Éternelle, là, je me suis dit qu'on faisait fausse route.

Janvier aimerait entendre des mots qui ne viennent pas. *On a eu une discussion violente avec Niels. J'ai dit que je n'étais pas d'accord. Je suis partie.* Elle s'arrête là, simplement. Elle tourne son visage transparent vers la fenêtre. Il se penche pour lui prendre la main. Il lui semble que c'est ce qu'il devrait faire. Elle ne retire pas sa main ; mais il peut sentir la gêne, le corps entier qui se ferme et résiste à travers la petite paume dure et froide.

Un jour, on aperçoit la silhouette d'André Clavel qui descend sur la route. C'est la première fois que Janvier le voit à pied. Il a un bon pas, solide, qui ralentit un peu en arrivant. Janvier vient à sa rencontre, pour l'encourager. Clavel manque de carburant pour son tracteur, il se demande si à tout hasard… Non, évidemment. Il s'en doutait. Ce n'est pas grave. Il ne demande rien d'autre, et s'en va bien vite. Il revient le lendemain, avec l'œil qui frise et la moustache en l'air. Contre sa poitrine, comme on le ferait avec un bébé, il tient une bouteille qu'il pose solennellement devant Janvier sur la table de la terrasse.

— C'est cadeau, vous la partageriez bien avec moi ? Elle est où votre petite jeune dame, là ?

— Elle est souffrante.

— Rien de grave, j'espère ?

— Non, un peu de fatigue, simplement.

— Et le petit jeune homme ?

Janvier désigne l'arrière de la colline, au nord.

— Il est aux bêtes.

— Alors ce sera vous et moi.

Janvier sort des verres. André s'assoit avec un rictus gourmand et concentré. Il regarde la vue sur la vallée profonde. *Vous êtes bien, ici.* Le vent s'est levé, il fait monter le chant de la source. La route est déserte. Ils boivent en silence le premier verre. En bas, dans le cirque, une tache sombre progresse, suivie d'autres, plus petites.

— Si j'avais mon fusil…, dit André.

Janvier lève un sourcil, il ne comprend pas.

— C'est une laie. Remarquez, elle a ses marcassins, avant je ne l'aurais pas tuée, mais par les temps qui courent, si ce n'est pas moi, ce sera quelqu'un d'autre.

— Mais vous avez encore votre arme, vous ?

— J'espère bien ! Non mais. Entre la chasse et les types qui rôdent… Vous croyez qu'ils n'ont que ça à faire, les gugusses de Murat, de me prendre mon fusil ?

La moustache est fière, hardie. Avant midi, ils ont terminé la bouteille.

André repart le pas droit, volontaire, sur la route qui mène au hameau désert. Janvier le regarde monter entre les frênes, puis il rentre dans la maison silencieuse et s'endort sur le canapé du salon, avachi, la tête sur un coussin, la bouche ouverte. Au réveil, il a mal à la tête et ses joues sont humides. De larmes ou de salive, il ne sait pas.

Janvier apprend qu'à Murat, la municipalité met à la disposition des gens des groupes électrogènes pour recharger des batteries, des téléphones, des ordinateurs. L'attente est longue, on est limité, mais enfin, ça existe. *Mais les réseaux fonctionnent ? Les réseaux, non. Il n'y a que celui de l'armée. Mais c'est déjà pas mal. Ça donne de l'espoir.* On a des nouvelles de Paris. C'est une ville occupée. Janvier s'étonne du terme qui circule de hameau en hameau et qui, en toute logique, ne vient pas de l'armée. Comment sait-on tout ça ? Est-ce que quelqu'un n'en viendrait pas, de Paris ? *Non, on ne peut pas circuler.* On n'a pas le droit, pour le moment, de sortir de Paris. Et puis, comment ? Bientôt, les Parisiens pourront faire des demandes d'autorisation pour prendre le train ; il faudra avoir un point de chute, il faudra qu'une personne certifie être en mesure d'accueillir le voyageur. On ne sait pas si la procédure sera rapide. On croit que toutes les grandes villes sont concernées. Enfin, pas Toulouse, par exemple, puisqu'on a justement deux cousins qui en viennent.

On a conscience de vivre dans un endroit protégé. Les pires histoires circulent sur l'ailleurs. Des bandes armées qui pillent des villages, les exactions de l'armée. Il paraît que dans certaines grandes villes, le MCPP est devenu le symbole de la résistance, contre l'armée, contre Jarnac, et qu'ils recrutent large. La tache des attentats du printemps est presque un mauvais souvenir.

C'est au moins l'avantage qu'Adèle soit au lit : si elle était debout, elle dépenserait son quota d'essence chaque semaine sans compter. Depuis qu'elle est alitée, Janvier est allé deux fois à Murat pour prendre sa part de carburant et accumuler un peu de réserves. Il a mesuré les changements depuis sa dernière visite. La ville est saturée de militaires. Comme à La Rochelle, ils n'ont pas forcément l'air en exercice. Ils sont là, c'est tout, dans la rue, dans les cafés, à la mairie, sur les parkings, à l'entrée des boutiques, bien qu'elles soient presque toutes fermées. Ils sont jeunes, ils sont vieux, ils sont tout le monde ;

ils ont des mines importantes. Janvier va se déclarer à la mairie. Il s'étonne de ne rencontrer aucune difficulté : il signale son retour à Entremont auprès de sa compagne, le vol de ses papiers, quelques semaines plus tôt. Il sera désormais Janvier Demazières. Le soldat en face de lui ne lui pose pas de question. C'est Janvier qui en pose, avidement. Est-ce qu'il reste des médecins qui consultent ? Des gynécologues ? Il apprend qu'ils se sont tous regroupés à l'hôpital pour bénéficier de l'électricité qu'on arrive encore à acheminer. Tout passe par l'hôpital, même les médicaments en vente libre. Les banques ? Ça tourne, mais au ralenti. Les gens n'ont plus confiance. Ils retiraient tout ce qu'ils peuvent, alors on a fait des quotas, aussi. Mais de toute façon, les magasins n'acceptent plus le liquide. Ils prennent surtout les tickets de rationnement, directement, qu'ils échangent contre d'autres choses.

Le soldat lui demande quels sont les produits en nature dont il bénéficie déjà. Janvier veut bien faire, il ne dissimule rien, autant par honnêteté que par prudence. L'homme lui annonce qu'il y aura des contrôles. Alors Janvier aligne ses richesses : des œufs, du lait, du beurre, du fromage, du blé d'ici un an, si tout va bien. Il parle du jardin potager, il n'a pas le choix, puisqu'il a installé un panneau, en bas de la route : *Tomates, courgettes, pommes de terre*, qui fait monter les gens qui passent. Il parle même de la menthe et des noisetiers. Il ment sur les quantités, invérifiables, parce qu'il ne sait pas combien de temps Ismet, Helena et Luane vont rester.

À l'hôpital, il se présente au premier guichet. On lui demande de remplir son nom, sur une feuille blanche, et le motif de sa venue. On tamponne la feuille, on lui donne un numéro. Il s'assoit dans la salle d'attente noire de monde, qui sent la sueur et la maladie. À côté de lui, une femme tient un bébé endormi et regarde devant elle sans bouger.

— Excusez-moi…

La femme relève la tête, lentement, comme d'un puits. Ses yeux sont bleus et profonds, avides de parler.

— Vous savez comment ça se passe, si on vient pour quelqu'un d'autre ? demande Janvier.

— C'est-à-dire ?

— Ma femme est enceinte, je voudrais parler à un médecin. Mais elle est restée à la maison.

La femme agite un peu le bébé dans ses bras et s'anime :

— Je doute que cela donne quelque chose. J'ai déjà du mal à voir quelqu'un alors que ma fille a de la fièvre depuis trois jours. Ça fait deux fois que je reviens, pour du paracétamol, ils ne veulent rien entendre.

Elle désigne du menton une porte fermée devant eux :

— Ils sont raides… Je suis sûre qu'ils en ont. Je ne sais pas pour qui ils le gardent. Elle ne va pas bien, votre femme ?

— Je ne sais pas. Non, pas très bien. C'est dur de savoir.

— C'est votre premier ? Elle en est à combien de mois ?

— Oui. Six mois.

— C'est pas bon, ça. Normalement, à six mois, tout va bien.

La femme a dit ça comme ça, machinalement, et maintenant elle regrette, devant la mine déconfite de Janvier :

— Pardon, je ferais mieux de me taire ! Je n'en sais rien, absolument rien, j'ai dit ça comme ça.

Et elle ajoute dans un petit rire :

— Je suis monitrice d'auto-école, hein.

Janvier sourit. La femme est sympathique, avec ses phrases abruptes et son accent traînant. Ils discutent. Elle s'appelle Johanna. Elle habite Murat, elle y est née. Son mari aussi. Ils travaillent tous les deux à l'auto-école.

— Autant vous dire qu'en ce moment... On ne travaille plus beaucoup.

Tout la fait sourire, cette femme.

Les gens défilent, pas très rapidement. Surtout des personnes âgées. La salle d'attente ne désemplit pas. À part quelques enfants, qui parlent à voix haute à leurs parents, l'atmosphère est plutôt silencieuse. On se jauge, on évalue ses chances d'obtenir ce qu'on veut, et celles du voisin. Seules les voix de Janvier et de sa voisine résonnent dans la salle blanche. Et encore, ils prennent soin de ne pas être entendus. Non qu'ils disent des choses extraordinaires, mais c'est désagréable, tout de même, d'avoir un auditoire. Parfois, elle salue de loin une tête connue, parfois même on s'approche d'elle pour lui dire quelques mots, prendre des nouvelles. Elle présente Janvier. *Il habite la grande maison qu'on voit depuis la route, vous voyez ? Près du col d'Entremont. C'était pas une vieille dame, qui était là ?*

Je la croyais vide, cette maison. Ah mais vous êtes le voisin d'André, alors ? On ne le voit plus !

Et puis à un moment, Johanna se déconcentre. Elle est inquiète pour son bébé, peut-être. Elle suit une idée. Elle se lance :

— Vous savez... À la maison, j'ai des antispasmodiques. Ça pourra peut-être lui être utile, à votre femme. Et je ne vais pas en utiliser de sitôt.

Janvier est éperdu de reconnaissance. Elle se tasse sur sa chaise, elle fixe son bébé qui n'a pas bougé.

— Seulement, pardon, mais je ne le donnerai pas comme ça. Les temps sont durs pour tout le monde. Si vous avez du paracétamol...

Une voix s'élève derrière eux :

— Ça ne vaut pas, ne vous laissez pas faire.

Une femme se lève. Elle a les cheveux bouclés, hirsutes, quelque chose d'exalté dans les traits du visage. Ce sont peut-être les sourcils fins, en accent circonflexe, qui lui donnent l'air furieux.

— Je l'entends venir, depuis tout à l'heure, celle-là. Ne lui donnez pas du paracétamol pour un truc pareil. Ça sert à rien, les antispasmodiques. Elle le sait très bien. Et en plus elle n'en a pas besoin.

Johanna se redresse sur sa chaise, hausse le ton sans lever la voix car elle protège le sommeil de son enfant, qu'elle serre nerveusement contre elle :

— Non mais de quoi je me mêle ?

Elle se lève et va droit sur la femme en contournant une rangée de chaises. Toute la salle suit l'altercation. Janvier a envie de partir, mais il pense à Adèle, à la tache de sang. Les deux femmes se disputent à voix basse, Johanna tient toujours son bébé serré contre elle. Les corps se rapprochent.

Soudain, une porte s'ouvre sur un homme en blouse blanche :

— Johanna Meyniel, numéro 32.

Johanna lâche sa dispute et s'engouffre derrière l'homme, sans oublier de faire un petit signe à Janvier. Il se rassoit. L'autre femme vient s'asseoir à côté de lui. Les regards sont encore braqués sur eux, elle se penche contre lui pour se présenter, tout près :

— Je m'appelle Irène.

Elle lui tend une main caressante, qui s'attarde.

— Janvier.

Elle est si proche qu'il sent son haleine légèrement chargée de tabac. C'est une femme entre deux âges, plutôt jolie. Elle pourrait être assez séduisante, même, si elle n'avait pas l'air d'y mettre tant de cœur, dans son décolleté, son short qui dévoile le haut de ses cuisses encore galbées. Cela fait longtemps que Janvier ne s'est pas retrouvé en face d'une femme apprêtée. À La Rochelle, sur la route, à Entremont, son œil s'est habitué à voir des femmes habillées comme lui, en survêtement, en tee-shirt. C'est un monde où il faut tenir fermement sur ses deux jambes et se servir de ses deux bras. L'heure n'est plus à la bagatelle. Et en voilà soudain une qui n'a pas renoncé, qui a des fesses, des seins, des jambes, comme une créature attirante mais étrange, drôle de bête curieuse. Elle porte des espadrilles compensées, très hautes, qui seulement quelques mois plus tôt auraient semblé à Janvier la chose la plus naturelle du monde et qui donnent maintenant à cette femme, au milieu des patients qui attendent avec leur mine lasse et fatiguée et leurs vêtements douteux, un drôle d'air artificiel de carnaval triste.

Ses yeux, surtout, ont l'air un peu faux. Mais on peut se tromper. Simplement, Janvier a l'habitude de se méfier des gens qui clament leur probité. Il n'est pas en reste avec Irène :

— Ne vous faites pas avoir par n'importe qui. Les gens deviennent fous, ils seraient prêts à tout. Comme je dis, c'est dans les épreuves qu'on voit si les gens sont honnêtes.

Janvier sourit sans répondre, d'un sourire qu'il essaie de garder poli mais qu'il charge de distance.

— Alors, comme ça, votre femme est enceinte ? Je n'ai pas pu m'empêcher d'écouter.

— Oui.

La femme se rapproche davantage. Au bord de ses sourcils, du fond de teint mal étalé laisse des marques brunes.

— Garçon ou fille ?

— On ne sait pas.

— Ah oui, forcément. Ils font moins d'échographies. À moins que vous ne vouliez pas savoir ? On préfère parfois garder la surprise. C'est votre premier ?

— Oui.

— Ça ne doit pas être facile d'attendre un enfant en ce moment. Je vous plains. Elle doit accoucher à Aurillac ?

Janvier sent son cœur palpiter. Il y a des choses qui ne deviennent réelles que lorsqu'on en parle :

— Oui. Sans doute.

— Il faut vous dépêcher. Aurillac est très demandé parce que l'hôpital de Saint-Flour a très mauvaise réputation. C'est devenu de pire en pire.

Elle baisse un peu la voix :

— Avec tous ces étrangers, on a de moins en moins de place à Aurillac. Il paraît qu'ils sont prioritaires. Enfin, jusqu'à il n'y a pas si longtemps ils l'étaient. Avant Jarnac, c'était quand même : les étrangers d'abord. J'ai une amie qui a essayé pour ses trois grossesses et à chaque fois on l'a renvoyée sur Saint-Flour. Trop de monde sur Aurillac. Comme ils prenaient tous les gens du camp, vous savez… Forcément, elles étaient bien tranquilles, ces femmes. Il paraît qu'il y en a même qui venaient là exprès. On a vraiment vécu un monde, tout de même… On marchait sur la tête.

Janvier l'écoute à peine, perdu dans sa consternation : Adèle va accoucher. Il acquiesce machinalement. *Oui, oui.* Il ne veut pas contrarier, il fait comme d'habitude. *Tout à fait.* Irène prend ça pour un encouragement :

— Évidemment, pour l'instant ça ne va pas fort, mais au moins tout ça va changer, maintenant, n'est-ce pas ? Il n'a vraiment pas de chance, ce nouveau gouvernement, avec tout ce qui lui tombe dessus. Heureusement que c'est eux qu'on a aux commandes. On voit qu'ils savent ce qu'ils font. Quand on pense au chaos que ça aurait pu être… Pour votre accouchement, il faut que vous en parliez à la mairie. Je pense que les militaires feront en sorte de vous trouver une place.

Elle pose une main sur le genou de Janvier :

— Je peux vous aider, moi aussi, si vous voulez. Vous pouvez passer me voir, je...

La porte s'ouvre de nouveau et c'est lui qu'on appelle. Il se précipite, saluant Irène de la main.

Il explique son cas au médecin qui le reçoit. Sa femme enceinte a perdu du sang. *Beaucoup ? Est-ce qu'elle continue à saigner ? Est-ce qu'elle a de la fièvre, en continu ou par intermittence ?* Janvier est désarmé. Il ne sait pas. *Est-ce qu'elle est immunisée contre la toxoplasmose ? Est-ce qu'elle a perdu du sang, simplement, ou autre chose ? Est-ce qu'elle a des douleurs ?* Janvier ne sait rien. Le médecin, un petit homme à l'air las, se frotte l'arête du nez en fermant les yeux :

— Écoutez, le mieux, ce serait tout de même que je voie votre femme directement. Vous savez, je ne veux pas être brutal, mais il est fort probable qu'elle ait perdu son bébé et qu'elle ne l'ait pas expulsé. Et maintenant, c'est elle qui se trouve en danger. Ce n'est pas un trajet en voiture qui va changer les choses. Amenez-la-moi, rapidement.

— Je me suis dit que peut-être, il pourrait y avoir un médicament...

Le médecin le regarde, atterré d'avoir été si peu compris :

— Revenez avec votre femme. Et ne tardez pas.

— Vous avez encore une échographie ?

— Quand l'appareil marche, oui. Ça dépend. Mais je peux l'ausculter, déjà.

Janvier est immobile. Le médecin se lève, pour l'engager à partir. Le rendez-vous est terminé. Devant la mine abattue de Janvier, le médecin pose la main sur son épaule :

— C'était votre premier ? Évidemment, ça n'est pas gai qu'une grossesse s'arrête, mais avouez qu'un bébé, par les temps qui courent…

Dans la salle d'attente, Irène est toujours là. Elle lui fait un signe de la main, un sourire interrogateur. *Alors ?* Il n'a pas envie. Il fait celui qui n'a pas vu et sort de l'hôpital.

Sur les marches, devant le parking, il reconnaît Johanna, qui installe sa fille dans une poussette. Elle ne cache pas ses intentions, la voix et le regard francs :

— Je vous attendais.

Ses yeux brillent d'une joie sans mélange. Elle désigne sa fille du menton :

— Apparemment c'est une roséole. C'est complètement bénin. Pas de traitement nécessaire, il faut attendre. Je suis tellement soulagée.

Soudain elle se souvient des malheurs de Janvier, elle essaie de prendre un air préoccupé, elle l'affecte de manière assez convaincante, on voit qu'elle se force, mais qu'importe, sa sollicitude est gentille, simplement :

— Et vous ? Il a dit quoi, pour votre femme ?

Janvier lui explique. Johanna a de la peine pour lui. Elle ne croit plus au bébé non plus, il peut le lire dans son regard. Elle lui attrape le bras. C'est un drôle de contact, chaud et doux, loin de la froideur d'Adèle ; loin des langueurs d'Helena :

— Vous savez, ma proposition tient toujours. J'ai des antispasmodiques, je peux vous les donner.

Il s'apprête à répondre, elle le coupe :

— Contre rien. Tout à l'heure, j'ai essayé de marchander parce que j'en avais besoin. Mais je suis tellement contente, j'aimerais en faire profiter quelqu'un. Allez, ne discutez pas, venez.

Elle l'entraîne en lui tenant le bras, qu'elle finit par lâcher pour conduire sa poussette. Elle insiste, elle n'habite pas loin, à la sortie de Murat, sur les hauteurs. Elle parle à sa fille, qui s'est réveillée et geint faiblement, lui promet un biberon, à la maison. On croise des militaires, qui patrouillent, la mitraillette au repos ; la mitraillette tout de même. À un carrefour, elle en salue un, tout en jeunesse et en muscles, qui lui répond familièrement en l'appelant par son prénom. Johanna est rouge de plaisir. Elle précise :

— C'est un de mes anciens élèves. Il a eu son permis il y a un an.

— Il est dans l'armée ? Ici ? Je pensais qu'on envoyait les militaires ailleurs.

— Ils ont formé des milices locales. Enfin, c'est sous contrôle militaire, quand même. Les soldats viennent d'ailleurs. Mais ils recrutent local, disons, une fois qu'ils sont installés. Pour les jeunes qui sont au chômage, ça leur fait du boulot. Ils ne manquent pas de monde.

Elle s'essouffle en montant les rues escarpées. Elle parle pourtant sans arrêt :

— Vous savez, la femme qu'on a vue dans la salle d'attente, je la connais très bien. Elle tient un magasin de prêt-à-porter sur la place de la mairie. Elle a des passe-droits partout, parce qu'elle s'est mise bien avec un militaire haut placé. Je ne devrais pas dire ça, mais vous avez vu comme elle m'a parlé ? Ça me tue. Elle vit avec son fils, je pense qu'ils doivent bouffer comme quatre, en ce moment. Tenez, on arrive.

Johanna habite un petit pavillon blanc, avec beaucoup de fenêtres. De son jardin, on voit une statue de la Vierge qui surplombe la ville.

Le mari de Johanna lui ressemble tant qu'on pourrait les prendre pour des frère et sœur : le même teint de bonne santé, les mêmes cheveux châtains, le même accent traînant et convivial. Il se jette sur sa fille, prend des nouvelles en la couvrant de baisers, et le soulagement de Johanna lui passe à son tour au visage : sa fille ne risque rien. Il en danserait. Janvier, gagné par la joie de la scène, souffre de ne pas en être. Leur bonheur simple est douloureux pour celui qui n'a de foyer qu'une maison perdue, de compagne qu'une veuve mutique et malade, de compagnons que des inconnus qui lui volent son pain. Il voudrait partir mais Cédric, le mari de Johanna, lui propose un verre, avec la même insistance aimable que sa femme. Janvier finit par accepter. On s'installe sur la terrasse, au soleil. L'air est doux ; Janvier qui travaille sans arrêt, goûte l'immobilité, la vacuité, le goût de la bière.

Johanna va dans la maison avec sa fille. Elle revient avec une boîte de médicaments qu'elle pose devant Janvier sans rien dire. Janvier lui sourit silencieusement, puis :

— Merci pour la bière. Ça faisait longtemps. C'est précieux. Je ne savais pas qu'on pouvait encore s'en procurer. Encore moins en offrir à des inconnus.

— Il m'en reste pas mal, allez ! C'est un vieux copain du lycée qui la brasse, dans le Puy-de-Dôme, et il m'en a apporté des caisses et des caisses avant la coupure.

Janvier note que l'homme dit « la coupure », sans préciser, comme on disait « la montée », à La Rochelle. Ce n'est pas très bon signe.

— Vous croyez que ça va se rétablir ? demande Janvier.

— Le courant ?

— Oui.

— Mais vous faites partie des gens qui croient à ça, alors ?

— À quoi ?

— À la coupure spontanée.

Janvier ne comprend pas. Cédric lui explique. Selon lui, c'est le gouvernement qui ne veut pas rétablir le courant. Après tout, l'armée a toujours des générateurs, du réseau, de tout. *C'est une façon de prendre le contrôle, allez. Il faut voir comment ils se comportent.* Cédric baisse la voix, bien que tout le voisinage soit tranquille et silencieux. *Ils se gavent. Ils sont tranquilles. État d'urgence généralisée, état de siège… allez. C'est tout ce qu'ils ont trouvé.*

Cédric a entendu dire que le MCPP continuait ses frappes. Seulement désormais, elles sont plus localisées, elles ne ciblent plus que les lieux de pouvoir. *Est-ce qu'on peut encore appeler ça du terrorisme ?* Cédric, devant le silence de Janvier, rétropédale, bafouille, s'en veut d'être allé si loin :

— Je dis ça comme ça, hein, je pose la question. Mais enfin, ils ne frappent plus les gens au hasard, c'est ça que je veux dire.

— Vous avez des nouvelles ?

— Pas beaucoup. Mais enfin ça parle.

Décidément, Cédric est gêné de sa propre audace. Sa femme lui lance des regards encourageants, mais il n'ose plus rien dire. Johanna prend le relais, timidement. Janvier sent dans son regard la confiance qu'il inspire, cette force qu'il a en lui. Elle dit comme une excuse ce qui pourrait les accabler davantage :

— Vous savez, on n'a pas vraiment de sympathie pour le gouvernement actuel…

— Moi non plus, dit Janvier sombrement.

Il n'aurait pas parié qu'il aurait envie de parler de tout cela avec des inconnus. Le portail claque, un adolescent souriant, torse nu, ballon de basket sous le coude, salue tout le monde d'un signe de tête. Sans surprise, le fils a la mine avenante de ses parents. Depuis que les lycées ont fermé, il passe son temps dehors, avec les copains, à faire du sport. *Depuis qu'il n'a plus de portable, surtout*, ajoute la mère en faisant un clin d'œil. Les écoles doivent rouvrir prochainement, on attend des nouvelles de la mairie. Mais sans ramassage scolaire, on ne sait plus comment s'organiser. Il faut envisager la pension et Johanna n'est pas prête. Sans téléphone, par les temps qui courent, se séparer d'un enfant, c'est l'abandonner au sort.

On se quitte comme de vieux amis. *Il se fait tard*, dit Janvier. C'est faux, mais il est pressé de retrouver Adèle. Il promet de repasser à sa prochaine visite à Murat. On s'embrasse familièrement et il reprend le chemin en sens inverse, dévalant les rues jusqu'à l'hôpital.

Sans la présence conviviale de Johanna, sans le sésame que représentait sa compagnie, le trajet a perdu de son charme. Les militaires ne saluent plus, ils avancent le front haut et droit. Le petit jeune homme qui avait salué Johanna fume une cigarette en se donnant des airs de dur, la main sur sa mitraillette. Les passants dévisagent Janvier avec une curiosité méfiante.

Dans la camionnette, il met machinalement la radio. Il n'y en a plus beaucoup qui émettent. Seule Radio France diffuse de la musique. L'appréhension monte à la gorge de Janvier, au fur et à mesure du chemin, lorsqu'il remonte la route qui mène à Entremont. Il lui semble que dès qu'il quitte la maison, il doit affronter une nouvelle catastrophe. Mais quand il se retrouve à portée de vue, c'est pour distinguer la longue silhouette d'Ismet, sur la terrasse, qui porte un cageot d'orties jusqu'à l'entrée de la maison. Luane le suit en poussant une brouette. La scène a quelque chose d'idyllique. Elle le serait davantage si on savait de quoi demain sera fait.

Le bruit de la portière qui claque a dû alerter Adèle. Miracle : elle paraît à la fenêtre. Un sourire illumine son visage, pas seulement son visage : tout son corps et l'air autour d'elle, et le cœur de Janvier. Elle crie quelque chose, rapidement. Il ne comprend pas. Elle répète plus lentement :

— Il a bougé !

Janvier met quelques secondes à comprendre. Le bébé est vivant. Tandis qu'il gravit quatre à quatre l'escalier, la joie s'étoffe d'une satisfaction plus personnelle : elle ne savait pas, les jours précédents. Elle ne cachait rien à Janvier, elle ne savait pas, c'est tout. Elle l'attend en haut des marches, elle lui saute au cou. Il sent les épaules frêles, les bras maigres, comme un bien familier qui lui avait manqué. *On arrive encore à être heureux, parfois.* Elle se recule pour lui sourire. De l'extérieur, on pourrait penser qu'il est le père.

Le premier agneau naît dans la journée. Janvier ne s'en rend pas compte immédiatement. C'est en allant chercher les bêtes, à la tombée du jour, qu'il remarque une brebis tachée de sang. Elle suit le troupeau en bêlant. Les brebis ont l'habitude de s'éloigner du troupeau pour mettre bas. Elles s'arrêtent, simplement, pour s'isoler et s'occuper de leur petit. Mais parfois, elles ne supportent pas la solitude ; c'est rare, mais il arrive que certaines abandonnent leur progéniture à peine née pour suivre le mouvement implacable du groupe. Janvier le sait, c'est le rôle du berger de rectifier les manquements à la nécessité naturelle. Il faut surveiller, corriger, accompagner, et cela donne parfois des bouffées d'orgueil et de pouvoir.

Janvier lève la tête. Sur les plateaux, plus haut, un groupe de milans tourne au-dessus d'un bosquet. Quand il l'atteint, la bête, à peine sortie du ventre de sa mère, est déjà morte. Les corbeaux avant les milans lui ont crevé les yeux et lui mangent le ventre. Janvier les chasse du pied. Peut-être après tout que ce petit est mort d'autre chose. Comment savoir. Janvier inspecte la chair déchiquetée. On peut sauver la peau.

Dans la cuisine, tout le monde en cercle a les yeux braqués sur les mains de Janvier. Helena a un haut-le-cœur quand il dissocie le foie, le cœur, tous les organes vitaux, et qu'il racle la peau pour la séparer du reste. Luane a des yeux comme des billes, au ras de la table. Adèle ironise. *Ça ne sert à rien, ce que tu fais. Tu n'as pas besoin de cette peau, c'est complètement con. C'est parce que ça t'amuse. Tu joues à en avoir besoin, c'est tout.* Le sang exerce tout de même sur elle son effet hypnotique, elle grimace quand les tendons résistent.

Janvier éprouve le goût de son échec, du soin qu'il a mis dans son travail, dans l'attention qu'il a donnée à la bête. Et la bête est morte tout de même. Il veut sauver ce qui peut encore l'être. Adèle doit le comprendre, le lire dans son rictus, dans sa bouche tordue, dans ses sourcils froncés, car elle ajoute au bout d'un moment :

— C'est pas grave, Janvier. Il va y en avoir d'autres. C'est normal de devoir se roder un peu.

Le médecin trouve qu'Adèle a l'air d'aller bien. Il ne peut pas lui faire d'échographie.

— Mais le stéthoscope suffit pour entendre le cœur. C'est le plus important.

L'homme est heureux d'avoir ce type de consultations. *Les grossesses ne courent pas les rues, ces temps-ci.* Il prend son temps.

— J'en entends deux, annonce-t-il rayonnant.

Adèle et Janvier échangent un regard consterné. Le docteur reste perplexe, avant de comprendre la méprise :

— Je parle du vôtre, bien sûr, madame ! Et de celui du bébé. Pas de jumeaux en vue, rassurez-vous.

Adèle éclate d'un rire nerveux, les larmes lui viennent. Janvier lui tient la main, il fait le mari.

En sortant de l'hôpital, Janvier décide de faire un détour par chez Johanna et Cédric. Il veut prendre des nouvelles, dit-il. Il a envie de faire goûter à Adèle la sérénité de leur foyer. Il emprunte le chemin qui monte, comme la dernière fois. Les militaires sont toujours aussi nombreux, jeunes, vieux, c'est une drôle d'impression, cette société parallèle. Janvier la sent comme une menace sourde et grouillante. Mais la présence d'Adèle à ses côtés, si maigre et si ronde, adoucit les regards que l'on pose sur lui. Sa double fragilité désarme, comme le faisait la convivialité de Johanna, quelques jours plus tôt. *Les femmes, décidément, arrondissent les angles.*

Les nuages sont bas et raclent les toits. Le vent souffle, leur fait courber le front. C'est devenu un travail de fin connaisseur de distinguer un passage de saison. Mais

Janvier peut encore s'enorgueillir de cela. L'automne s'annonce, raide, hérissé.

Janvier appelle depuis la rue. Johanna passe une tête inquiète par une fenêtre, à l'étage. Son regard se réchauffe quand elle reconnaît Janvier.

— J'arrive, attends, je viens t'ouvrir.

Elle les fait entrer dans la maison, à grand renfort de compliments sur le ventre d'Adèle, de questions sur sa santé, de conjectures sur le sexe du bébé. Adèle répond un peu d'abord, puis elle se laisse faire et bientôt elle lui en dit davantage que Janvier n'a pu lui en soutirer en plusieurs mois de cohabitation.

— Cédric n'est pas là ?

Le front de Johanna se barre d'un seul coup :

— Non.

Elle hésite à peine pour continuer :

— Il est à la mairie. Il a été convoqué. Les militaires sont débordés. Ils ont instauré un couvre-feu en ville. Je pense qu'ils font de l'intimidation, c'est tout. Pour qu'il n'y ait pas de voix qui s'élèvent, tu vois. Alors ils convoquent, ils posent des questions. Rien de grave. Mais pour Cédric, ça fait deux fois. À chaque fois, il doit attendre des heures, rendre des comptes. De quoi devenir fou. Je vous offre un verre ? Enfin, pas pour toi, évidemment, je n'ai même pas un jus de fruits à t'offrir, de l'eau peut-être.

Ça y est, c'est le dégel de nouveau et les deux femmes échangent sur la maternité. Johanna donne des conseils, raconte ses grossesses comme des souvenirs de guerre.

— Et ton fils ?

— Il s'est enfermé dans sa chambre. Il est furieux parce que j'ai décidé de ne pas le mettre en pension. Il doit changer de lycée.

Une camionnette roule sur le chemin. Les gestes se figent, les yeux se braquent. Helena et Ismet montent à l'étage. Luane est introuvable. Elle a la consigne de ne pas parler quand quelqu'un vient.

On frappe à la porte, un homme ouvre sans attendre la réponse. Janvier fait celui qui ne l'avait pas vu venir. L'air surpris, il lève les yeux du livre qu'il vient de saisir précipitamment. L'homme est massif, gras et transpirant. *M'sieurs dames.* On sent quelque chose d'officiel dans son entrée. Pourtant, c'est un civil. Il brandit une feuille devant lui, avec un badge.

— C'est l'EDF, monsieur.

Adèle surgit de la cuisine, un économe à la main. Elle n'en revient pas :

— Vous venez réparer ?

L'homme adipeux sourit, sûr de son effet :

— Ah non, ça, c'est pas moi. Moi je viens juste vous expliquer la procédure pour la remise en marche.

— Mais on va vraiment avoir de l'électricité ?

— Hé oui, répond l'homme du même ton que s'il l'avait inventée lui-même.

Janvier et Adèle ont le tournis, de toutes les promesses oubliées qui leur reviennent d'un seul coup dans le regard satisfait de l'homme qui se tient dans l'embrasure de la porte.

On lui propose un verre, qu'il accepte un peu trop vite. Son teint rosé indique que ce n'est pas la première fois. Il explique. Lui, il vient uniquement régler les compteurs *a minima*. Janvier ne comprend pas, lui fait répéter : il n'y aura qu'un retour partiel pour le moment car certaines centrales sont endommagées par les ouragans et la sécheresse. L'homme sous-entend que la plupart ont été arrêtées préventivement pour éviter les accidents. Et puis aussi que ça arrange bien l'État que les gens n'aient plus d'électricité, ça empêche qu'on puisse faire péter des cinémas avec une simple connexion internet. Alors on rétablit seulement le minimum, pour limiter les problèmes. L'homme insinue de plus en plus de choses et sa raideur de fonctionnaire se dissout dans l'alcool, au rythme des verres qu'il empoigne et vide d'un trait. Adèle fait les gros yeux à Janvier, qui prend des airs de fin limier à qui on ne la fait pas. Il relance l'homme sur les décisions du gouvernement, sur l'armée qui a encore son réseau propre.

— Mais heureusement, monsieur, que l'armée a encore des moyens. Vous n'avez pas idée de ce que ça a été, vous, ajoute l'homme en regardant autour de lui, sévère et sentencieux. Si vous aviez vu Clermont. Il y a tout un quartier, c'était comme la guerre. Tout était tombé et on a ramassé des gens dans les décombres pendant des jours et des jours. Et pas en bon état. Des morceaux de gosses, parfois, juste une tête, écrabouillée, voilà.

Adèle se tient devant la table, immobile, horrifiée. L'homme a conscience de l'effet de ses paroles. Alors il en rajoute, il ne s'arrête pas, il est lancé. *Elle va voir, la p'tite dame.*

— Ça a pété, après. La ville, ça rend fou. Quand il n'y a eu plus rien à manger ni à boire. Alors sans l'armée…

L'homme fixe son verre. Il en reprendrait bien un petit peu. Janvier le sert largement et l'homme cligne des yeux en signe de reconnaissance muette. Il boit vite, son corps massif absorbe comme une éponge tout ce que Janvier lui verse.

L'homme s'écarte de la table et fait mine de se lever, vacille légèrement, se rassoit. Il est rubicond. Adèle lève un œil amusé vers Janvier et les mains en signe de perplexité : *qu'est-ce qu'on va en faire ?* Janvier la rassure d'un geste. *Je m'en charge.*

— Je vous montre où est le compteur ?

Il y a un temps terriblement long où l'homme essaie de se mettre debout. C'est difficile mais il y met les mêmes efforts qu'une bête blessée, à bout, qui lutte pour sa survie.

Quand il quitte Entremont, Adèle craint que sa camionnette ne percute un arbre sur son chemin.

— Ne t'inquiète pas, lui répond Janvier. Ça fait longtemps que les arbres sont tombés au bord des routes.

On s'enfonce dans l'automne aussi sûrement que le ventre d'Adèle s'arrondit. *Ce sera un garçon*, dit le gynécologue. Il a pu faire une échographie. On renoue avec le monde d'avant, partiellement. Janvier parle de *mode dégradé.* Lorsqu'il emploie cette expression, Adèle se figure des couleurs qui s'estompent. Ce sont les mêmes gestes et ce ne sont plus tout à fait les mêmes. Les cinémas n'ont pas rouvert. Il n'y a plus d'éclairage public. Mais un soir, Adèle a voulu voir un film sur son ordinateur. Assis sur le lit d'Adèle, ils ont assisté au mirage de la vie d'avant, ils ont écouté les bruits d'avant. C'était une comédie et Adèle a pleuré. Il n'y a plus de tournages, pour le moment. Les gens continuent peut-être à écrire des livres. Il y aurait encore des gens pour les éditer, d'autres pour les lire. Mais plus personne pour les imprimer.

Quand le réseau internet a été rétabli pour la première fois, Adèle s'est précipitée sur le site du *Monde* comme on ouvrirait la fenêtre d'une pièce enfumée. Elle y a découvert un éditorial qui datait de quelques semaines, précisant qu'au vu des circonstances, la rédaction était fermée jusqu'à nouvel ordre. L'accès à YouTube est bloqué. Le site du gouvernement est une mine d'informations pratiques.

À Entremont, on privilégie l'éclairage ; la maison, la grange. Adèle recharge son téléphone de temps en temps, mais elle en a perdu l'usage. Le retour partiel de l'électricité a marqué celui des banques. Adèle est riche, de nouveau, bien qu'elle n'ait pas l'autorisation de tirer plus de 2 000 francs par semaine. Il y a encore des tickets de rationnement pour certaines denrées essentielles, mais d'autres sont en accès libres. La vie a repris doucement, c'est-à-dire : le commerce. Chacun mange à sa faim. Du moins ceux qui ont un toit et un état civil.

Johanna peste : avec les restrictions d'essence, on se sent comme une chèvre à son piquet. Mais le travail a repris pour elle, comme pour beaucoup. Son fils insiste pour la pension. Il pourrait avoir un téléphone ; ce n'est pas la même chose, c'est elle qui l'a dit.

Plusieurs agneaux sont nés ; la plupart ont survécu. Ils sont dans un enclos à part, avec les mères. Luane en est folle. Elle les caresse, fourre en grognant sa petite tête blonde dans la laine courte. Un jour, Janvier l'a retrouvée couchée avec eux. La petite fille parle de moins en moins. Peut-être parce que personne ne lui adresse beaucoup la parole. Même son regard, Janvier craint de le croiser. Il ne sait pas quoi faire d'elle, que souhaiter pour elle.

Janvier ne pense pas à ce que le monde pourrait devenir. Il est tout entier tendu vers la naissance du fils d'Adèle, réduit à ce point d'horizon qui lui tient lieu d'avenir. C'est rassurant d'avoir quelque chose à espérer et même à craindre. Son esprit vient y buter régulièrement comme sur les quatre murs d'une maison. Il faut que la naissance se passe bien, il faut qu'Adèle ait de quoi vivre. *Il faut, je dois, elle devrait, on va.*

Ce qu'il faut espérer pour Ismet et Helena, il ne le sait pas. Ils devront partir, sans doute, refaire leur vie ailleurs. Mais refaire sa vie, c'est avoir déjà quelque chose de solide sur lequel s'appuyer. Et même, ne pas pouvoir la refaire, ne pas y parvenir et vivre de nostalgie, c'est encore avoir un pays à habiter. Le destin de Luane, sans parent, sans éducation, sans identité, dans un système qui veut si peu d'elle, lui donne le vertige. On ne lui connaît pas de famille ; elle ne s'en connaît pas elle-même. Janvier pense aux histoires de son enfance, aux enfants de rois abandonnés, élevés par des bergers, qui reprennent leurs droits à la fin des contes de fées, aux filles de marchands perdues, élevées à l'autre bout de la Terre, qui retrouvent leur père à la fin des pièces de Molière. Dans un monde idéal, dans le monde dans lequel Janvier a grandi, en tout cas, on aurait scolarisé Luane ; à peine envisageable dans ce nouveau pays cerclé de frontières. Elle n'a pas de nom de famille, pas de date de naissance. Elle ne pèse en rien, ne compte pour rien, ne compte sur rien. Janvier la regarde dormir au milieu des agneaux. Si elle mourait, de n'importe quoi, il faudrait l'enterrer en cachette, comme les bêtes d'élevage qu'on ne veut pas déclarer.

Adèle reprend un peu de couleurs au fur et à mesure que les feuilles jaunissent, rougissent. Ses rondeurs, sa façon de s'essouffler quand elle monte l'escalier, cette manière qu'elle a de se baisser en se tenant les reins font sourire la maison, amusent tout le monde dans un grand consensus sans langage. C'est le ventre de la tendresse humaine. Riche de nouveau, elle a acheté des vêtements pour le bébé. Helena la couve de regards outrés, pleins d'émotion enflée, qui agacent Janvier. Tous ne voient que la rondeur et la joie. Janvier ne pense qu'à la suite : le danger de l'accouchement, l'enfant à venir, qu'il faudra nourrir, maintenir en vie. Il ne voit que les emmerdes.

À Entremont, Helena et Ismet se partagent tacitement le territoire. L'une est l'ombre d'Adèle à l'intérieur, l'autre de Janvier au-dehors. Ils sont leur prolongement, leur main-d'œuvre docile et silencieuse ; seule Luane navigue entre tous, mais toujours sans un mot. Leurs vies mêlées s'organisent : parfois, on croirait un foyer, se dit complaisamment Janvier quand il entend Helena aider Luane à s'habiller, quand il joue aux dés, le soir, avec Ismet. C'est pour cacher son malaise devant une autre vérité qu'il n'a pas envie de voir : ce n'est pas un foyer, c'est une société qui se crée, dans laquelle il tient le rôle usurpé d'aristocrate, de propriétaire, de maître. Helena et Ismet pensent être chez lui et personne ne les détrompe. Le sort – *est-ce vraiment le sort ?* – les a faits domestiques, serf et putain. Quand Helena jouit, le dos cambré, les mains à plat sur le mur qui les sépare de la chambre d'Adèle, Janvier entend dans son râle le prix qu'elle paie pour le gîte et le couvert. Il jouit toujours après elle, honteux, en s'étourdissant de coups de reins, pour ne pas avoir à y penser. Parfois, il fait semblant. Parfois aussi, il pense à Adèle. Parfois à Pauline, à d'autres femmes qu'il a connues. Mais les visages et les corps d'avant s'éloignent, il faut bien le reconnaître.

Il demande à Helena de se serrer contre lui, après, parce qu'il est gêné de la renvoyer d'où elle vient. Adèle pourrait mesurer le temps qui sépare les gémissements d'Helena du grincement de la porte. Si Helena s'endort, Janvier reste les yeux grands ouverts, dans l'obscurité, soulagé, repu et malheureux.

Ismet devance Janvier dans la plupart de ses gestes. Leur travail est dimensionné pour deux ; il pourrait l'abattre seul. Il déploie une sorte de grâce dans le labeur. S'il observe un geste une fois, il est capable de le reproduire à la perfection, de l'améliorer, souvent. Il plante des clôtures, des arbres, il fait naître les agneaux, place comme il faut l'élastique autour de la queue des petits pour qu'elle tombe.

Ismet a pu à son tour recharger son téléphone. À la différence d'Adèle, il l'utilise pour communiquer avec ses proches. On l'entend le soir appeler sa mère, des amis, sur la terrasse, devant le puits d'obscurité du cirque, dans le froid, dans les étoiles. C'est une drôle de musique, de l'entendre parler vite, d'une voix douce, avec une assurance qui lui manque en français. Parfois, on l'entend rire depuis la cuisine. Ça serre le cœur de Janvier comme lorsqu'on prononce pour la première fois le prénom d'un mort qu'on a aimé.

8

Entremont, hiver

Le vent se lève de nouveau au début de décembre, menaçant seulement les premiers jours, puis en rafales tourbillonnantes. On descend à la cave, un soir, comme le vacarme monte. Luane papillonne de l'un à l'autre, volubile sans parole, gaie pour une fois, heureuse que tous soient réunis. Les conditions de refuge sont meilleures au fur et à mesure des tempêtes. On prévoit à manger, de la lumière, des couvertures. Janvier a pris quelques livres. C'est Adèle qui les lit. Lui est trop inquiet, il tend l'oreille au moindre bruit, les fracas le font tressauter. Adèle surtout l'inquiète : molle comme un fruit trop mûr, enflée comme un membre malade, pâle, fatiguée, bien qu'elle dorme toute la journée. On approche de la naissance, on en parle de moins en moins mais on s'organise. Adèle doit accoucher à l'hôpital d'Aurillac, c'est presque à une heure de route, un vrai voyage, c'est de la folie. Mais Johanna dit que les médecins y sont bons. De toute façon, on n'a pas le choix.

Ismet et Helena se sont endormis peu après Luane. Adèle a éteint la lumière. Janvier ne peut pas fermer l'œil, le vent le maintient éveillé comme une voix qui le tourmenterait à l'oreille. Il discerne les formes qui se dessinent dans l'obscurité, sous les couvertures, essaie de deviner les souffles de sommeil sous le bruit du vent. Celui d'Helena est le plus lourd, le plus régulier. Il n'entend pas celui d'Adèle. Et puis lui-même s'assoupit.

Un cri le réveille, rauque et long, et il pense d'abord aux brebis. Mais c'est une seule voix, qui s'éteint aussitôt. Une brebis aurait lancé un concert chez ses congénères. Il cherche sa lampe de poche à tâtons. Ce sont les yeux d'Adèle qu'il voit en premier, écarquillés. Elle est sortie de son duvet, le ventre en l'air, les épaules et les talons posés sur le sol, qui soulèvent tout son corps arqué.

Il se précipite sur elle et sent le bras d'Ismet contre le sien. Lui aussi a compris. Janvier puise du réconfort dans le regard fiévreux du jeune homme, qui mesure son inquiétude et se met à son service. Janvier prend la main d'Adèle, elle le repousse nerveusement. Après quelques longues secondes, son corps se détend.

— Putain, dit-elle enfin.

— C'est maintenant ?

— Comment tu veux que je le sache ?

Ainsi il va falloir lutter avec elle jusqu'au bout. Il n'y aura pas de trêve, même au bord de l'abîme. Bon. Le vent s'est un peu calmé. Janvier évalue la situation et les risques, très rapidement. Le visage d'Ismet reflète les mêmes calculs. Celui d'Adèle ne renvoie que de la fatigue. La lampe, posée à côté de ses jambes, l'éclaire par en dessous et lui fait des cernes énormes. Elle dit :

— Il faut attendre un peu, pour voir si ça recommence.

Ils restent dans le silence, à espérer que rien ne se passe, que le vent s'apaise, que le ventre d'Adèle retourne à son inertie. Un bruit sourd les fait sursauter, puis plus rien.

— Ça se calme, non ?

On ne sait pas de quoi Janvier veut parler. Son visage luit sous la lumière, une suée froide lui mouille le dos.

Et puis Adèle s'arque de nouveau. Préparée cette fois-ci, elle ne crie pas, elle gémit simplement entre ses dents serrées. Elle a attrapé la main moite de Janvier.

— Il faut y aller, dit-elle quand son ventre se décontracte.

— On ne peut pas.

— C'est moi qui décide, là.

— Non. On ne peut pas. Ce serait de la folie de prendre la route. J'appelle les pompiers. Donne-moi ton téléphone.

Il remonte dans la grange. Sous les rafales, il entend à peine la sonnerie, qui se perd dans le vide, chez les pompiers. Personne ne répond. Adèle veut partir.

La lutte dure longtemps. À force de s'épuiser dans le même combat, on perd la notion du temps et des enjeux, et c'est comme si tout était de la faute de Janvier, comme s'il avait décidé depuis le début qu'elle accoucherait dans une cave, en pleine nuit, comme si c'était la volonté têtue et arbitraire de Janvier qui empêchait que l'accouchement se déroule normalement à l'hôpital. Adèle est en colère contre lui et, plus son corps devient fou, plus les contractions se rapprochent et deviennent douloureuses, plus elle se déchaîne.

Helena s'est jointe à eux, résiste seule à la furie et à la peur. Elle force Adèle, lorsque les contractions arrivent, à se mettre à quatre pattes, et elle lui tient les épaules. Parfois aussi, elle la met accroupie et la soutient par les aisselles. Adèle résiste au début mais la position la soulage. Ismet, quand Adèle crie, tourne son visage crispé vers l'obscurité. Luane se réveille de temps à autre, mais elle se réfugie dans le sommeil après quelques instants.

Janvier s'est résolu à faire ce que lui dictent de vieux souvenirs qu'il sait galvaudés, mais qu'a-t-il de mieux à disposition ? Il est parti chercher des draps, d'autres couvertures encore. Dans la cuisine qui vibre sous le vent, il a voulu faire bouillir de l'eau, mais qu'en ferait-il ? Dehors, le jour se lève, brouillé de poussière. On ne voit rien. Il sent une panique démunie, vaine, et devant la souffrance d'Adèle, il se prend à espérer qu'on en finisse, n'importe comment. Il faut que ça cesse. S'il avait été seul, il l'aurait assommée, pour ne plus l'entendre.

Ismet finit par entraîner Luane plus loin, pour lui épargner la violence des hurlements d'Adèle et l'incertitude du dénouement. Il tient la main de la petite fille, Janvier les regarde s'éloigner vers le fond de la cave, et pense que l'adolescent est à peine plus âgé qu'elle. Lui-même se sent particulièrement jeune, démuni et inutile devant le corps d'Adèle, et ses plaintes, et la peur. Il pense à sa mère, qui a accouché de deux enfants. Elle saurait quoi faire. Il envisage presque de l'appeler, mesure à cette idée sa grande détresse et la rejette aussitôt. Il prend sa tête dans ses mains.

Mais il y a le miracle Helena. Elle sait, en tout cas elle sait faire. Ou peut-être le prétend-elle seulement, pour rassurer Adèle, pour rassurer tout le monde. Elle parle presque calmement, elle est la seule à agir. Et même : elle ralentit ses gestes, Janvier la voit contenir le tremblement de ses mains quand elle étale une couverture sous les fesses d'Adèle pour lui soulever le bassin. Adèle ne trouve rien à répliquer à la longue et inintelligible suite de mots albanais. Helena ne s'inquiète pas de ne pas être comprise : elle parle, et c'est comme une berceuse régulière et enveloppante.

Depuis longtemps, Adèle est presque nue, parce qu'on ne sait pas quand l'enfant va vraiment arriver. Helena essaie de forcer Adèle à se mettre à quatre pattes, dans une lutte assez douce, mais elle n'y parvient plus. Adèle gémit, se laisse retomber sur le côté. Janvier ne fait rien ; et si ses yeux sont posés sur elle, il ne la voit pas. C'est comme s'il les fermait, d'angoisse sourde. On n'entend plus le vent, parce qu'on n'y prête plus attention. Mais quand Janvier se souviendra de ces instants, ce sont les tremblements de la grange qui lui viendront en premier. Et puis le premier cri.

Ça lui a saisi le cœur, comme un soulagement, comme si on avait répondu à haute voix à ses prières intérieures. La voix d'Adèle s'est tue, progressivement, et c'est cette nouvelle voix qui a émergé du chaos, une petite voix de bébé, aigre et puissante. Alors Janvier a regardé de nouveau (son visage s'était tourné vers le fond de la cave sans qu'il s'en rende compte). Helena tient dans ses mains un petit corps rouge, sali de sang et d'autres choses blanches et gluantes, qu'elle pose sur Adèle.

— Essaie de rappeler les pompiers, dit Adèle. C'est pas fini.

Mais cette fois le téléphone ne passe même plus sur la terrasse, ni plus loin. Janvier n'a pas aimé le ton d'Adèle, comme si elle annonçait une mauvaise nouvelle.

Quand il redescend, le silence de la cave lui donne un peu d'espoir. Tous sont maintenant autour d'Adèle, Helena lui a mis l'enfant au sein. Adèle est entièrement nue, Helena l'a couverte comme elle a pu, mais ses membres, ses seins, son ventre jaillissent entre les ombres. Janvier laisse la porte ouverte pour faire entrer un peu de lumière naturelle.

Pour la première fois depuis des heures, il entend le son de sa propre voix.

— Adèle.

Elle ne relève pas la tête.

— Les pompiers ne répondent pas. Plus de réseau. Il faut voir si tu as expulsé... tout ce que tu dois expulser. Tu comprends ? Sinon c'est dangereux.

Elle le regarde sans paraître l'entendre. Elle le laisse faire.

Au milieu du sang, il voit le placenta. Il l'inspecte, il est intact. C'est plutôt bon signe. Après tout, peut-être que les choses sont aussi simples que ça. Peut-être qu'ils vont s'en sortir. Le cordon nacré, taché de gris, se déploie entre les jambes d'Adèle, se pose sur sa cuisse et va disparaître sous les couvertures. C'est un rappel à l'ordre. Ce n'est pas fini. Helena croise le regard de Janvier, l'interroge. *On a un peu de temps,* s'entend-il répondre. Helena ne comprend pas, elle questionne Ismet, qui hausse les épaules. L'ordre se remet doucement en place, Janvier reprend son rôle de chef et personne ne le questionne quand il parle dans sa barbe.

Cette fois, il va faire bouillir de l'eau pour stériliser des ciseaux. Il faut couper le cordon. Il l'a déjà fait sur des brebis, il se persuade, en attendant au-dessus de l'eau qui frémit, qu'Adèle est un mammifère comme un autre. L'électricité est morte. Le vent est redescendu à une force presque acceptable. Janvier ne se préoccupe pas des dégâts, dehors. Plus tard.

Helena tient le petit être en même temps qu'Adèle, comme si elle avait peur qu'elle le lâche. Elle l'oriente, le place de nouveau sur son sein. La tête fouille, s'agite. Adèle repousse Helena, écarte un peu l'enfant d'elle, pour le contempler. Alors Janvier le voit.

Il n'a pas l'énergie, ni la confiance pour sourire. Mais il sent pousser au fond de lui une lumière, allumée par les prunelles de ce bébé qui fixe sa mère comme s'il savait exactement ce qu'il faisait là. Janvier se rapproche d'Adèle, se penche sur l'enfant, essaie d'attraper le regard neuf qui s'agite et retombe en sommeil.

— Tu nous as fait peur, tu sais...

Adèle sourit, dans sa fatigue. Tous se détendent, autour d'elle, échangent des coups d'œil émus et étourdis. Luane sonde la fin du drame sur les visages. Adèle attrape la main d'Helena. *Merci.*

Puis elle écarte la couverture qui couvre l'enfant. *C'est un garçon, comme prévu.* Ismet rit, traduit pour les autres.

— Janvier, va lui chercher des vêtements. Il faut le couvrir plus. Dans ma chambre, dans le sac en bas de l'armoire, il y a plein de choses.

— Tu sais, c'est calme, dehors. Je pense que tu vas pouvoir sortir. Je peux t'emmener à ta chambre.

— Je ne peux pas bouger.

Il obtempère. Dehors, il essaie de nouveau d'appeler les pompiers. Rien. Est-ce que le vent a tout détruit, de nouveau ? Est-ce que c'est reparti ? Il examine le cirque, il y a peu d'arbres couchés, quelques-uns, en bas. C'est donc que la tempête a frappé moins fort que la précédente. Il a envie de revoir les yeux de ce bébé, en bas. Il redescend.

Les heures qui suivent passent comme des semaines, lestées de gestes neufs et fondateurs. Janvier insiste pour qu'Adèle sorte de la cave. Il craint le froid, l'humidité, le mauvais sort. Il la porte jusqu'à son lit avec des précautions infinies. Il sent les os sous ses doigts et surveille sur les couvertures et les vêtements les taches de sang, qui pourraient indiquer une éventuelle hémorragie. Il se rassure, Adèle a l'air d'aller *correctement.* Helena suit le cortège, le bébé emmitouflé dans les bras.

Adèle va prendre une douche. Soustrait à son regard, Janvier dévore l'enfant des yeux. Helena, assise sur le lit, le lui tend, mais il n'ose pas le prendre. Il s'agenouille, approche sa tête tout près du petit visage paisible dont les traits se dégonflent et commencent à se dessiner. Janvier se remémore les derniers jours, s'étonne de ne pas avoir compris que le petit être à venir était déjà tel quel, dans le ventre d'Adèle. Il se le figurait en fœtus translucide, imparfait, inachevé et monstrueux, et le voyait comme un fardeau à venir, le nœud du problème, l'élément sans lequel la vie aurait une chance de prendre le dessus. Et voilà qu'il se retrouve en face de ce minuscule prodige. Il lui caresse le haut du front, là où des petits cheveux bruns, sagement rangés, défient la violence des dernières heures.

Helena pose le bébé sur le lit. En quittant ses bras, il a un sursaut involontaire, de se retrouver seul et démuni. Janvier prend peur et se précipite pour l'empêcher de tomber. Il effleure la petite poitrine, si frêle sous ses doigts gigantesques et marqués par l'âge. Helena n'a pas bougé, elle sourit des inquiétudes de Janvier, qui s'en agace. Helena veut montrer sa supériorité, ses prérogatives, même. Elle fait mine de mettre Janvier à la porte quand Adèle revient dans la chambre. Il résiste. Il se met en tête de vider le sac qu'Adèle avait préparé pour l'accouchement.

— Laisse, Janvier, il faudra tout de même que j'aille à la maternité, dit Adèle avant de refermer les yeux.

— Comment te sens-tu ?

— Vidée. Mais ça va.

— Tu as mal ?

— Pas du tout.

Helena habille le bébé. Elle le découvre, d'abord, et Janvier peut admirer le corps si fragile, la délicatesse des doigts, des pieds. Il a l'air bien en chair, des joues, des bras, mais ses jambes remplissent encore mal sa peau.

— C'est normal qu'il ne se réveille pas, là ?

— Janvier… Respire un coup. Il a l'air d'aller très bien.

Helena prend un petit vêtement, qu'elle enroule pour l'enfiler par la tête, en partant de l'arrière du crâne. Elle a des gestes sûrs et lents. Janvier va à la fenêtre. Sur la terrasse, Ismet et Luane sortent les brebis. La montagne est lavée de la tempête. Épaisse, résiliente, elle a perdu des arbres mais se tient, solide, pour son nouveau départ. On peut faire une habitude de tout.

— Va faire un tour, si tu veux.

— Je préfère rester là.

— Alors, assieds-toi. Tu me tends, à t'agiter dans tous les sens.

Helena donne le bébé à Adèle et Janvier lui demande :

— Tu ne veux pas dormir ?

— Pas tout de suite, répond-elle, absorbée par le petit corps.

Enfin Helena quitte la pièce, avec une discrétion ostentatoire.

— Heureusement qu'elle était là, dit Adèle.

Puis devant le silence de Janvier :

— Toi aussi, tu t'es bien débrouillé. Pour le cordon.

— Il faut que je réessaie d'appeler les pompiers.

— Je pense qu'on ne va pas récupérer du réseau tout de suite. On devrait y aller directement.

— Tu as eu peur ?

Adèle secoue son petit visage fatigué. Elle est si pâle que ses taches de rousseur lui font comme des ombres brunes sur le visage :

— Non, je n'ai pas eu le temps d'avoir peur. Mais toi, tu as dû flipper.

Janvier s'assoit près d'Adèle. C'est fou comme certains gestes ont l'air ordinaires, comme parfois on se sent exactement à sa place.

— Tu vas l'appeler comment ?

Il a peur qu'elle dise « Niels », mais elle répond :

— Je ne sais pas. J'aime bien qu'il n'ait pas encore de nom.

Le bébé s'agite faiblement, ses lèvres remuent. Soudain il ouvre la bouche, à peine une seconde passe ainsi, en suspens, et il se met à hurler. Adèle lève les yeux vers Janvier, paniquée. Elle berce un peu l'enfant. *Allons, allons.* Les cris repartent de plus belle, furieux. *Il a peut-être faim ?* avance Janvier. *Attends.* Adèle confie le bébé à Janvier, s'agite pour déboutonner sa chemise. Janvier se détourne, berce le petit être qui a échoué dans ses bras. C'est presque instantané : le son faiblit et l'enfant retourne dans son sommeil béat. Janvier aime le poids de l'enfant dans ses bras, si léger qu'on le sent à peine, mais chaud et réel.

— On dirait que tu as fait ça toute ta vie, dit Adèle d'une voix tachée d'amertume.

Janvier lui tend le bébé, mais elle secoue la tête :

— Il est mieux dans tes bras. Tu veux bien le garder un peu ? Je crois qu'il faut que je dorme.

— Il ne faut pas qu'il mange ?

— Je n'ai pas de lait, de toute façon.

— Helena a dit à Ismet que c'était normal. Ça va venir dans quelques jours. Mais il faut mettre le bébé sur… enfin il faut que tu l'allaites quand même, pour faire du lait. Pour stimuler.

— Mais comment elle sait ça, elle ?

— Aucune idée, sourit Janvier.

Ils se regardent et sans doute ont-ils la même idée, *peut-être qu'elle a déjà eu un enfant, après tout*, et la même confusion honteuse de connaître si peu cette femme qui habite avec eux. Pourtant l'un et l'autre savent que, si on est seul, c'est souvent parce qu'on a perdu quelqu'un.

Adèle reprend le cours de ses pensées :

— Je ne sais pas s'il faut que j'allaite.

— Tu n'as pas tellement le choix, là. On ne peut pas prendre le risque d'aller à Murat. De risquer une pénurie. Tu as vu comme ça a pété ? On est peut-être repartis comme avant. Techniquement, on a à peine de quoi faire chauffer un biberon.

— Putain. Le Moyen Âge. Et si je n'ai pas de lait, on fait comment ?

Pour un peu, ce serait la faute de Janvier. Tout serait tellement plus simple si c'était la faute de Janvier.

— On se posera la question à ce moment-là. Mais je crois que ça n'arrive jamais. Chez les bêtes, ça n'arrive pas.

Elle lui jette un coup d'œil assassin. Il enchaîne :

— Dors un peu, tu l'allaiteras quand tu seras réveillée. Ou quand lui sera réveillé. Je m'en occupe. Repose-toi.

Il descend, son paquet dans les bras. Ismet a fait un feu dans la cheminée, Luane est sur le canapé, elle se précipite pour voir le bébé. Alors Janvier les présente, il s'assoit près du feu et leur parle, à cette fille triste qui ne le comprend pas, à ce petit bébé endormi qui ne l'écoute pas et qui a l'air de tout savoir. L'enfant se réveille, s'agite un peu, comme pour s'étirer. Janvier sait bien que c'est trop tôt pour le dire. Mais tout de même. Ce n'est pas pour leur couleur ; c'est pour leur forme et leur éclat, et pour quelque chose d'autre encore qu'il ne sait pas définir. Il a les yeux de sa mère.

Janvier hésite, se penche, et pose un baiser sur le petit front. Alors Luane fait la même chose, et sourit largement. Quand le bébé s'agite trop, Janvier décide d'aller réveiller Adèle. Il la trouve les yeux grands ouverts, immobile dans l'obscurité qui monte.

— Tu veux de la lumière ?

— Je veux bien.

Il lui pose délicatement l'enfant dans les bras et celui-ci se met à remuer comme un petit rongeur, il devient rouge et s'énerve tout à fait.

— Reprends-le, Janvier, je n'y arrive pas.

— Mais c'est parce que tu sens le lait.

— Je n'ai *pas* de lait.

— Pas encore mais il sent que tu vas le nourrir.

Elle déboutonne son chemisier avec des gestes nerveux, entravée par l'enfant qui s'arc-boute en hurlant.

— Tourne-toi, s'il te plaît.

Janvier se dirige vers la porte, après un coup d'œil sur l'enfant qui envoie sa tête en arrière, et qu'Adèle ne pense pas à soutenir.

— Je sors, c'est plus simple.

— Ne me laisse pas !

Le cri est parti tout seul, éperdu. Sa détresse transperce Janvier mieux que n'importe quel mot d'amour. Il l'entend longtemps, il le savoure. *Ne me laisse pas,* entendra-t-il encore le soir, en s'endormant.

Dans les heures qui viennent, Janvier découvre qu'on peut faire beaucoup de choses avec un bras encombré. On peut attraper une casserole, on peut relancer un feu qui s'éteint, on peut ranger de la vaisselle, on peut essayer d'appeler les pompiers et raccrocher parce que personne ne répond. Mais il découvre aussi tout ce qu'on ne peut pas faire : laver une assiette, craquer une allumette, aller aux bêtes. Parfois on ne peut faire que s'asseoir et regarder le petit visage fin, fermé, changeant comme un paysage, apaisé quand il dort et tourmenté quand il s'éveille.

Adèle l'appelle Gabriel. La naissance n'est déclarée que quatre jours plus tard à l'état civil. Ces derniers temps, ils en ont vu d'autres, et les délais légaux ont été rallongés. *Gabriel Demazières, né de père inconnu.* L'employé de mairie lève furtivement les yeux sur Janvier qui serre le bébé contre lui, un doigt dans sa bouche pour calmer ses désirs de succion et laisser Adèle remplir tranquillement les formulaires. Janvier Demazières n'est pas le père de Gabriel Demazières, qu'il tient pourtant dans les bras et couve d'un regard tendre et inquiet.

À l'hôpital, tous trouvent l'enfant très petit mais en pleine forme. La mère, un peu moins. Janvier se garde de leur dire que la fatigue de l'accouchement n'a rien à voir avec l'état d'Adèle. En comparaison des mois précédents, elle resplendit, au contraire. À part devant la loi, Janvier joue le rôle du père et du mari avec une précision naturelle qui lui fait un peu mal s'il y pense. Alors il cesse d'y penser.

Il n'y a pas de sage-femme à l'hôpital et les infirmiers sont accaparés par les urgences de la tempête. Tout de même, elle a fait moins de dégâts que les précédentes. On s'habitue, on s'organise. Des groupes électrogènes ont fleuri un peu partout dans la petite ville, qui ordonne son chaos.

Janvier persuade Adèle d'aller chez Johanna. Elle a eu deux enfants, elle sera probablement de bon conseil. Elle fait bien plus, sans le savoir : en s'extasiant sur le petit enfant, en serrant Adèle et Janvier dans ses bras, en criant à son mari d'ouvrir une bouteille, elle célèbre la naissance, elle la ritualise, la faisant passer du drame à la fête. Elle demande à Adèle si elle peut tenir Gabriel ; c'est Janvier qui l'a dans les bras mais elle connaît les usages : on demande à la mère. Alors elle leur montre les gestes de la tendresse simple et primitive et ceux, plus complexes, de la vie quotidienne : donner un bain, changer une couche, mettre un enfant au sein sans souffrir. Elle fait tout avec la joie mélancolique de celle dont les bébés ont grandi. Elle trouve Gabriel magnifique et formidable. Quand elle le rend à Adèle, il est propre, apaisé, changé. Il s'agite de nouveau dans les bras de sa mère, accablée. *C'est parce que tu sens le lait.* Janvier récupère le petit fardeau. *Il a tes yeux, je trouve*, dit Johanna à Janvier. On élude la remarque.

La porte s'ouvre doucement sur une grande silhouette, solide, qui salue de loin. Janvier met un certain temps à reconnaître le fils de Johanna.

— Viens dire bonjour, dit Johanna la mine assombrie.

L'adolescent s'approche. Il baisse sa capuche, montrant des cheveux coupés ras, une mèche seulement sur le front. Il a le regard dur et n'est visiblement pas ravi que sa mère ait de la visite. Janvier essaie de capter son regard qui s'échappe. L'adolescent disparaît rapidement. Johanna se désole à voix basse. Son fils s'est mis en tête de s'engager l'année prochaine et suit des entraînements organisés par l'armée, des exercices de tolérance à la douleur, des stages de survie. La conversation roule sur l'avenir des jeunes et Adèle pour une fois montre une virulence opiniâtre. Elle met Janvier mal à l'aise, il lui trouve des airs d'enfant gâtée. Elle est assise droite, un genou sous ses fesses, elle agite les mains, elle fait la leçon. Pour elle, c'est par eux, les jeunes, que devrait venir le sursaut du renoncement. Ils doivent bâtir le nouveau monde sur de l'espoir et du courage, se détacher de tous les biens manufacturés qui ont habité leur univers industriel et ont conduit au désastre. Plus de piscine, de cinéma, de téléphone, de jeux vidéo.

Ça ne servait à rien, tous ces trucs. Ceux qui ne comprennent pas seront la génération sacrifiée, voilà tout. Elle fait celle qui s'en réjouit, devant ceux qui ont tout perdu.

Janvier pressent qu'elle prône le détachement de choses dont elle n'a jamais eu besoin, sans lesquelles on l'a éduquée, sans lesquelles on lui a appris à vivre. C'est trop facile. Son indifférence aux biens de l'ancien monde a des accents de mépris de classe. Elle proclame la fin de la société ludique ; elle n'en a jamais fait partie. On lui a enseigné la sobriété des aristocrates déjà déchus. Johanna, trop bonne pour chercher le mal, témoigne son admiration à cette distance qu'elle croit courageusement acquise, et non tout bêtement héritée et inscrite dans les lois d'un milieu que Janvier voit en transparence, et qui reste invisible pour Johanna. Il préfère mettre fin à la conversation :

— Il faut qu'on y aille. Ismet va s'inquiéter.

— Qui ça ?

Il a pensé tout haut. Ça se rattrape :

— On a pris un stagiaire sur l'exploitation. Il est tout jeune.

— C'est ça qu'il faudrait à mon fils, tiens. Plutôt que de traîner avec ces abrutis, là.

On est rentré à Entremont et on a repris le cours des choses, un bébé en plus. Janvier découvre qu'il a attendu ce moment depuis des mois. Le mot « terme » a pris tout son sens. Il avait l'impression que tout allait s'arrêter à la naissance et pas seulement parce qu'il craignait un drame ; simplement, leur horizon était dessiné par ce terme et plus rien n'existait après. Et voici qu'au contraire, Janvier se trouve à l'orée d'une existence qui s'étend devant lui, simple et tranquille. Il ne se projette pas plus dans l'avenir, non ; mais il s'autorise à y penser, à faire des plans, au moins pour Adèle. Il sort la tête hors de l'eau, se rend compte que la vie continue.

Ce désastre qu'il a attendu, tête baissée, fébrile, en apnée, ce drame en puissance contenu dans le ventre d'Adèle est sorti : c'est un petit être avec deux bras, deux jambes, un bébé paisible qui montre un appétit insatiable et qui sourit aux anges dans son sommeil. Ses cris sans forme, puis ses gazouillis comblent la maison d'un peu de joie. Il semble à Janvier qu'il les entend encore quand il part aux bêtes, aux prés. C'est la musique de son cœur, il en a faim et soif, il est heureux de les retrouver. C'est le bruit de la vie, de l'avenir qu'on peut penser, de nouveau. En s'endormant, il a encore en tête les poignets de Gabriel, ses pieds, ses joues et l'arrière de son crâne. Il les a parfois en main aussi, pour soulager Adèle.

Il est fou de ce bébé. Il n'est pas le seul. Luane le suit partout, avide. Gabriel parvient à la faire sourire de nouveau.

Janvier parfois essaie de poser le nourrisson. De moins en moins, car la réaction est automatique : le bébé commence par se tortiller, puis, après quelques hoquets de sanglots furieux, il hurle à pleins poumons. *Laisse-le pleurer*, dit Adèle. Janvier ne s'y résigne pas. Il prétend que les pleurs l'énervent pour éviter d'avoir à dire qu'ils l'attendrissent. *Tu n'as qu'à sortir pour ne plus l'entendre.*

Il l'entendrait à des kilomètres. Il l'entend même parfois en s'endormant. Il se relève, va mettre l'oreille à la porte d'Adèle. Mais Gabriel dort.

Johanna leur a prêté une écharpe de portage qu'elle n'utilise plus, que Janvier noue aux épaules et derrière les reins. Ainsi, il peut vaquer, garder une activité presque normale. Quand il doit faire un geste délicat, il confie le bébé à Ismet, dont les yeux sortent de la tête mais qui s'exécute de bonne grâce, rouge et confus. Parfois aussi, il laisse Gabriel à Adèle. Il faut de toute façon qu'elle le nourrisse, puisqu'elle est la seule à pouvoir le faire. Mais la nuit, elle est si fatiguée que parfois les pleurs du nourrisson ne la réveillent pas. Janvier finit par entrer dans sa chambre pour le lui porter jusqu'à son lit. *Il mange trop souvent,* maugrée-t-elle en allumant la lumière. *Johanna dit que c'est normal*, répond-il invariablement.

Au bout de quelque temps, Adèle finit par décréter qu'il faut espacer les moments où elle l'allaite, au moins la nuit. Il faut essayer de le rendormir sans le nourrir. On décide de l'installer dans la chambre de Janvier. Si vraiment il n'y a rien à faire pour le calmer, alors seulement Janvier réveillera Adèle. La seule chose qui fonctionne est de mettre Gabriel dans son lit, qu'il a préalablement collé au mur pour éviter que le nourrisson ne tombe. Janvier l'endort le plus loin possible de lui ; il a peur de l'étouffer. Au matin, il retrouve Gabriel collé à lui, la petite tête contre son épaule, le souffle à peine perceptible. Il n'en dit rien à sa mère.

Le temps s'est remis en marche. On s'est habitué au retour partiel du courant. Et aussi à l'idée qu'il puisse disparaître de nouveau. On s'organise autour de cette question. On s'habitue à moins bien vivre. *À vivre différemment*, tempère Adèle. Elle s'évertue à dire que l'on se passe sans problème de l'énergie, que l'on comprend la vraie valeur d'une distance si c'est le corps qui l'éprouve. Janvier pourrait être d'accord avec elle, en théorie. Mais tout l'inquiète : les aléas du carburant quand il s'agit d'aller voir un médecin, les pénuries épisodiques de vaccins, la violence latente qui se polarise : l'armée en soutien de la France Éternelle, le MCPP qui se refait une réputation pacifiste mais qu'on sait armé jusqu'aux dents.

Janvier a laissé Gabriel à Adèle et emprunté à André Clavel son épandeur à fumier. L'odeur ne le prend pas par surprise, il s'attendait à être transporté quelque part en enfance. Il savait ; tout de même, c'est bon d'y être, avec le bruit du moteur qui couvre le silence et son mouvement régulier dans le cirque qui défie l'immobilité de cette fin d'après-midi. Il fait durer.

Soudain, il voit une silhouette qui remonte la route. Un homme plutôt grand, avec un sac à dos et un bâton de marcheur, qui avance à vive allure. Ce n'est pas quelqu'un qui vient acheter des légumes, c'est certain. L'homme est barbu, hirsute, et regarde droit devant lui. Cette silhouette, c'est lui, Janvier, des mois plus tôt, à cette différence près : celui-ci est un homme qui sait où il va.

Janvier braque ferme et remonte le cirque pour arriver avant lui sur l'esplanade devant la maison. Il coupe le moteur et attend, même s'il n'est pas sûr que l'homme s'arrête. Après tout, il pourrait aussi aller chez André. Mais Janvier pressent que non. Il suit des yeux la silhouette qui passe entre les arbres, il retient son souffle. L'homme s'avance sur l'esplanade, marque un temps quand il aperçoit Janvier et ralentit l'allure. Janvier descend du tracteur, fait quelques pas dans sa direction. Ils se regardent sans parler en avançant de plus en plus lentement. L'homme a les cheveux longs, le regard brillant. Il n'a pas l'air hostile. C'est le face-à-face qui est étrange, qui crée les conditions de la méfiance. On se verrait assez bien avec des revolvers, des chapeaux à larges bords et un coyote qui détalerait dans la poussière. D'ailleurs aucun des deux ne se salue, un signe de tête seulement, et c'est comme à regret que l'homme brise le silence le premier :

— Je cherche Adèle Demazières.

— Et vous êtes ?

L'homme ne répond pas et pose son sac avant de demander :

— Et vous ?

— Son mari.

L'homme a un sourire lent et long qui part de la bouche et finit par éclairer ses yeux.

— Ah oui ? Si c'était vrai, j'imagine que vous ne vous en vanteriez pas.

— Jeremy !

Adèle a surgi d'on ne sait où, une autre Adèle, une Adèle sans réserve, elle est déjà dans les bras de l'homme, blottie, la tête dans son cou. Janvier sent son cœur comme une pierre qui roulerait depuis la terrasse jusqu'au fond du cirque, pendant qu'Adèle étourdit de questions le nouveau venu. Janvier les regarde, les bras ballants. À force, il l'avait vraiment crue seule au monde. Il n'ose pas quitter les lieux, ce qu'on prendrait pour du dépit. Quel dépit ? Il attend. L'homme vient de Fontainebleau, il a fait la route à pied. Adèle s'extasie sur son courage, sur la longueur de la route. Il doit avoir faim, il doit avoir soif. Elle l'entraîne à l'intérieur. Au dernier moment, elle se souvient de Janvier :

— Jeremy, je te présente Janvier. Un ami.

Jeremy s'approche de Janvier, lui tend la main :

— Enchanté. Vous êtes même plus qu'un ami, si j'ai bien compris…, ajoute-t-il avec malice.

À Adèle, qui fronce les sourcils sans comprendre :

— Monsieur est ton mari ?

Adèle rit, prend le bras de Jeremy et le tire dans la maison :

— Je t'expliquerai.

Janvier se retrouve seul sur la terrasse. L'envie le prend de partir, comme ça, il prend ses affaires, il s'en va, il retourne sur les routes. Chacun sa vie, bien sûr. Qu'est-ce qu'il s'imaginait, après tout ? Il la plante, là, avec le tracteur, le fumier à moitié répandu, qu'elle se débrouille, voilà, c'est Jeremy qui va finir, pourquoi pas ? Il sait se servir d'un tracteur, Jeremy ? Non ? Tant pis. Et puis c'est Jeremy qui fera le tour des bêtes, le soir, et qui s'occupera du bélier, puisque Ismet refuse de l'approcher. Il sait endormir un nourrisson, Jeremy ?

Adèle passe une tête par la porte, un grand sourire, les yeux comme deux fentes de joie :

— Tu viens, Janvier ? Ou tu boudes ?

Il la suit dans la maison.

On ne se présente pas beaucoup plus par la suite : Jeremy est un vieil ami d'Adèle, Janvier un nouveau. Ce sera tout ce qu'ils sauront.

Dans la cuisine, Gabriel est allongé sur une petite couverture matelassée. Adèle lui a donné une cuillère en bois, qu'il secoue devant son nez. Adèle lui caresse le front. *C'est Gabriel. C'est mon fils. Gabriel, je te présente Jeremy.*

Adèle s'agite. Elle veut préparer à manger pour Jeremy, elle veut savoir comment il va. Elle déploie une nervosité inédite, qui relève moins de la fragilité habituelle que d'une sorte d'hostilité sans objet. Jeremy ne la quitte pas des yeux, comme s'il essayait de lui dire quelque chose ; elle ne cesse de bouger, d'occuper la conversation. Elle passe du garde-manger à la plaque chauffante, sans le regarder, en lui posant des questions sur son itinéraire. Janvier ne voudrait pas s'imposer, mais le retrait le met aussi mal à l'aise. Il participe comme il peut au ballet des questions. *Où se situaient les barrages de police ? Ah, tu es passé vers Clermont ? Il paraît que la situation est catastrophique.* Jeremy, occupé à contempler Adèle, répond poliment, sans s'attarder. Il profite d'un instant de silence :

— Tu vas m'en parler, à la fin, de ce gosse, ou tu attends qu'il ait son bac ?

Adèle se tourne vers lui, des larmes lui viennent, mais on dirait de l'indignation, se rassure Janvier. Gabriel fait tomber la cuillère sur son nez, il s'impatiente. Janvier va le prendre dans ses bras.

— Qu'est-ce que tu veux savoir ?

— Je ne sais pas, de qui il est, par exemple.

— Oh, Jeremy.

— Il est de Niels ?

— Comment tu peux en douter ?

— Je ne sais pas, sourit Jeremy. Il te sort des maris de partout depuis tout à l'heure.

— Arrête. Janvier avait besoin d'une identité. Et nous de tickets de rationnement. On est cinq, ici. Six, maintenant. On a eu du mal à avoir à bouffer quand tout était bloqué.

— Vous êtes six ?

— On héberge des gens.

— Mais qui ?

— Des gens qui ne savent pas où aller. Des Albanais.

— Vous hébergez des migrants ? Mais vous savez ce que vous risquez ?

Par l'irruption de Jeremy, les mots qui volaient autour d'eux viennent se poser avec la violence du réel sur leur vie, leurs choix, et ce qui les maintient ensemble. Comme des étiquettes, ils classent, rangent, trient. Jeremy se charge de lire et de juger ce qui est écrit dessus. On ne peut plus se cacher derrière des impressions, des idées, du flou : Janvier est un ami d'Adèle ; ensemble, ils hébergent des migrants ; Adèle a eu un enfant de son mari qui est mort.

Adèle et Janvier ont pris soin de contourner ces mots pendant des mois. On était en deçà de la réalité. Mais peut-être au-delà aussi, dans un univers plus juste, plus ajusté à la vérité. Voilà qu'il faut se mettre à endosser les mots des autres, les mots de tout le monde.

Jeremy se tient devant la fenêtre de la cuisine. On ne croirait pas qu'il vient de faire des centaines de kilomètres à pied. Adèle lui sort du pain, en attendant mieux. Elle prépare quelque chose, lui demande ce qu'il veut manger. Il répond du bout des lèvres, comme si la question ne l'intéressait pas. Il croque son morceau de pain avec nonchalance, en parlant. Il raconte son voyage, la fatigue, les nuits caché dans des zones commerciales désertes. À un moment, il laisse son pain sur la table et l'oublie. Il pose des questions sur les Albanais. *D'où sortent-ils ? Depuis combien de temps sont-ils là ?* Adèle est plus prolixe sur leur sort que sur le sien. C'est plus simple.

Passé l'étonnement, leur histoire intéresse beaucoup Jeremy. La situation politique de l'Albanie est dramatique. Janvier ironise dans son coin. *Parce que la situation de la France est au beau fixe ?* Jeremy n'a pas l'air de vouloir relever la pique. Il connaissait justement un type, un Albanais, qui voulait rentrer chez lui et qui n'a pas pu.

Il donne des nouvelles de gens dont Janvier n'a jamais entendu parler. Adèle, qui ne téléphone jamais à personne, le questionne avidement. La plupart ont quitté Paris, ceux qui le pouvaient, pour se réfugier en province, là où ils avaient des attaches.

Jeremy parle lentement, en détachant bien les syllabes, en regardant dans les yeux. Il dégage un charme auquel même Janvier est sensible. Après les premiers moments de tâtonnement et de surprise, Jeremy se met à lui poser des questions abruptes, directes, l'inverse d'Adèle, en somme. Janvier est désarmé par cette franchise, qui le pousse à répondre simplement. *D'où tu viens, toi ? De La Rochelle.* Jeremy a un haussement de sourcils, entre condoléances et respect. Puis il ajoute :

— Je ne savais pas que ça existait encore. Tu es parti quand ?

— Il y a quelques mois. Fin mai.

Jeremy écarquille les yeux. Adèle lui fait signe de changer de sujet.

On apprend de la bouche de Jeremy des choses qu'on supposait déjà, puisqu'elles circulaient en rumeurs : la grande coupure d'électricité, les émeutes, l'exode hors des villes que l'armée a dû arrêter. On ne circule plus.

— Sauf comme ça.

Jeremy fait un geste théâtral pour désigner son apparence, sa saleté, son accoutrement, et par-delà, son affranchissement aux règles du nouveau monde, aux codes de l'ancien. Il se met à distance de lui-même ; en temps normal, il ne serait pas comme ça, bien sûr, dit son geste. Jeremy a un petit accent, comme un chuintement doux.

— J'ai des origines anglaises, par ma mère, répond-il à la question de Janvier. Et je suis italien par mon père.

Il a des mains longues, qu'il agite facilement pour se faire comprendre. Janvier à son contact découvre une facette d'Adèle qu'il ne soupçonnait pas. Jusqu'à présent, Adèle était un électron libre, isolé, unique, sans attaches, sans racine ; et maintenant se déploie autour d'elle la possibilité d'un milieu social, invisible jusqu'alors. Jeremy évoque tout un tissu de relations étroitement serré autour de lui, autour d'Adèle, des amis de longue date, des noms étrangers, des vies cosmopolites, des propriétés de province, des châteaux, des fermes, des pensions privées pour jeunes gens, dans le Piémont. Jeremy sent l'aristocratie à plein nez, il en rajoute, avec une audace de faux déclassé. Il a une légèreté de riche, impertinente, qui ne lui donne pas honte d'arriver en loques. Il n'a pas de gêne à cacher.

Adèle le sert, il la remercie, sans excès. Il s'attable. Janvier pense à Ismet et Helena. Ils sont sûrement planqués quelque part, s'ils ont vu l'inconnu arriver. Il prend Gabriel dans les bras et va les chercher pour les rassurer. Ismet est introuvable, il doit être dans les prés du fond, puisque les bêtes y sont. Helena est dans sa chambre, derrière la commode, assise comme une enfant. Il lui tend la main pour la relever, elle se redresse et il l'entraîne dans la cuisine. Jeremy a un clignement d'œil amusé. Il se lève pour saluer Helena et garde un peu sa main dans la sienne pour se présenter :

— *Emri im është Jeremy.*

— Helena, répond-elle, surprise.

— *Ju pelqen Franca ?*

— *Natyrisht.*

Le coup a porté. Adèle brille d'une admiration ancienne et inébranlable.

— Tu parles albanais ? demande-t-elle, amusée, ravie.

— Un peu. Tu te souviens, quand j'étais au ministère, à Rome. J'avais été détaché quelques mois à Tirana.

Il se rassoit, sûr de son effet. Helena regarde drôlement le nouveau venu, quelques secondes, puis se met à seconder Adèle, machinalement, dans les tâches culinaires, sans un mot, sans même une question sur ce qu'il y a à faire. De temps en temps, elle jette des coups d'œil indiscrets à Jeremy qu'il lui rend franchement. Il a l'air de trouver que la situation ne manque pas de sel.

Le monde n'a pas changé du tout au tout, se dit Janvier. Il reste des scories, dans la désinvolture de Jeremy, dans les œufs au lard d'Adèle et la curiosité méfiante d'Helena. Jeremy continue :

— Au fond, c'est une crise salutaire. Je sais bien que ça va loin, beaucoup trop loin. Mais franchement (pardon Janvier si je te choque), c'était le seul moyen d'arrêter le réchauffement. Tu te rends compte, l'effondrement des émissions de CO_2 ? Il n'y a plus de trafic aérien, plus de transport routier, plus rien. La population est en train de se manger elle-même, je sais. Mais ceux qui en sortiront, ils vivront mieux. C'est l'humanité qui se sauve elle-même. Le système s'autodétruit.

— Il y a une dame, à Murat, qui pense comme toi. Elle trouve ça très bien, dit Janvier.

Adèle lève un sourcil méfiant. Elle sent venir le sarcasme, la désapprobation. Elle connaît chez Janvier la menace qui gronde sous les mots calmes. Il poursuit son idée :

— Ce sera dur pour certains. Mais Dieu reconnaîtra les siens, n'est-ce pas ? Pour cette femme dont je te parle, on va être enfin débarrassé du grand mal de notre système. Seulement pour elle, le grand mal de notre système, ce sont les immigrés. L'émergence des pays en voie de développement. Ce genre de choses.

Avant que Jeremy n'ait le temps de lui répondre, il ajoute :

— Chacun voit midi à sa porte. Mais les gens meurent tous de la même façon.

Et il se lève pour montrer que le sujet est clos.

Luane pointe son nez à la porte. Jeremy lève les bras au ciel :

— Il y a même une gamine ? Tu es folle, Adèle, complètement folle.

— Qu'est-ce que ça change ?

Jeremy considère tout le monde à tour de rôle. Puis :

— Tu sais, ce qu'il se passe, en ce moment, avec les migrants, n'est-ce pas ?

— Oui, hésite Adèle. Non. Pas vraiment.

— Alors, vous vivez reclus, ici, sans nouvelles de rien, ni personne, c'est ça ?

— C'est ça.

— Tu ne lis pas les journaux ? Tu ne vois rien ?

— Ils me rendent folle, les journaux. Ils ne parlent de rien.

— D'accord, et donc tu te coupes du monde, tu te poses ici et vous élevez des chèvres en attendant que ça passe ? Pardon Adèle : je ne te reconnais pas.

Ça déchire l'atmosphère, pourtant c'est sans bruit, entre ses dents, qu'Adèle explose :

— Mais enfin, tu sais à quoi ça nous a menés, non ?

Il est l'heure pour Janvier d'aller aider Ismet à rentrer les bêtes. Il devrait sortir, mais il rechigne à quitter Adèle, à les laisser seuls. Il préfère faire bloc avec elle. Il n'a pas envie d'offrir à Jeremy l'occasion de la questionner. *D'où il sort, ce type ? C'est qui ? Il va rester là combien de temps ?* Voire : *Tu couches avec lui ?* Alors Janvier occupe l'espace tant qu'il le peut. Mais par la fenêtre, le jour décline, il faut y aller, sinon ce sera trop difficile quand l'obscurité empêchera de trouver les brebis. Ismet ne revient pas, il doit l'attendre, comme tous les jours, c'est certain. Il doit se demander ce qu'il se passe, essayer de les rassembler seul. Il y en a une qui s'échappe, Ismet s'éloigne pour aller la chercher, les autres se dispersent, il faut tout recommencer, essayer de les contenir avec un bâton. Ismet tend les bras, il a pris deux bâtons, mais seul, c'est trop difficile. Les jeunes bêtes sont un peu farouches, l'herbe est encore tendre, elles ne sont pas pressées de rentrer. Il faudrait un chien.

— Je vais rentrer les bêtes. Je reviens dans une heure, pas plus.

— Je viens avec toi, dit Adèle.

Adèle donne quelques consignes pour Gabriel à Helena, sous le regard narquois de Jeremy. Elle va chercher un pull, elle met un bonnet, elle met des bonnes chaussures, assise sur un banc dans la salle à manger. Janvier lui prête un bâton. Tous les deux font comme si c'était la chose la plus naturelle, la plus habituelle du monde, alors que c'est la première fois qu'elle l'accompagne. Il n'ose pas lui dire que c'est loin, que c'est fatigant. Il a le cœur qui danse.

Sur le chemin qui remonte jusqu'au plateau, ils ne parlent pas beaucoup. Adèle est essoufflée. Elle est plus robuste depuis qu'elle n'est plus enceinte, et plus présente. Elle cale son pas sur celui de Janvier pour monter quand le chemin est raide, à l'endroit rocailleux où la terre est rouge. C'est la santé qui l'essouffle, ce n'est plus la grossesse. De bonnes couleurs lui montent aux joues.

Janvier ralentit le rythme. Il sait bien qu'elle va parler :

— C'est mon plus vieux copain. C'est lui qui m'a présenté Niels.

Janvier ne sait pas quoi dire. Ce n'est pas grave, elle va continuer, à son rythme :

— Ils se sont perdus de vue, assez vite. Ce n'était pas vraiment le même genre. Jeremy, tu vois, c'est un beau parleur. Lui aussi il voulait changer le monde, mais il était moins radical que Niels. Il voulait alerter les gens par les mots, pas par… Pas de la même manière. Même plus jeunes, même avant que Niels ne se radicalise, ils n'étaient pas du tout d'accord. Jeremy, il est journaliste. Tu avais peut-être déjà vu son visage, non ? Il faisait pas mal de reportages en Afrique, quand on pouvait encore y aller… Et même après. Il a été reporter de guerre. Mais il a été aussi chroniqueur dans des émissions politiques. Tu ne l'as jamais vu, non ?

— Non. Mais je ne regardais pas beaucoup la télé.

— Enfin, pas du tout la même approche que Niels. Il était réformiste. Il voulait changer les choses à l'intérieur du système. Niels, lui, voulait péter le système. Il avait une sorte de fureur, de folie. Même avant que ça ne dégénère. C'est beau, ici.

On est arrivé sur un plateau accidenté. Les rochers font des saillies qui protègent du vent et qui étirent des ombres gigantesques dans l'herbe et la mousse. L'atmosphère est calme. Adèle n'était jamais venue si loin. Elle s'appuie sur le bras de Janvier.

— Ça va ?

— Oui. Ça me fait du bien de marcher.

Quand ils en ont fini avec les bêtes – Adèle est restée jusqu'au bout, jusqu'à ce qu'on éteigne la lumière dans la grange –, on retrouve Jeremy. Il a pris une douche, il s'est rasé. Autour de son grand corps maigre flottent des vêtements que Janvier porte tous les jours et qu'Adèle lui a donnés, dans le linge qui séchait. Jeremy ne salue pas Ismet en albanais. Il lui serre la main avec chaleur, sans le numéro de charme qu'il a sorti à Helena.

Propre et rasé, Jeremy a l'air plus dégingandé et légèrement plus fragile que le personnage de vagabond qui a fait intrusion quelques heures plus tôt. À côté d'Ismet et de Janvier, trapus et tannés par les dernières semaines, il fait figure de bibelot. Il a le corps fin, ses yeux brillent d'un éclat qu'on avait oublié, au fond de la montagne : celui de la ville, de la séduction, de la légèreté. Pourtant il a dû prendre la crise en pleine figure. Janvier l'interroge.

— J'étais chez mes parents, au moment des grandes tempêtes. Près de Fontainebleau. Il n'y a pas eu de vraie crise alimentaire, comme à Paris. Personne n'est mort de faim. Pas de pillage, pas d'émeutes. Et quand ça aurait pu être la merde, l'armée est intervenue à temps. On y a mangé à notre faim, à peu près.

— Comment va ta sœur ? demande Adèle.

— Ça va. Je te raconterai.

Le regard de Jeremy se fait plus vague, il est suspendu à une idée. Adèle continue :

— Vous avez eu du rationnement, comme ici ?

— C'est encore le cas maintenant. Franchement, ça me fait bizarre de le dire, mais sans l'armée… On aurait été mal.

Le visage d'Adèle se rembrunit :

— Tu vois, c'est difficile d'avoir une pensée politique cohérente, en ce moment.

— Ce n'est pas une raison pour ne pas penser.

La soirée avance, on s'est installé dans le salon. Adèle est allongée sur le canapé, les pieds nus posés sur les genoux de Jeremy. L'intimité de ce contact est presque obscène pour Janvier, qui détourne les yeux. Ismet et Helena parlent à voix basse dans la cuisine, appellent Adèle pour lui proposer qu'Helena donne sa chambre à Jeremy. *C'est ta chambre, Helena. Garde-la.* Adèle articule chaque mot pour se faire comprendre sans avoir à être traduite. Janvier a un mouvement d'humeur qui n'échappe pas à Jeremy :

— Que personne ne s'inquiète ! s'exclame le nouveau venu. Je vais dormir dehors. J'ai l'habitude.

— Il y a la grange, dit Adèle. C'est tout ce que je peux t'offrir sans déloger tout le monde. C'est là que dort Ismet.

— Je vais me coucher, annonce Janvier.

La nuit est noire. Un rai de lumière passe par le parquet. Toujours le dernier couché, Janvier ne l'avait jamais remarqué. Le son aussi passe plutôt bien. Gabriel dort paisiblement. Janvier a honte d'être cette personne qui écoute à travers le plancher. Il peut voir, en fermant les yeux, les pieds d'Adèle sur les genoux de Jeremy.

Jeremy pose des questions plus intimes que lorsqu'ils étaient tous ensemble. *Comment tu te sens ? Est-ce que tu es heureuse de ce bébé ? Tu le voulais ?* Janvier retient sa respiration à chaque fois, mais il constate avec soulagement qu'elle ne se livre pas plus à son vieil ami qu'à lui. Adèle est une citadelle imprenable, pour tout le monde.

Ils parlent un temps de gens que Janvier ne connaît pas, dont il n'a jamais entendu parler. Où ils sont, ce qu'ils ont vécu, ce qu'ils ont perdu. Jeremy parle d'un réseau qui l'a aidé à se déplacer jusqu'ici. Adèle en connaît la plupart des membres. Allongé dans le noir, Janvier regarde se dessiner la toile autour d'elle. Son propre souffle le gêne pour tout entendre.

— Et Niels ?

Janvier retient sa respiration pour écouter la suite :

— Quoi, Niels ?

— Tu as pu lui dire au revoir ?

— Si on veut.

— Il a fait ça alors que vous attendiez un bébé ?

— Il ne le savait pas.

— Tu ne voulais pas lui dire ?

— Je l'avais quitté. Je ne voulais plus rien avoir à faire avec lui. Excuse-moi, je n'ai pas très envie d'en parler.

Janvier savoure le silence qui suit les mots d'Adèle.

— Bon allez, ça suffit Jeremy. Dis-moi ce que tu es venu faire.

— Je te demande pardon ?

— Tu débarques chez moi en vrac, avec la gueule des grands jours, tu es venu à pied depuis Fontainebleau, tu n'as même pas téléphoné avant, qu'est-ce qui se passe ?

— Tu ne réponds pas à ton téléphone, je te signale.

— Tu n'as pas essayé. Tu as des emmerdes, c'est ça ? Tu es recherché ?

— Non. Je ne crois pas. Ce n'est pas très clair, à vrai dire. Ma sœur a été interrogée, plusieurs fois.

— Et tu trouves que la meilleure idée, c'est de venir ici ? Chez moi ? Chez moi, justement chez moi ?

Le souffle d'Adèle, court et violent, se déplace dans la pièce :

— Tu crois que je n'ai pas assez de problèmes comme ça ?

— D'accord, donc des réfugiés albanais, c'est bien, un type louche qui a réussi à sortir vivant et libre de La Rochelle, c'est bien, mais ton vieux copain, ça, c'est trop risqué ?

— Mais vous êtes qui, à la fin, pour décider à ma place ?

— Pourquoi tu dis *vous* ?

— Parce que Niels était comme toi. Il prenait des risques et il fallait qu'il entraîne tout le monde avec lui.

— Niels t'a toujours protégée.

— Si ça avait été sa priorité, les choses auraient été différentes. Je n'aurais pas accouché dans une cave, dans une ferme paumée dans le Cantal. Tu te rends compte de ce que ça a été ? Si j'avais été la priorité de Niels, je ne serais pas en train de me demander à tout instant si les flics vont débarquer chez moi. Je ne serais pas en train d'expliquer à son copain recherché qu'il ne peut pas mettre la vie de cinq personnes en danger, encore une fois.

— Mais Adèle, c'est quoi, le plan, là ? Tu vas vivre pour toujours avec la famille albanaise et Monsieur Taciturne, tous heureux dans votre ferme convertie ?

— Je ne sais pas. Mais je n'ai pas besoin d'emmerdes supplémentaires.

— Et puis, d'où il sort ?

— Qui ça ?

— Corto Maltese, là.

— De La Rochelle.

— Mais c'est qui ? Comment tu le connais ? Et qu'est-ce qu'il fout là ?

— Arrête, Jeremy. Je l'ai invité, voilà, tu es content ?

On frappe à la chambre de Janvier. Helena ouvre la porte sans attendre la réponse. Janvier allume la lumière et, un doigt sur la bouche, avec autant de patience qu'il peut, il lui fait signe de partir. Surprise, elle reste là, les bras pendus le long du corps, déconfite. Elle ouvre la bouche et Janvier la renvoie d'un geste plus nerveux, qui lui fait honte. Elle lui jette un regard noir et sort sans éteindre la lumière. Et puis, au bout de quelques instants, elle revient à pas lents et pose doucement sa main sur la joue de Janvier. Elle lui sourit, avec une simplicité triste, et elle part pour de bon, cette fois. Janvier éteint la lumière et se concentre de nouveau sur les sons qui lui parviennent.

— Mais ça ne te regarde pas !

— Qu'est-ce que tu as, Adèle ? On ne s'est pas vus depuis des mois et regarde comme tu es. Qu'est-ce que je t'ai fait ?

— Mais tu plaisantes, j'espère ? Qu'est-ce que j'ai ? Regarde-moi. Là, moi j'ai un bébé, d'accord ? J'ai la trouille, je suis toute seule. Et ce type, dont tu parles, eh bien c'est le seul qui ne me demande rien et qui m'aide. Niels et toi, vous dites que vous voulez me rendre heureuse et vous me collez les flics au cul pour le restant de ma vie. Lui, il m'a aidée à accoucher et il emmène mon bébé chez le docteur. Tu vois ? Alors le mieux, c'est que tu t'en ailles.

Un silence profond suit ses paroles, un silence grave, délicieux, un liquide épais que Janvier boit lentement. Adèle poursuit :

— De toute façon, on est vraiment limite, là. À la prochaine grosse tempête, à la prochaine coupure, on aura de nouveau à bouffer pour trois personnes, alors qu'on est six. On ne peut pas se permettre d'avoir quelqu'un en plus.

— Adèle. Je ne veux pas te demander de m'héberger. Qu'est-ce que je ferais, ici. Je suis venu te chercher. La lutte continue. Différemment. Depuis que Niels est mort, les choses ont changé. On a beaucoup de gens avec nous. Les Français en ont marre. Ils voient que Jarnac empire les choses. Ils n'en peuvent plus de l'armée. On ne fait plus d'actions sur les personnes, on cible les infrastructures. On existe, politiquement, comme jamais un parti écologique n'a existé avant. On peut redonner de l'espoir, tu comprends ? On est train de changer de système. On a cru que c'était la fin. Mais c'est le début. Je voudrais que tu viennes avec moi. Réfléchis. Réfléchis cette nuit.

Tout va très vite, le lendemain. Janvier croise le regard d'Adèle, il comprend. Elle lui dit simplement *Tu es chez toi. Tu peux rester autant de temps que tu veux.* Janvier désigne Ismet, Helena et Luane, assis comme une famille autour de la table :

— Et eux ?

Adèle a un sourire ironique. *Ah maintenant tu te soucies d'eux.* Mais elle ne le dit pas, par charité ou par lâcheté, parce qu'elle voit que Janvier a le désarroi et la colère qui lui débordent des yeux.

— Eux aussi, bien sûr.

— Tu vas revenir ?

— Je ne pense pas. Pas tout de suite en tout cas.

— Tu vas où ?

— Il vaut mieux que je ne te le dise pas.

— Tu pars quand ?

— Dans quelques jours.

Elle porte Gabriel contre elle. Janvier tourne la tête pour ne pas voir le petit bébé endormi. Il préférerait qu'ils s'en aillent tout de suite.

C'est Janvier qui annonce à Ismet et Helena qu'Adèle s'en va. Dans leurs yeux passe le même éclair de compassion lucide et intelligente. Durant le reste de la journée, ils ne changent pas la routine de leurs gestes et Janvier peut y lire en transparence tout le soutien et le cœur qu'ils y mettent.

Les jours qui suivent, Adèle prépare son départ. Elle se sent coupable, sans doute, alors elle en rajoute : Ismet prendra sa chambre. Elle laisse toutes les affaires de Niels à Janvier, fait cadeau à Helena de vêtements, d'objets de la maison qu'elle vient déposer dans sa chambre comme les braises d'un foyer sacré. Helena accepte gravement tout ce qu'Adèle lui donne.

Adèle n'a pas grand-chose à faire. Elle a à peine habité la maison. Elle laisse la plupart des choses qu'elle avait apportées. Le bagage le plus important qu'elle emporte pèse à peine quelques kilos, et lourd sur le cœur de Janvier. Pourtant, elle fait traîner les préparatifs en longueur. Elle accompagne Janvier aux bêtes, elle le suit des yeux quand il traverse le salon, la terrasse. Elle a toujours l'air sur le point de dire quelque chose ou de pleurer. Elle se retient de l'un et de l'autre, qui pourraient alimenter la colère sourde de Janvier, qui lui affleure aux yeux, au visage. Il se contient parce qu'elle hésite peut-être encore et que le moindre conflit l'aiderait à partir.

Jeremy se fait plus discret que le premier soir. Lui aussi sait qu'il a beaucoup à perdre dans les atermoiements d'Adèle. Janvier ne le croise presque pas. On se parle en sourdine. Luane ouvre de grands yeux surpris et muets. Personne ne lui a rien dit. Elle voit Adèle plier les petits vêtements de Gabriel, faire des tas sur son lit. Alors Luane prend la main d'Helena.

Un soir, Adèle donne à Janvier un gros classeur, avec les titres de propriétés, au nom de Demazières. Il est chez lui. Elle commence à parler d'un compte en banque qu'elle a ouvert à Murat.

— Tu n'as pas besoin de faire ça, Adèle. Je peux me débrouiller.

— Je sais bien. Mais tout de même. Sans toi…

— Je peux te parler franchement ?

Elle lève ses yeux verts, elle les plante sur Janvier, il les affronte, bien droit, après tout, maintenant, il n'y a plus rien à perdre.

— Vas-y.

— Je ne comprends pas ce que tu fais. Tu as un bébé, tout petit, qui n'a que toi. Tu vas faire quoi ? Le confier à Jeremy pendant que tu vas aller poser des bombes dans les supermarchés ? C'est quoi, ton plan ?

Elle soupire. Elle soupire seulement, et Janvier mesure à ce soupir qu'il est en train de perdre : elle ne veut pas se battre avec lui, il n'y a plus d'enjeu, elle est déjà ailleurs.

— Je ne serai pas en première ligne, évidemment. Je vais aider à la logistique.

Janvier ricane. *Adèle à la logistique, quelle bonne idée*, dit son rictus. Elle se retire sans affrontement :

— C'est pas seulement ça. Ici, ce n'est pas chez moi. C'était un refuge, c'était temporaire. Tu vois bien que je n'ai rien à faire ici. J'ai besoin de retourner chez moi. Dans le monde auquel j'appartiens.

— Il n'existe plus.

— Si. Ce sont les mêmes gens. Ils m'attendent. Même si je n'y fais rien, c'est ma place, tu comprends ? Tu devrais réfléchir à ça, toi aussi. Il est peut-être temps de rentrer chez toi. Retrouver ceux que tu aimes. Avant qu'il ne soit vraiment trop tard.

Elle se recule sur sa chaise, regarde dans le vide :

— Je te dis ça, mais je ne veux pas te mettre dehors, évidemment. Moi je préférerais que tu restes ici.

— Bien sûr. Pour garder la maison. Surveiller tout ça. Prendre soin de ta résidence secondaire.

— Arrête…

Mais il ne peut pas se retenir, ça monte en lui et ça sort, désordonné, le fiel qu'il retient depuis l'autre soir :

— C'est drôle. Je pensais que tu étais seule au monde. Je pensais même que tu avais choisi cette distance avec les gens, les choses. Mais je me suis trompé. C'est le monde d'où tu viens qui est comme ça. Ta solitude, tu sais ce que c'est ? C'est une distance de classe, c'est tout. C'est du mépris. Bien sûr que tu n'as pas besoin de moi.

— Janvier… Je m'en vais demain. Est-ce que tu veux vraiment qu'on se quitte fâchés ?

Il ne l'écoute pas, il continue :

— Tu ne veux même pas me dire où tu vas. Tu prends Gabriel sous le bras, tu t'en vas sans laisser d'adresse.

— Mais tu t'attendais à quoi ?

Il n'y a rien à répondre. Peut-être a-t-elle raison. Il ne faut pas se quitter fâchés.

Janvier passe une dernière nuit avec Gabriel dans sa chambre. Le nourrisson se réveille vers trois heures du matin. Janvier n'essaie pas de le bercer. Il le pose dans son lit, s'étend à côté du petit être qui retombe presque immédiatement dans le sommeil. Celui de Janvier est hanté de rêves sombres et d'arrachements. Plusieurs fois, c'est le matin, et Janvier doit dire au revoir à ce bébé qui ne se souviendra jamais de lui. Les scènes sont vives, remuées de cris, de sursauts. Au réveil, il n'en a qu'un goût de désespoir, une amertume muette, et à peine un œil pour Gabriel. Il l'apporte à Adèle et s'en détourne. Il ne veut plus le regarder.

Les adieux sont brefs. Adèle lui laisse son numéro de téléphone et l'adresse de Jeremy à Fontainebleau. Ce n'est pas là qu'elle va, insiste-t-elle, mais il y aura toujours quelqu'un pour savoir où transmettre un message. Janvier décide de partir dans la montagne, sans autre but que de ne pas les voir partir. À son retour, la camionnette a disparu. Helena prépare le déjeuner, elle ne lève pas la tête quand il entre dans la cuisine. Luane, assise à table, a les yeux rouges, éclatés de larmes. Ismet montre une tristesse saine que Janvier lui envie. Il sait que le jeune homme a pu dire les mots simples qui éclairent le chemin et dont on se souvient : *merci, à bientôt j'espère, je ne t'oublie pas, tu as compté pour moi.* Il devine aussi que le jeune homme a laissé Adèle lui dire les mêmes mots, sans colère. Sans doute a-t-il embrassé Gabriel sur le front, peut-être pleuré, et Adèle a passé sa main sur sa joue et l'a serré dans ses bras. Le chagrin d'Ismet est puissant mais apaisé, son visage et ses yeux brillent de larmes simples, intelligibles. Le cœur de Janvier, lui, est serré d'une souffrance qui n'a pas de nom.

Quelques jours plus tard, il trouve par hasard plusieurs liasses de billets de 1 000 francs dans le tiroir de sa table de nuit, avec un simple mot. *Ne refuse pas : tu ne peux plus, de toute façon,* et un smiley qui fait un clin d'œil. Un mot barré, puis : *Merci encore, pour tout. Et ne m'en veux pas trop. Il faut essayer de rentrer chez soi avant qu'il ne soit trop tard.*

9

Autre départ, autre route

Janvier s'occupe, il s'agite, il se refuse à errer dans la maison, à offrir le spectacle de son chagrin et de son désœuvrement. Il va couper des arbres, voilà ce qu'il décide, au fond des prés, au nord. En sortant, il se sent saisi par la douceur de l'air, plus calme depuis quelques jours et plein d'une odeur neuve et sucrée sous l'humidité.

Ismet l'accompagne. Sa présence silencieuse sur le chemin qui monte au plateau rappelle à Janvier la dernière fois qu'il est venu là avec Adèle, quelques semaines plus tôt. Aujourd'hui le froid est tombé, l'herbe frémit d'une brise légère et de la vie qui remue en dessous d'elle. Un coucou chante, la terre se réveille.

Le printemps affleure sans nuage, le ciel est bleu et dur, il laisse voir loin ; quand ils arrivent sur le plateau, le puy de Sancy découpe l'horizon. Janvier le voit très souvent, dès que le temps est beau. D'habitude, il pense *puy de Sancy* et puis il va son chemin. Mais aujourd'hui, est-ce le souvenir d'Adèle à ses côtés, ou l'air de printemps qui fait tourner les souvenirs et lui rappelle le dernier printemps ? Il voit le puy de Sancy, et il se dit que la distance qui les sépare doit être la même que celle qu'il lui resterait à parcourir s'il voulait rentrer chez lui.

Ils avancent pour rejoindre l'orée du bois, de motte en motte dans les tourbières détrempées. Ismet met le pied dans une boue froide et lance un juron, mais il rit dans le vent calme en sortant sa chaussure imbibée d'eau brune. *Tu veux rentrer ? Non, ce n'est pas grave.* On aperçoit les hêtres, dont certains sont tombés et que Janvier doit couper. Les autres sont secs d'hiver et sans vie. Le sol est dur, terreux, l'herbe est râpée. Janvier s'est trompé ; il n'y a pas de printemps, on est encore en plein froid. Il lève les yeux vers le puy de Sancy. L'air neuf et sucré n'annonce pas le printemps. Il annonce le départ de Janvier, il a le goût du retour.

Janvier annonce qu'il reviendra dans quinze jours au plus tard ; ce sera sans doute avant, explique-t-il à Ismet. Il se persuade lui-même que c'est possible. Il prend tout de même des dispositions, si les choses tournent mal. Il ouvre une ligne de téléphone. Il vend quelques bêtes pour que la charge ne soit pas trop grande pour Ismet. Il en tire un large prix, la demande est si forte. Cela lui laisse de quoi assurer leur subsistance à tous les trois. Le tracteur leur permettra de faire les déplacements essentiels. Ismet parle presque sans accent, désormais ; mais au moindre contrôle, au moindre problème, à la moindre sortie de route, c'est la frontière, le camp. Alors Janvier hésite, le risque est peut-être trop grand. Ismet lui rappelle qu'il ne leur doit rien, qu'avant de venir à Entremont, ils étaient dans une situation bien plus précaire. Janvier a besoin d'entendre Ismet lui répéter, à longueur de journée, qu'il ne les abandonne pas, qu'il n'est pas responsable d'eux, qu'ils s'en sortiront très bien. La situation va bien finir par s'arranger. Ils rentreront chez eux. Ismet rassure Janvier avec les questions pratiques de leur futur départ, qu'il dessine comme un avenir. Il lui parle de ses études, à Tirana. Chacun a sa vie, ses projets. Qu'il ne s'inquiète pas. Le plus gros problème, à l'en croire, serait de laisser sans surveillance *la maison de Janvier et Adèle*. Janvier grimace de l'imposture mais n'a pas envie de le détromper.

Inoffensif.

Luane se blottit contre Janvier, le soir, près du feu. Ses yeux, depuis le départ de Gabriel, se sont éteints de nouveau. Janvier reçoit sa tendresse comme elle vient. Helena seule essaie de retenir Janvier. Elle résiste, elle pleure, elle se met en colère, elle qui n'élevait jamais la voix. Le départ d'Adèle l'a comme libérée d'elle-même. Plus elle s'oppose à celui de Janvier, plus elle lutte, et plus Janvier se sent libre de la quitter : on a moins l'impression d'abandonner celle qu'on sent de taille à se défendre seule. Mais quand il dit son nom, au détour d'une dispute, il s'étonne de la familiarité du mot dans sa bouche, de l'émotion qu'il provoque en lui. Il le répète, pour vérifier. *Helena.* La musique intime le ferait presque vaciller.

Le temps a passé depuis La Rochelle. La distance, soudain, qui le sépare de chez lui, lui paraît démesurément courte. Il en a pour quelques jours de marche, quatre s'il avance vite. Il peut voyager de jour sans problème.

À défaut de papiers d'identité, il a sa déclaration de perte qui lui permettra de rejoindre Mende sans problème. Là-bas, il saura s'il est recherché ou s'il peut redevenir Janvier Bonnefoi. Peut-être les tempêtes et les coupures ont-elles lavé le passé. Il se sent une solidité d'homme neuf, assez de force pour repartir et, au besoin, revenir ici. Si on ne veut pas de lui, alors il restera Janvier Demazières.

À Johanna, il dit qu'il doit rendre une visite de famille, qu'il sera de retour dans peu de temps. Elle demande des nouvelles de Gabriel. *Tout va bien.*

— Amène-le-moi, la prochaine fois.

Il renoue avec la clandestinité, le mensonge, un peu de trahison : c'est comme une saveur amère qu'on aurait détestée dans le passé mais qui, avec le temps, alors qu'on l'avait oubliée, en vient à avoir le goût de l'enfance et du foyer. Il se coule de nouveau dans la peau de Janvier Bonnefoi. Celui qui disparaît, celui qui se fait oublier.

Il prépare son départ. Il lui faudra éviter les villes, les contrôles militaires autant que possible. On peut circuler, c'est ce qu'on dit, entre le Cantal et la Lozère, mais il ne sert à rien de tenter le diable.

La librairie de Murat est fermée depuis un moment. On peut téléphoner au libraire, qui a encore un stock qu'il a pris le droit d'écouler. Il faut passer chez lui quand le téléphone ne fonctionne pas. Il est toujours prêt à ouvrir sa porte, à discuter de ce qui lui reste. Il fait de la revente d'occasion, aussi. Mais il n'a plus de carte topographique de la région.

— Ça fait bien longtemps, mon pauvre ami. Même avant la crise, je n'en faisais pas. Cela dit, si vous êtes prêt à y mettre le prix, je connais quelqu'un qui en a sûrement une et qui pourrait vous la céder.

Janvier refuse. Il ne veut pas attirer l'attention sur son départ. À la bibliothèque de Murat, il met la main sur une carte du Cantal. Pas très précise, pas très récente, mais c'est mieux que rien. Moins de chance avec la Lozère, mais il sera déjà en terrain plus connu, la carte volée à Ferrières sera sans doute suffisante. La photocopieuse est en panne. La bibliothécaire lui donne des feuilles et un crayon, il décalque les chemins, quelques reliefs, les noms de villages qu'il faudra traverser, il prend des notes. Se préparer du mieux qu'il peut, tant qu'il est encore Janvier Demazières.

En vidant sa chambre, il trouve le recueil de poésies qu'il avait emporté de La Rochelle. Il le met dans le fond de son sac. Cette fois, il sait qu'il ne lui sera d'aucun secours ; il l'emporte comme un souvenir, un talisman.

Il faut confier le bélier, Ismet refuse de l'approcher. Janvier cherche la bonne personne. Il finit par en parler à André Clavel, qui lui propose de garder la bête. *Ce sera l'affaire de quelques jours,* le rassure Janvier. André acquiesce silencieusement. Janvier sait qu'il en prendra soin, qu'il pourra le revendre au besoin.

— Vous savez, dit-il, j'ai toujours eu un œil pour Entremont. Lorsque Madeleine Delage est morte, il lui restait une poule. Je m'en suis occupé pendant deux ans, avant que vous n'arriviez.

Quand Ismet voit Janvier partir avec Mercure et revenir seul, il comprend que son départ est imminent.

Janvier descend seul sur le chemin qui borde le cirque. Il a son sac, son bâton, un couteau. Il fait des signes à Ismet, Luane et Helena. Il a le cœur beaucoup plus lourd qu'il ne l'imaginait. Puis il tourne la tête et, au lieu d'emprunter la grosse route qui le mènerait vers Murat, il s'engage, comme prévu, sur un sentier à travers champs, de l'autre côté de la départementale. Il jette un dernier regard à la maison, passe une clôture et s'enfonce dans l'herbe haute. Au bout de quelques minutes, Entremont a disparu derrière une colline. Janvier regarde droit devant. Il rentre chez lui.

Son cœur s'allège, tandis qu'il sent le poids de son sac. Il fait mentalement le compte de ce qu'il a emporté, pour vérifier qu'il ne laisse rien d'important derrière lui. Mais c'est illusoire : il sait qu'il ne fera plus demi-tour désormais. Il a tourné une page.

Une heure plus tard, il dépasse Murat par les hauteurs, il observe de loin les toits, devine sans le voir celui de la maison de Johanna. Ensuite, il monte au sud vers son premier col, laisse derrière lui la ville qui se réveille. Il traverse un village encore endormi. Il n'a croisé aucun véhicule.

Il marche sans s'arrêter, toute la matinée. Il réfléchit à ce qu'il a vécu, il s'étonne lui-même d'être resté si longtemps. Il cherche dans sa tête le visage d'Adèle. Ses pensées vagabondent, évitant soigneusement celui de Gabriel. Il s'enivre de l'air qu'il remue lui-même, accélère, court dans les descentes. Ses pieds lui font mal, il continue d'aller vite pourtant, sur les sentiers de terre.

Vers la fin de la matinée, Janvier sort d'un bois et tombe sur un bâtiment haut, en béton gris, qui émerge de la montagne. Les vitres en sont cassées ; une fumée grise et désordonnée, devant la façade, indique que l'endroit n'est pas abandonné. Des pylônes, l'un est renversé : c'est l'ancienne station de ski. Dans la pente qui grimpe vers le col, les pistes ont tracé entre les sapins une tranchée dont les lignes s'estompent. Les câbles s'accrochent aux arbres. Le bâtiment devait être une sorte d'office du tourisme ; à côté, plus bas, un restaurant dont le rideau de fer est fermé. Un conduit de cheminée laisse échapper des nuées poussiéreuses. Des voix émergent de l'étage, une femme, des enfants : on vit, là-dedans.

Entre les deux bâtiments, dans un enclos de câbles et de ferraille, quelques poules, une oie et deux chèvres. Le chant d'une femme scintille d'une fenêtre, à l'étage, et le feu crépite. Un coq chante aussi, extraordinairement vivant. D'autres gens, d'autres âmes peuplent les ruines sur toute la surface de la Terre, éparpillés, échoués, mais sauvés. Rescapés sans être indemnes, et les femmes chantent encore.

Janvier s'éloigne en évitant soigneusement le bitume, dont le bruit pourrait le trahir. Moins il croisera de routes, mieux il s'en tirera, sans doute. Il retrouve la peur qu'il avait ressentie sur le chemin d'Entremont, une sorte d'excitation aussi, celle du risque et des hasards de la liberté : il choisit la direction est, qui descend vers la vallée.

Il n'y a pas de villes sur sa route ; seulement des hameaux, qu'il peut facilement contourner. Il n'est pas pressé. Il croise des biches qui s'enfuient à son approche, des abords de torrents grouillants de moucherons et des routes désertes qu'il ne fait que traverser pour s'enfoncer dans des forêts denses de feuilles et d'oiseaux. Tout de même, vers la fin d'après-midi, il aperçoit au fond de la vallée les toits d'un village assez gros. La carte indique Pierrefort. Il décide de s'approcher. Il voudrait manger quelque chose, économiser les réserves avec lesquelles il est parti. Et puis, de loin, aucune trace d'une quelconque présence militaire. L'endroit a l'air épargné. Janvier s'arrête et s'allonge dans un pré, à l'abri d'un rocher. Il ferme les yeux et écoute les émanations du village. On entend des machines et des bêtes. C'est bon signe. La vie a un goût étrangement doux. La tête contre son sac, il s'endort.

— Réveille-toi.

Un coup dans les côtes le tire violemment du sommeil. La douleur le souffle, moins que la surprise. Il cherche son sac, se traîne jusqu'à lui.

— Qu'est-ce que tu fous là ?

Il lève les yeux. C'est un homme de son âge, barbu, nerveux, qui tient un fusil. Derrière lui, un homme nettement plus âgé.

— Réponds.

Janvier se lève, les mains en l'air :

— Je cherche Pierrefort.

— Qu'est-ce que tu veux y faire, à Pierrefort ?

Janvier hausse les épaules :

— Prendre un café ? Manger quelque chose.

L'homme l'observe en silence. Janvier met son regard au soleil, il se montre, comme il ne l'a pas fait depuis un an, *regardez-moi, je suis inoffensif.*

L'homme a un sourire sans joie :

— Prendre un café ? Il n'y a pas de café ici. Allez, casse-toi, t'as rien à foutre ici, y a pas de place pour les paumés.

— Excusez-moi, dit Janvier en se relevant, mais je ne vous ai rien fait. Je voudrais juste…

— Casse-toi, je te dis.

Mais l'homme n'a pas l'air si dangereux. Il jette des coups d'œil à droite, à gauche, derrière Janvier. Il y a une brèche dans l'hostilité ; c'est de la peur. Janvier s'y engouffre :

— Vous avez eu des problèmes ?

— Des gars comme toi, principalement.

— Écoutez, je ne vous veux aucun mal. Je m'en vais. Mais je ne vois pas pourquoi vous accueillez les gens comme ça.

— T'occupe, dit l'homme en braquant son canon sur la poitrine de Janvier.

Le vieux, derrière, renifle et finit par dire :

— Laisse, Pierre, il a pas l'air bien mauvais, celui-là.

— Je m'en fous.

Le vieux presse de la main l'épaule de son jeune compagnon et lui dit :

— Va chez toi, va. Je m'en charge.

L'homme lui donne le fusil et tourne les talons. Il disparaît au coin de la route.

— Vous allez où ? demande le vieux à Janvier.

— Sainte-Marie.

— Vous avez une bonne raison d'y aller ?

— C'est sur mon chemin.

— Écoutez, dit l'homme, gêné, vous avez une bonne tête, ça m'embête de vous laisser aller là-bas sans vous prévenir. On vous fera pas un meilleur accueil qu'ici, là-bas. On a eu des problèmes.

— Avec des rôdeurs ?

— Avec toutes sortes de gens.

Le vieux a posé son fusil à terre et il s'appuie contre le rocher. Il sort de sa poche une cigarette roulée :

— Vous en voulez une ? Je les fais moi-même.

— Non merci. C'est avec des migrants que vous avez eu des problèmes ?

— Aussi, oui. Mais pas seulement. Il y a régulièrement des attaques. Les flics ne viennent plus.

— Mais la région est truffée de militaires…

— Vous venez de Murat ? Oui, là-bas, ça doit filer droit, il y a du monde. Ici, on a deux types, mais ils sont censés superviser le pays de Thérondels à Neuvéglise. Alors ils viennent, mais ils restent pas forcément. Et puis entre nous, les militaires, ils passent leur temps à picoler. Alors on se débrouille nous-mêmes.

— C'est pour ça que vous avez encore des armes ? À Murat, ils ont désarmé tout le monde.

— Encore heureux, qu'on a des armes. Sinon je te raconte pas… Celui qui vous a cueilli, tout à l'heure, le Pierre, c'est le maire. Je le connais depuis qu'il est gosse. Il est doux comme un agneau. Seulement un jour, il y a une bande de quatre types qui ont débarqué. Ils ont braqué tout le monde, et salement. Sa femme, ils l'ont sacrément secouée. Ses gosses aussi, je crois, mais ça il l'a pas dit. Alors maintenant, il pète un peu le boulon dès qu'il voit quelqu'un.

— On peut le comprendre. Je suis désolé.

— Oh vous en faites pas, moi ça va, dit-il en commençant à marcher vers le village. Je vais vous mettre dans la bonne direction. Vous êtes sûr que vous voulez aller à Sainte-Marie ? C'est quoi votre chemin ? Si vous êtes réglo, vous avez plutôt intérêt à passer par les villes.

— Je suis un peu pressé, répond Janvier. Une ville, ça me fait un détour de quatre jours au moins. Et puis, entre les villes…

— Oui, c'est bien le problème. Mais vous dormez où ?

— Où je peux.

— À Laguiole, c'est plus tranquille. Il y a une grosse caserne. À Chaudes-Aigues aussi. Enfin, ça dépend où vous allez, évidemment.

Le vieux a envie de savoir, ça le démange, il regarde Janvier, il tend le menton, mais il ne demande pas, il voit bien que ça ne sert à rien, et puis demander, tout de même, non. Les gens lèvent la tête sur leur passage et le vieux distribue des gestes d'apaisement, le fusil à l'épaule, des sourires, des mots qui ne parlent de rien. *Tout va bien,* dit le clin d'œil, disent ses mains levées, ses saluts de loin, son pas lent, tranquille, son regard qui rassure les visages aux fenêtres. Les grilles des magasins sont baissées, pour la plupart. On voit surtout des hommes, pas d'enfants, et les femmes aux étages des maisons.

Janvier jurerait qu'il a toujours un canon de fusil pointé sur lui. Mais peut-être que ce sont l'atmosphère et les yeux noirs des gens, simplement.

— Je vous proposerais bien de venir casser un peu la croûte à la maison, mais je pourrais avoir des problèmes, dit le vieux quand ils dépassent l'église. Vous avez de quoi tenir un peu ?

— Oui. Mais j'aurais bien acheté quelque chose, quelque part.

— À mon avis, personne ne vous vendra rien. On se méfie de l'argent, ici. Et puis, on n'a plus grand-chose, on le garde. C'est dans les fermes que vous trouverez. Pour ceux qui y sont encore. Mais pas sûr qu'on vous donne quelque chose.

Ils ont fini de traverser le village. À gauche d'une route, une petite zone commerciale devant laquelle des hommes font le guet, un fusil à la main. L'un tape avec une sorte de gourdin sur le plat de sa main. À droite, les forêts de nouveau.

— Voilà, vous prenez cette route et sans mentir, Sainte-Marie, c'est tout droit. Seulement, si ça vous prend de vouloir l'éviter, il faudra que vous passiez le grand pont sur la Truyère qui vient sur la droite, avant d'atteindre le village. Deux kilomètres avant, je dirais. Vous verrez, c'est au moment où en face, la route est complètement effondrée. Il y a une crue qui a arraché un énorme morceau de bitume. De toute façon, vous ne pourrez pas vous tromper, il n'y en a qu'un, de pont.

Éviter les villages, éviter les hameaux. Les coins de verdure ne manquent pas pour dormir. Les soirées sont fraîches mais moins que l'accueil qu'on lui réserverait dans les granges. Dans la nuit profonde, il dort sans rêve, enroulé dans une couverture, il se lave des souvenirs récents, il s'en débarrasse comme d'une mauvaise fièvre.

Le lendemain, il arrive sur les plateaux de l'Aubrac, déserts et nus comme la lune, avec les murs de granit et les arbres secs comme des pierres. Il avance, tant que rien ne le retient, les plateaux s'étendent désespérément, se jettent dans le ciel creux.

Il marche des heures à découvert, sous le soleil pâle du printemps. La chaleur l'accable, et la lumière et le bruit du vent. Il voudrait se protéger dans un coin d'ombre mais le plateau s'étire, lissé par le mauvais temps. Enfin, le creux d'un vallon, un torrent, un bosquet. Il pose son sac, se saoule du chant de l'eau. Il a dû pleuvoir, ces derniers temps, le torrent est lourd, épais comme une rivière, remuant. Dans un coude de son lit, il fait une mare presque calme d'eau verte et profonde. Il doit être midi, Janvier a chaud. Il n'a vu personne depuis la veille. Il ne réfléchit pas trop avant de se déshabiller, à peine un regard à droite à gauche. Il avance nu dans l'eau, qui lui saisit les chevilles comme des mains glacées. Il gémit de froid et de plaisir, pour se tenir compagnie.

Il hésite, il prend son temps. Il a toute la journée, s'il le faut : la vie, même. Personne ne l'attend plus nulle part et, depuis qu'il a pris le chemin du retour, il n'est plus si impatient de renouer avec le définitif. Rien ne presse à redevenir Janvier Bonnefoi, le déserteur, le meurtrier et le fils maudit. À avoir de nouveau des devoirs, des dettes et des regrets, et pas de ceux qui viennent au gré du vent.

Il a de l'eau aux genoux maintenant. Le plus dur est à venir, il faut s'étendre d'un coup dans l'eau. Par réflexe, il se penche pour y plonger la main, avant de se mouiller la nuque, quand soudain : un *ploc* vif, à quelques pas de lui. La surprise lui fait comme un oiseau qui s'échappe du cœur et s'agite dans la poitrine. Il trébuche sur les pierres glissantes, se rattrape en agitant les bras. Alors un rire éclate, de femme ou d'enfant, et un autre *ploc*. On lance des cailloux depuis un massif de genévriers, à quelques mètres. Janvier plonge dans l'eau glacée, pour se cacher plus que pour se protéger, car autant qu'il peut en juger, si vite et dans le froid qui l'agrippe, on ne le vise pas. Comment croire qu'il puisse y avoir âme qui vive dans ce désert ? Il crie :

— Oh la ! Stop ! Qui fait ça ?

Son cri pathétique arrête les rires.

Deux jeunes filles, très jeunes, même, sortent du massif, elles se tiennent par le bras, elles rient de nouveau, un peu trop fort. Elles sont toutes en chair et en formes et quand elles s'approchent, elles montrent un visage et un corps tout à fait identiques. Janvier écarquille les yeux. Des jumelles. L'apparition a quelque chose de fantastique et inquiétant.

Les deux filles s'assoient au bord de l'eau et examinent Janvier sans rien dire. L'une d'elles avance le pied, l'éclabousse, et les rires repartent de plus belle, elles s'écroulent l'une sur l'autre. Janvier se demande si elles sont ivres mais il sait que parfois l'adolescence produit ce genre d'agitation nerveuse, excitée. Et de fait, il doit y avoir de quoi rire : il est nu, aplati dans l'eau froide. Seul le haut de son dos et de ses fesses émergent. Les deux jeunes filles ne sont pas pressées de faire évoluer la situation. S'il avait un fusil, il jure qu'il s'en servirait. Mais il n'a même pas un sous-vêtement.

— Donnez-moi mes affaires.

Elles regardent autour d'elles, voient les vêtements éparpillés sur le sol et commencent à les soulever, les observer, toujours sans un mot, dans des gloussements saccadés. Puis l'une fait mine de mettre le tee-shirt, sous les applaudissements de l'autre.

— Donnez-moi mes affaires.

Alors elles lui lancent le tout. Janvier a à peine le temps de se redresser : le pantalon finit à l'eau, comme son caleçon. L'hilarité repart de plus belle, pendant qu'il revêt ses habits trempés. Il sort de l'eau, se dirige vers elles, le pas dur, pour essayer de les intimider. Mais elles crèvent de rire, roulées par terre, complètement étrangères à la peur qu'il essaie de leur inspirer. Il se sent plus ridicule encore que lorsqu'il était nu.

De près, elles n'ont pas l'air si jeunes. Les traits sont plus creusés que ce qu'il pensait. Elles sont plutôt jolies et incroyablement agaçantes. *Il faut les traiter comme des enfants, sinon on sera encore là demain.*

— Où sont vos parents ?

— Qu'est-ce qui vous dit qu'on a des parents ?

La voix est posée, claire.

— Une intuition.

Parler calme les ardeurs furieuses. C'est la même femme qui répond :

— Tout le monde est à la maison. Là-bas.

Elle désigne le sud, derrière un talus râpé.

— Vous voulez venir ? demande l'autre.

— Non, merci.

— Vous devriez. Vous pourriez sécher.

L'autre rit, mais tout de même, le cœur n'est plus à la folie.

— Pardon pour vos vêtements. On ne voulait pas les lancer dans l'eau.

— C'est toi, tu es maladroite, aussi.

— C'est pas moi !

Elles se poussent du coude. Janvier est fatigué de les entendre. Il a rassemblé ses affaires :

— Allez, au revoir.

— Non, non, ne partez pas. Venez à la maison.

Encore une fois, Janvier est frappé de la clarté de la voix. Ce sont des voix de femmes, sensuelles, avec un roulement rauque.

Avant même qu'il ait fini sa phrase, *Je dois y aller,* elles l'ont attrapé, chacune par un bras, et l'entraînent sur un chemin, babillant, alternant les questions sur son nom, sa destination, son origine, son âge. Et comme ils passent le talus, une gigantesque ferme en pierre surgit en contrebas. Le bâtiment est carré, fermé par un immense portail derrière lequel on devine une vaste cour intérieure. Des bâtiments agricoles plus modernes parsèment les premiers prés alentour. Mais on voit que la propriété porte loin. Une femme à la fenêtre de l'étage, robuste et l'œil rugueux, sort son visage et son fusil :

— Qui va là ?

Ah, tout de même. Janvier est presque rassuré par ce comportement méfiant.

— Regarde ce qu'on a pêché dans la Diège, maman !

La femme pousse un juron inaudible, disparaît pour reparaître plus bas, au portail. Elle pointe son fusil vers Janvier, sans se soucier de ses filles :

— Monsieur ?

— Excusez-moi, je ne voudrais pas déranger. J'ai croisé vos filles, elles m'ont un peu forcé la main pour venir chez vous.

La femme, en combinaison de travail, jauge Janvier derrière d'énormes sourcils. Elle soupire et baisse son arme :

— Et elles vous ont bien arrangé, dites-moi. Venez. Excusez-les, elles sont complètement folles et elles s'emmerdent.

Elle ajoute, le dos tourné, en levant le doigt en l'air :

— Et elles m'emmerdent, aussi !

Les filles gloussent et s'échappent par une porte. La cour intérieure grouille de gens et de bêtes, tout le monde est affairé, personne ne lève la tête.

— J'allais me mettre à table, vous voulez vous joindre à moi ?

— Avec plaisir. Mais je ne voudrais pas m'imposer.

— Jeannette ! Ton tour ! Prends ça.

Le fusil passe dans les mains d'une femme entre deux âges, qui salue Janvier d'un signe de tête.

Dans la cuisine, un feu crépite joliment. Le couvert est dressé pour une personne. Un vieil homme essore une salade.

— Deux couverts, Raymond, j'ai un invité. Asseyez-vous. Je vous sers un coup ?

Elle lui verse du vin de carafe, sans attendre la réponse. Janvier demande où il peut se changer, étendre ses vêtements.

— Faites ça ici, c'est aussi simple. Satanées gamines, elles vous ont foutu à l'eau ?

— Mes vêtements seulement, répond Janvier dans un sourire. L'eau, j'y étais déjà.

La femme boit un grand coup, puis s'assoit :

— Je m'appelle Germaine. Germaine Saure. Et je suis née ici. Et vous ?

— Janvier Demazières.

— Je connais des Demazières. Vous êtes de Chaudes-Aigues ?

— Murat.

— Alors non, c'est d'autres.

— Vous avez une belle ferme.

— C'est la plus belle du plateau. La plus grosse en tout cas.

— Et vous avez du monde…

— C'est depuis que c'est la merde. On s'est mis ensemble.

— C'est-à-dire ?

— Quand ça a commencé à merder, plein de gens du plateau se sont retrouvés dans la mouise. Et isolés. Avec ce qui court les routes… Alors on s'est mis ensemble. Pour le travail et la sécurité, voyez. Il y en a qui dorment ici. Des vieux, surtout. Il faut bosser deux fois plus qu'avant, pour bouffer. Il y en a qui sont revenus, aussi, de la famille, des gars qui étaient partis. Il faut nourrir tout le monde. Finie la monoculture. Et le temps est sec, ça complique. Même si, ici, c'est pas le pire, évidemment.

— Et vous vous en sortez ?

— Correctement. On s'organise. On met tout en commun, c'est plus simple. On produit mieux.

— Vous partagez tout ?

— Si on veut. À peu près.

— Et vous n'avez pas de problème ?

— Non. C'est pas comme les communautés hippies à la con, hein. Ici, il y a quelqu'un qui décide.

Les yeux de la femme luisent comme des grands yeux de vache, impavides.

— Je suis passé par Pierrefort, vous connaissez ? reprend Janvier.

— Si je connais ! J'ai deux gars qui viennent de là-bas. Quelle merde. Ils attendent tout de l'armée, ces cons-là. Ils font comme si ça pouvait revenir comme avant. Alors ils poireautent.

— Ils ont eu des problèmes, je crois. Des attaques.

— Oui, nous aussi, hein. Tout le monde a eu des attaques. Vu le monde sur les routes. Mais quand on est armé, on s'en sort. Et surtout quand on est ensemble, ça va. Le tout, c'est de pas s'isoler.

Le vieil homme pose un saladier sur la table, remplit les verres vides.

— C'est bon, Raymond. Pas trop, je dois labourer, dit Germaine.

— Et vos filles ?

— C'est pas de celles qui bossent le plus… Mais c'est pas drôle pour elles, allez. Elles étaient à Montpellier, quand ça a commencé à merder. Elles faisaient leur CAP. Elles ont dû rentrer. Elles s'emmerdent, voilà ce qu'il y a. Elles sont pas faites pour être ici. Depuis qu'elles sont gamines, elles ont attendu le moment de se faire la malle. Elles ont été en pension, assez petites. Et puis là, c'était la belle vie, la ville, le CAP, les garçons. Mais Montpellier, c'est pas sûr, maintenant. Montpellier ou une autre ville, d'ailleurs. Elles se voient pas d'avenir.

— À Murat, ça ne va pas trop mal. Ça dépend des moments, disons. Mais on peut être une jeune femme et vivre à peu près tranquille.

— Mais jusqu'à quand ?

Janvier propose son aide pour labourer. Germaine siffle devant son habileté à la charrue, la régularité de ses sillons. Elle lui propose le gîte, pour la nuit. *Dans la grange. Vous serez pas seul, mais vous serez pas mal.*

Il accepte et se retrouve seul, pourtant, pour dormir sur des ballots bien alignés. Les granges ne manquent pas dans la propriété, chacun doit s'être trouvé un coin. En guise de compagnie, une chouette, et la visite d'une des filles, qui le déshabille sans un mot. Elle s'en va une fois l'affaire accomplie. À l'aube, elle revient pourtant. À sa façon de gémir, Janvier se rend compte que c'est peut-être sa sœur. Il ne pose pas de question. Il ne se rendort pas et quitte la ferme avant que le jour ne soit complètement levé. Ne pas s'habituer, ne pas rester. Ici, personne n'a besoin de lui.

10

Lachamp-sur-Lignon

Il lui reste deux jours de marche avant d'atteindre Lachamp-sur-Lignon.

Le nom de son village lui trotte dans la tête comme une prière lancinante. Le chemin verdit sous ses pieds, la route se boise de mélèzes, de forêts de pins vigoureux. Il y a plus de hêtres morts, grillés par la chaleur, que lorsqu'il a quitté la région deux ans et demi auparavant. C'est le printemps, c'est la saison des jonquilles. Mais bien sûr, il n'y a pas une seule tache jaune dans les prés qui verdissent. Il n'y a plus de fleurs, il n'y a que le souvenir des fleurs.

Au fur et à mesure que Janvier gagne le sud, la terre se durcit, l'herbe sèche. La région est plus atteinte par le réchauffement que le Cantal. Janvier le savait déjà, mais son corps l'avait oublié. C'est la chaleur qui le réveille, le dernier matin. Il n'a plus d'eau, et le ventre creux, mais il sent qu'il arrive et la hâte lui donne des forces. Sur une crête, il aperçoit au loin de la terre noire et brune sur des centaines d'hectares désolés. Il scrute l'horizon et met un certain temps à comprendre : le feu a dû manger une bonne partie de la forêt. En approchant de l'autoroute, il longe des maisons brunes entourées de champs d'orge. Un jardin potager lui fait quelques promesses, de loin. Il s'avance ; des pieds de tomates, des carottes, quelques salades. Un cri strident lui arrache le cœur dans le silence du matin. C'est une vieille femme, tannée de soleil et d'âge, ratatinée sur une chaise, au milieu du potager. Elle ne bouge pas, il ne l'avait pas vue ; mais de sa bouche ouverte, elle hurle son alerte en suivant des yeux Janvier qui s'enfuit. Il court sans se retourner sur les voix qui sortent du hameau. Il sait maintenant que tout le monde a un fusil.

Les abords de l'autoroute sont envahis de massifs épineux qui ont pris leurs aises et débordent sur le bitume. Les racines le soulèvent par endroits. Janvier s'approche des voies désertes, asphyxié par la chaleur qui s'en dégage. Au loin, un vrombissement annonce un moteur ; plusieurs, même, c'est un convoi militaire. Janvier a juste le temps de se tapir, cinq camions le dépassent en hurlant, incongrus dans la grande quiétude. Il y a encore des gens qui ont un but, une direction, au milieu de la friche infinie.

Janvier franchit les quatre voies, la tête basse, aux aguets des signes d'un autre convoi. Mais aucun son ne lui parvient que le pépiement faible des oiseaux et le bruit mat de ses pas sur la tranchée grise.

À peine quelques dizaines de mètres ont été franchies. De l'autre côté de l'autoroute, Janvier est plus proche qu'il ne l'a jamais été de sa maison. Il voudrait courir. Il se sent une hâte folle de serrer sa mère dans ses bras. Même cette grosse bête de Félicien, allez. Il n'a plus besoin de carte. Ses pas le mènent. En quelques heures, il est aux portes de Lachamp. Quand il approche, il quitte les routes. Il passera par les prés, ceux des voisins ; ceux de sa mère, enfin. Elle a fait réparer la clôture du champ au Moine. Au nœud qui maintient le travers, Janvier devine que c'est Félicien qui s'en est chargé. La brise du crépuscule sent l'herbe mouillée, l'enfance. Quelques vaches paissent au bout du pré. La grange est déjà allumée, le toit de la maison se distingue à peine dans l'obscurité qui monte. Le grand platane n'est plus, ni l'érable. Ils ont dû tomber avec les tempêtes, comme Janvier se l'était imaginé quelques mois plus tôt. À la place des terrasses, la pente descend doucement vers le fond de la vallée, mouchetée de bouses fraîches. L'herbe a du mal à pousser, la poussière dévore tout.

Plus haut, le toit du vieux bâtiment est crevé. Autour, on trouve des carcasses d'arbres tombés assez récemment, le bois est vert.

Devant la grange, il hésite. La voix de Félicien, qui parle aux bêtes, résonne dans le bâtiment comme un écho du passé. Janvier pourrait faire demi-tour. Après tout, ceux d'Entremont l'attendent, Janvier y a une place et un avenir possible, dont il peut être le maître. Ici... il faudra se débattre avec d'autres et avec le poids de ce qu'il est, de ce qu'il a fait.

— Janvier ?

Dans son dos, la voix de sa mère a tremblé, incrédule, presque effrayée. *Maman.* Elle se jette dans ses bras, ce n'est pas lui qui se jette, c'est elle. Jamais elle n'avait fait ce geste. Elle pleure, elle qui ne pleure jamais. *J'ai tant prié. – Maman.* Félicien est sorti en courant ; à quelques mètres, il sonde le visage de Janvier, comme pour vérifier, il halète presque, puis il vient, lui aussi, il pose sa main sur la nuque de son petit frère. Ils n'ont même pas l'air heureux tellement ils sont émus et surpris. *Mon petit, mon petit. – Ne pleure pas, maman, je suis là.* Félicien lui prend son sac, pour le décharger, le pose à terre. Que faire, sinon les gestes de chaque jour, les gestes de toujours ? *Viens, rentre.*

La maison sent le bois brûlé. Dans la cuisine, l'atmosphère est presque fraîche, malgré le feu. Une vitre est cassée, le carreau remplacé par du carton scotché. Félicien allume une lampe, qui brille faiblement au plafond. Une marmite siffle doucement sur la cuisinière à bois. On rentre sans un mot, parce qu'il y a tant à dire et qu'on ne sait même pas par où commencer. Mais lorsque Janvier s'assoit et que sa mère, en bonne paysanne, lui prépare quelque chose à manger sans le consulter, en reniflant bruyamment, le silence change de nature. La stupéfaction laisse place à un flottement, puis :

— Je te croyais mort.

La phrase a tourmenté Janvier pendant des mois. Il faut maintenant l'affronter. Les coudes sur la table, la tête dans ses mains, il attaque son histoire. La mort de Matis, les sirènes dans la nuit, la fuite de La Rochelle, le gymnase. Les policiers, l'homme et la femme tués par le déserteur.

Sa mère garde une main devant la bouche, l'autre tient une cuillère qui reste en l'air. *Oh mon Dieu.*

— Vous n'avez rien su, ici ?

— On a su pour l'épidémie, l'évacuation. Mais on n'a pas entendu parler de choses comme ça.

— Pour moi, je veux dire.

— Non. On nous a dit que tu étais porté disparu. Que tu avais dû mourir d'Ebola. Et sans nouvelles de toi… Janvier, on a tellement attendu. Tu te rends compte ?

Janvier se débat avec ses explications, la peur d'être arrêté. *J'avais tellement envie de revenir. Vous n'imaginez pas ce qu'on faisait aux déserteurs.*

— Tu aurais pu téléphoner.

— Mais bien sûr que non ! Dans le dernier message que tu m'as laissé, maman, tu m'as dit que tu étais surveillée.

Il réfléchit, puis ajoute :

— Et quand je me suis dit que c'était peut-être sans danger, on n'avait plus de téléphone.

Félicien, qui n'avait rien dit jusque-là, l'interrompt :

— C'est qui, « on » ?

— Je me suis caché dans une ferme, avec des gens. Pendant des mois.

— Avec qui ?

— Des gens qui se cachaient, comme moi.

Janvier se rend compte qu'il ne ment même pas. *Des gens qui se cachaient, comme lui.*

— Écoutez, je suis là, c'est le plus important, non ?

Bien sûr, c'est le plus important. Le ton est monté si vite. Éviter la dispute. Janvier change de sujet :

— C'est la merde, ici ?

— Ça, on peut le dire. Comme partout, hein, dit sa mère. Moins qu'ailleurs, j'imagine. On a eu de la chance. La crise alimentaire n'est pas vraiment venue jusqu'ici.

— De la chance, de la chance ! se récrie Félicien. Mais c'est parce qu'on bosse, aussi !

Janvier désigne l'ampoule blafarde au plafond :

— Ici aussi, vous avez le minimum, pour le jus ?

— Oui. C'est partout. Ils disent qu'il faut attendre encore quelques mois.

— Ça ne va pas revenir, maman, dit Janvier.

— Tu ne sais pas.

Quelque chose a bougé, dehors, dans la pénombre. Le cœur de Janvier bat plus vite :

— Il y a quelqu'un, dehors, là.

Félicien et sa mère se regardent, l'alarme retombe vite :

— Ça doit être Patrick ou Leïla.

— Qui ça ?

Ils ont des stagiaires, sur l'exploitation, depuis quelques mois. Des gens qui les aident.

— Mais vous les payez ?

— Non, on n'aurait pas les moyens. On les héberge et on les nourrit. C'est déjà énorme.

— Ils sortent d'où ?

— Ils viennent de Mende.

— De Mende ?

— Du camp de Mende. Le camp de réfugiés. C'est temporaire. Ils ne vont pas rester là. C'est l'État qui les place.

— Ils dorment ici ?
— Dans le bâtiment.
— Le vieux ?
— Oui.
Janvier pense au toit crevé, et puis à la grange d'Entremont, où Ismet s'était installé. Ce n'était pas la même chose.
— Tu aurais pu utiliser une chambre. Ma chambre.
— C'est que... On a fait un bureau. Mais je vais le vider, ne t'inquiète pas. Ton lit est encore là, de toute façon.
— Je vois. Ils viennent d'où ?
— Elle, elle vient du Maroc, et lui de Turquie.
— Enfin, de Turquie, c'est vite dit, ricane sa mère.
Félicien sourit, mais Janvier ne relève pas :
— Ils sont là depuis longtemps ?
— Quelques mois ? (Félicien se fait confirmer par sa mère.) Novembre ?
— Non, non, non, je dirais décembre, plutôt. Juste avant Noël.
— Mais non, maman, bien avant.
— Peu importe.
Janvier se sent fatigué, d'un seul coup. La nuit est tombée. Il engloutit les pommes de terre de sa mère, avec de la crème.
— Vous mangez correctement ?
— À notre faim, disons, répond sa mère. Tu vois, les pommes de terre ont bien donné. On a les vaches, Dieu merci. On a dû en vendre, quand on manquait d'eau.

— Vous êtes rationnés, ici aussi ?

— Ça oui. Ça ne devrait pas durer. Mais ils sont très stricts. Et vu ce qu'on produit, avec les bêtes et le jardin potager… Évidemment, ils sont plus généreux si on a des stagiaires. Heureusement… Deux bouches en plus…

— Et la ferme ? Ça marche bien ?

— C'est difficile. Par les temps qui courent…

— Quand même, maman, ça marche bien, s'indigne Félicien. Les vaches, rien que ça, Janvier, on en a une trentaine, on vend du lait, on fait de la viande, c'est pas rien…

— Mais le blé, dit la mère.

— Oui, bien sûr, le blé, c'est pas bon. On a eu de la séptoriose, on a perdu les trois quarts. On n'a rien le droit de faire, comme traitement. L'épeautre résiste mieux, mais ça gagne moins, c'est sûr.

— Je croyais qu'on avait le droit, depuis Jarnac, de traiter de nouveau les céréales.

— C'est pas encore en application. Enfin, si, mais il y a une rupture de stock, pour le moment, sur les traitements fongicides. Dans deux mois, si tout va bien. Là, oui, ça ira mieux. Ils étaient bien gentils, les écolos, mais on ne peut pas nourrir un pays si on ne traite pas les maladies.

Janvier ne répond rien. Il regarde la fourchette qui pèse familièrement dans sa main. Il a une connaissance intime de chaque objet, l'assiette, la lampe au-dessus de sa tête, les pinces pour le feu, les casseroles et le carrelage au-dessus de l'évier. Rien n'a changé.

Janvier s'était interdit de penser à ce que le chaos aurait pu faire à sa maison, à sa famille. Malgré tout, parfois, il était réveillé par la peur, secoué à l'idée que quelque chose ait pu arriver à ceux qu'il aime. Un arbre qui serait tombé sur la voiture de son frère, un cancer qui aurait rongé sa mère sans qu'elle puisse aller se faire soigner à l'hôpital. Des pilleurs qui auraient saccagé la maison, le jardin, qui seraient partis avec les bêtes qu'ils n'auraient pas tuées. C'était le drame qu'il craignait, quand il ne pouvait pas empêcher ses pensées d'aller fureter dans ce coin. Et voilà qu'au lieu de la tragédie, il a devant les yeux une addition logique, mathématique : la ferme familiale, son frère et sa mère, inchangés, éternels, auxquels on a ajouté les changements des derniers mois, le lent effondrement qui mine tout et tout le monde, mais qui fait dire : allons, nous sommes toujours debout et les choses sont certainement pires ailleurs.

On frappe à la porte. Félicien attend un petit moment avant de dire d'entrer. Alors seulement apparaît un homme assez âgé, chauve, asiatique à la peau mate. Il porte un fusil en bandoulière. Il a un mouvement de recul en voyant Janvier mais il se reprend vite. Il baisse la tête pour saluer et Janvier fait la même chose. L'homme s'arrête au seuil et ne dit rien. Il attend.

— Ah oui, dit la mère de Janvier, et elle se lève. Elle sort du buffet un récipient en plastique et y verse un peu du contenu de la casserole.

— Merci, dit l'homme.

Il a une voix rauque et fatiguée, plus âgée encore que ne laisse paraître son physique. Avant de refermer la porte sur lui, il plante ses yeux sur Janvier, il étudie son visage du mieux qu'il peut en si peu de temps. Au bout de quelques instants, Félicien jure et dit à sa mère :

— Putain de Chinois. On ne sait jamais ce qu'ils pensent.

— Ne parle pas comme ça, Félicien. Et puis c'est pas les pires.

— Non mais maman, tu arrives à lire sur son visage, toi ?

— C'est votre stagiaire ? interrompt Janvier.

— Oui.

— Il est armé ?

— Il y a des fermes qui ont eu de la visite. C'est lui qui fait la sécurité, la nuit. Je ne peux pas m'occuper de ça 24 heures sur 24.

Janvier hausse les épaules. Il reconnaît bien Félicien, qui trouve le moyen de profiter de la situation. Mais son frère se méprend sur son geste :

— Je te rassure, dit-il en montrant une crosse dépasser de sa poche, j'ai un flingue aussi. Je ne laisse pas un type armé prendre le contrôle chez moi.

— Tu as peur qu'il se retourne contre toi ?

— On ne sait jamais. En même temps, c'est moi qui ai leur passeport. Je suis pas idiot. Je les ai mis au coffre, à la banque.

— Et la fille ?

— C'est une Arabe, dit sa mère.

— Elle a quel âge ?

— Vingt-cinq ans. Beau brin de fille, répond Félicien.

— C'est une putain, dit la mère à voix basse.

Félicien a un mouvement d'exaspération, mais il ne dit rien.

— Je peux monter dans ma chambre ? demande Janvier.

— Mais évidemment, mon chéri, pourquoi tu me demandes ça ?

— Je ne sais pas.

— Simplement, dit sa mère avant qu'il ne quitte la pièce, n'allume pas le plafonnier, mais seulement la lampe sur le bureau. Et ne branche rien !

Janvier a un petit rire sarcastique :

— Qu'est-ce que j'aurais à brancher, maman ?

En montant les escaliers, il entend la voix de sa mère qui s'étonne :

— Mais qu'est-ce que j'ai dit de mal ?

Janvier retrouve sa chambre dans le même état que des années plus tôt. Quand son frère lui avait dit qu'il l'avait transformée en bureau, Janvier s'était attendu à plus de changements qu'une pile de classeurs sur sa table d'enfant et le vieil ordinateur familial dont on ne pouvait plus se servir.

Au mur, la photo de son père, de quelques camarades de lycée, une affiche représentant des vaches en Savoie, devant un chalet. Dans l'armoire, des vêtements. Ses vêtements, ceux qu'il n'avait pas emportés à La Rochelle. De vieux cahiers, des stylos, des bandes dessinées, quelques tracteurs miniatures, des manuels scolaires. Tout ce qu'il avait déjà décidé de laisser. On frappe à la porte :

— Je vais faire ton lit.

— Merci maman.

Il voudrait la prendre dans ses bras mais il sait que ce moment-là est déjà passé, celui des effusions tendres, et qu'ils en seraient gênés tous les deux. Il se contente de tourner autour des mots attendus :

— C'est fou d'être ici.

— C'est fou, mon petit. Je suis si heureuse. Je n'y croyais plus.

Dans la nuit, il entend des gémissements de femme qui viennent de la chambre de Félicien et qui ne laissent pas de doute, puis des pas sur le parquet et la porte d'entrée. Janvier est rattrapé par la honte, celle d'être de la même engeance que son frère.

Il met quelque temps à comprendre où il se trouve en se réveillant le lendemain. Il a dormi d'un sommeil lourd et sans rêve. Il met surtout du temps à comprendre *quand* il se trouve, car les draps sentent l'enfance et tout le ramène à un temps qu'il croyait révolu mais qui n'était que parallèle.

Il se lève plein d'une vieille colère somnolente, prête à bondir. Dans la cuisine, Félicien est déjà assis à table et sa mère lui sert son café. *Assieds-toi mon chéri.* Le malaise se dissipe un peu quand il les voit, il est tout de même réconforté par leur présence, et de trop bonne foi pour penser qu'ils ne sont pas heureux de son retour. Félicien lui parle de la ferme avec enthousiasme et sa mère le couvre de regards émus et empressés.

— Où sont vos stagiaires ?

Il ne peut pas s'en empêcher.

— Mais voyons, mon chéri, où veux-tu qu'ils soient ? Chez eux.

— Dans la grange ?

— Mais oui.

— Et ils mangent quoi ?

— Mais... du pain. Notre pain. On partage tout. Et du riz, quand il y en a. Patrick aime ça, le matin.

— Ils ont du café ?

— Ils n'aiment pas ça.

— Je vais tout te montrer, dit Félicien. Il y a eu beaucoup de changements, depuis ton départ. Je pense que tu seras content. On a énormément travaillé.

— On a travaillé comme des bêtes, ajoute inutilement sa mère.

— Il faudra que j'aille en ville, dit Janvier. Aujourd'hui ou demain. Pour me déclarer. Je veux récupérer des papiers.

— Rien ne presse, je pense, dit Félicien.

— Mais si, tout de même, moi je te comprends, répond sa mère.

Félicien s'emporte :

— Mais moi aussi, je le comprends, maman ! Qu'est-ce que tu racontes ?

— Mais qu'est-ce que j'ai dit ?

Janvier regarde son frère et sa mère et sent le fossé se creuser davantage. *Je ne peux pas. Je n'y arriverai pas.* L'idée l'inquiète, il change de sujet :

— Ils sont comment, les militaires, chez vous ?

— Ils sont très bien. Très corrects. On a entendu des histoires terribles, et franchement on a de la chance, dit sa mère. Ils sont très arrangeants.

— Ça me bouffe, renchérit Félicien, quand j'entends des gauchos ou des écolos qui s'en plaignent. Sans l'armée, on allait droit au chaos.

— Et comment tu appelles ce qu'on est en train de vivre ? demande Janvier à voix basse.

— J'appelle ça un moindre mal, répond Félicien.

On ne retrouve pas un paradis qu'on a laissé trop longtemps ; il ne saurait pas dire à quel moment cette évidence le frappe. Peut-être est-ce en constatant le dégât des tempêtes sur la ferme. Peut-être est-ce en discutant avec sa mère des projets d'extension de Félicien et en voyant le cadavre de panneaux photovoltaïques qu'on n'a pas eu le temps de faire raccorder alors qu'on le pouvait encore, de machines qu'on a achetées à grands frais et qui attendent en vain, dehors, sous des bâches percées, le retour du carburant.

Les jours passent. Janvier ne sait pas comment s'occuper, il traîne dans les décombres de sa vie d'avant, de ce qu'il a été. Il faut reprendre ses marques, l'empreinte de ses pas, l'habitude de son nom dans la bouche des siens. Il essaie de se rapprocher de Patrick et Leïla, se sent plus proche de leur errance que des certitudes de Félicien. Patrick montre une indifférence courtoise. On ne sait pas si le fossé de la langue le gêne ou l'arrange. Leïla s'habitue à la présence et aux questions de Janvier. Un jour, elle lui demande même d'où il vient. À elle, il raconte son histoire, brièvement. Elle l'écoute avec plus d'intensité. À la fin de la conversation, ce jour-là, elle donne son avis pour la première fois. *Tu devrais partir*, dit-elle, sévère, les yeux au loin.

Il supporte la sollicitude empressée et vaine de sa mère ; il évite la compagnie de Félicien. Tout de même, il faut se voir, échanger sur l'avenir de la ferme, partager ses repas et son avis sur le monde. Il a perdu l'habitude d'être contredit. Félicien et sa mère attendent pour toujours un retour à la normale et craignent que *la société, un jour, ne s'effondre vraiment*. Janvier s'emporte souvent, pas tant que ça. *L'effondrement a déjà eu lieu*. Il égrène les maillons du désastre, politique, écologique, sanitaire, alimentaire et énergétique, et la possibilité d'un monde nouveau, mais il se heurte aux prières de sa mère, aux pronostics de son frère. *Je prie pour que ça s'arrange, je crois que ça va s'arranger*.

— Mais si je te suis, si je vais dans ton sens, répond Félicien, je pourrais tout aussi bien dire que l'effondrement a eu lieu il y a des années déjà, et alors : qu'est-ce que ça veut dire ? Ça ne veut rien dire, l'effondrement. On continue, c'est tout.

À ce que Janvier croit être la vérité, on lui oppose des croyances, et ses raisons elles-mêmes s'effondrent sous l'implacabilité du déni, deviennent à leur tour des suppositions. Oui, peut-être que le monde tel qu'il le connaissait, le monde tel qu'il le concevait, est mort depuis bien longtemps, était déjà mort quand il était parti à La Rochelle. *Il faut lutter pour continuer, aller de l'avant,* dit Félicien. *Il n'y a plus de route,* répond Janvier, *ni pour reculer, ni pour avancer.* Il repousse son assiette et quitte la table.

La chaleur est infernale au soleil de midi. Janvier fait quelques pas pour atteindre l'ombre d'un frêne. Il pose son regard sur le pré ocre et râpé qui descend doucement vers l'Esclancide. Le faible chant de l'eau qui monte encore du vallon se confond avec le souffle des bêtes, celui du vent qui s'épuise à passer dans les feuilles sèches. Janvier ferme les yeux et, dans le calme brûlant, il explore les vestiges du monde qui résiste, obstiné et meurtri, et qu'il faudra apprendre à aimer comme s'il était intact.

Et pour se donner du courage, Janvier se met au travail sans attendre.

Remerciements

Merci à Stéphanie Chevrier et Lisa Liautaud, l'équipe de Julliard, pour leur confiance, leurs suggestions et leurs précieux conseils.

À Bruno Auerbach pour son aide providentielle.

À Tiphaine Rivière et Mélanie Adda pour leurs lectures et leur soutien infatigable, éclairé et enjoué.

À Nicolas Planchot pour tout, et notamment pour m'avoir transmis un peu du savoir agricole de Janvier dans les moments où le mien ressemblait davantage à celui d'Adèle.

À mes parents pour leur aide et la voie qu'ils ont tracée.

Composition et mise en pages
Nord Compo à Villeneuve-d'Ascq

MIXTE
Papier issu de sources responsables
FSC® C003309

L'éditeur de cet ouvrage s'engage dans une démarche de certification FSC® qui contribue à la préservation des forêts pour les générations futures.

Pour en savoir plus :
www.editis.com/engagement-rse/

CET OUVRAGE
A ÉTÉ ACHEVÉ D'IMPRIMER
SUR ROTO-PAGE
PAR L'IMPRIMERIE FLOCH
À MAYENNE EN NOVEMBRE 2022

Dépôt légal : janvier 2023
N° d'édition : 64681/01 – N° d'impression : 101480
Imprimé en France